過香積寺
향적사를 찾아가다

향적사 어딘지 알지 못하여
구름 봉우리 속으로 몇 리나 들어간다
고목 우거져 사람 다니는 길 없건만
깊은 산 속 어딘가의 종소리
샘물 소리 가파른 바위에서 흐느끼고
햇살은 푸른 소나무를 차갑게 비치고 있네
해질녘 고요한 연못 굽이에 앉아
편안히 참선하며 잡념을 걸어 낸다네

不知香積寺 數里入雲峰
古木無人徑 深山何處鍾
泉聲咽危石 日色冷青松
薄暮空潭曲 安禪制毒龍

不善茶樓

불선다루

불선다루 1

송진용 新무협 판타지 소설

초판 1쇄 찍은 날 § 2006년 3월 4일
초판 1쇄 펴낸 날 § 2006년 3월 14일

지은이 § 송진용
펴낸이 § 서경석

편집장 § 문혜영
편집 § 장상수 · 최하나 · 문정흠

펴낸곳 § 도서출판 청어람
등록번호 § 제1081-1-89호
등록일자 § 1999. 5. 31
어람번호 § 제2-0859호

주소 § 경기도 부천시 원미구 심곡1동 350-1 남성B/D 3F (우) 420-011
전화 § 032-656-4452   팩스 § 032-656-4453
http://www.chungeoram.com
E-mail § eoram99@chollian.net

ⓒ 송진용, 2006

ISBN 89-251-0029-0 04810
ISBN 89-251-0028-2 (세트)

※ 파본은 본사나 구입하신 서점에서 교환하여 드립니다.
※ 저자와 협의하여 인지를 붙이지 않습니다.

不善茶樓

송진용 新무협 판타지 소설
Fantastic Oriental Heroes

① 불선다루

[와호장룡(臥虎藏龍)]

도서출판 청어람

목차

제1장	이런 곳이다	7
제2장	불선다모(不善茶母)	31
제3장	악몽(惡夢)의 시작	55
제4장	풍파지절(風波之節)	79
제5장	육십 년(六十年) 봉인이 풀린 날	103
제6장	까불면 죽는다	129
제7장	소걸(小傑)의 비무(比武)	151
제8장	모두의 목숨을 쥔 소년	175
제9장	수모를 당하다	199
제10장	모두를 두렵게 하는 자	223
제11장	우리 강호에나 한번 나가볼까?	249
제12장	재견강호(再見江湖)	273

【第一章】

이런 곳이다

1

섬서성 북쪽.
황량하고 길이 좋지 않은데다가 인심까지 척박한 몹쓸 곳이다.
거기에 황망계(黃蟒界)라고 하는 곳이 있다.
하란고산(厦欄高山) 꼭대기에 올라가서 내려다보면 누런 황토 언덕이 끝없이 이어져서 꿈틀거리는 게 마치 커다란 구렁이가 수도 없이 어디론가 몰려가고 있는 것처럼 보인다.
그래서 '누런 구렁이 땅' 이라는 이름답지 못한 이름이 붙은 곳인데, 그곳이 언제부터인가 불선지계(不善之界)라고 불리기 시작했다.
황망계이든 불선지계이든 그 이름이 괴이한 건 그곳의 지리적, 문화적 토양이 그만큼 척박하다는 증거가 되기도 한다.
어쨌거나 새로 생긴 이름이 옛 이름을 밀어냈으니 거기에는 그만한 뜻과 의미가 있을 것이다.

그곳은 사실 장성을 따라 펼쳐진 사주지로(絲綢之路:비단길) 중 천산남로(天山南路)로 이어지는 지름길의 서쪽 관문 같은 곳이다.

남쪽으로 내려가면 낙하(洛河)와 만나고, 북쪽으로 나아가면 정변(定邊)에 이를 수 있다.

서안을 떠난 대상들이 연안(延安)을 거쳐 장성으로 가는 서쪽 관도의 요충인 것이다.

그런데 황폐하다.

그 길을 찾는 사람들이 가뭄에 콩 나듯 하니 그렇게 될 수밖에 없다.

북쪽에서 무지막지하게 불어오는 황토 바람 때문이었다.

해마다 그것은 심해져서 당나라 때 그 길이 뚫린 이후 오늘날에 이르러서는 거의 뻘건 황토의 땅이 되어버리다시피 했다. 황토의 사막이라고 해야 하리라.

아직 옥문관을 나서지도 않았는데 벌써부터 지겨운 사막이 시작되는 것이나 마찬가지였다.

그래서 인적이 뚝 끊어져 버린 곳. 척박한 황토의 세상. 사시사철 가리지 않고 북쪽에서 불어오는 황토 바람 때문에 모든 게 누렇게 되어버리는 버려진 땅.

거기 황폐한 길을 남북으로 나누는 높은 언덕이 있었다. 바로 황망계가 불선지계로 바뀌게 된 원인을 제공한 곳이기도 하다.

피유우우—

오늘따라 바람이 거세다.

아마도 장성 밖 황토 고원을 휩쓸고 지나간 용권풍(龍捲風)이라도 있었던 모양이다.

"바람 들어온다! 문 닫아라!"

카랑카랑한 노파의 음성이 들려왔다.

"에, 퉤, 퉤! 밥이고 뭐고 다 필요 없네."

이제 막 변성기가 시작된 듯 노새가 꺽꺽거리는 것처럼 듣기 싫은 소리가 뒤따랐다.

"흘흘, 너는 밥을 안 먹어도 되는 모양이지? 그렇다면 내가 네놈 몫까지 잡숴주마."

이번에는 구수하고 묵직한 노인의 음성이다.

부지런히 덧문을 닫던 소년이 입을 삐죽거렸다.

"쳇, 할아버지 뱃속에는 왕 거지가 들어 있는 게 분명해요. 하루종일 흙먼지를 배 터지게 먹었는데도 또 밥 타령이라니……."

"히히, 이놈아, 너도 내 나이 되어봐라. 그저 먹는 생각하고 자는 생각밖에는 나지 않느니라. 인생에 낙이 또 뭐가 있겠느냐?"

"아, 시끄러!"

카랑카랑한 노파의 음성이 다시 들려오자 소년이 혀를 날름 내밀었다.

십오륙 세쯤.

검게 그을린 얼굴이지만 이목구비가 반듯하고 꺼끌꺼끌한 수염이 나기 시작한 턱 선이 곱상했다. 소년치고는 제법 듬직한 체구인데, 골격이 튼실하고 살이 단단해 보이는 것이 보통내기가 아니었다.

입술이 붉고 두툼해서 얼추 사내다운 멋이 풍겨나기 시작한 용모다. 하지만 그중에서도 가장 두드러진 것은 총기가 반짝이는 맑은 눈이었다.

잘생긴 얼굴은 아니나 뜯어볼수록 호감이 가는 형이고, 장차 늠름한 대장부의 기상을 가질 게 분명해 보이는 체격이다.

이제 흙바람은 들이치지 않았지만 굴 속처럼 어두웠다.

창이란 창은 모두 닫았고, 덧문까지 닫았으니 밖에서는 이 낡은 이층의 다루(茶樓)가 철옹성처럼 보일 것이다.

불선다루(不善茶樓).

'선량하지 않은 찻집' 이라는 뜻의 괴이한 다루는 그렇게 지독한 흙바람 속에서 삐거덕거리며 용케 버티고 서 있었다.

세상 사람들이 '누런 구렁이 고개' 라고 부르는 높은 언덕 위에 외롭고 쓸쓸히 서서 바람이 잠잠해지기를 기다리는 것이다.

"젠장, 정말 지독하군."

"이러니 이곳으로 가려는 사람이 없을 수밖에."

"그건 그만큼 달아나기 편하다는 거겠지."

"흐흐흐, 또한 세상에서 벗어나 숨기도 쉽다는 거 아니겠어?"

죽립을 깊이 눌러쓴 네 사람이 검은 피풍(披風)으로 몸을 둘둘 만 채 말을 타고 천천히 황토 언덕 사이를 지나가고 있는 중이었다.

코와 입으로 들어가는 흙먼지를 막기 위해 수건으로 얼굴을 가렸으니 두 눈만 반짝이는 수상한 몰골들이다.

그들보다 이십여 리쯤 앞선 곳에는 짙은 남색의 옷에 피풍을 두른 중년의 사내가 말을 타고 황망계를 향해 나아가고 있었다.

사내 또한 햇빛을 가리기 위해 갓이 넓은 죽립을 눌러썼고, 수건으로 얼굴을 가리고 있어서 용모를 알아볼 수 없었다. 어깨 너머로 장검의 손잡이가 솟아 나와 있고, 청색의 검수(劍穗)가 요란하게 흩날렸다.

정면에서 불어닥치는 황토 바람이 온몸을 아플 정도로 때려대고 있는 험한 날씨다. 말도 고개를 푹 숙인 채 힘겹게 한 걸음 한 걸음 나아갔다.

사내가 그런 애마의 목덜미를 투덕거려 주며 달랬다.

"너도 고생이구나. 하지만 저 언덕만 넘으면 쉴 수 있을 게다. 거기 다루가 하나 있다는 말을 들었거든. 그러니 조금만 더 힘을 내자."

주인의 위로에 힘을 얻은 듯 말이 투레질을 한 번 하고서 머리를 끄덕거리며 힘차게 걷기 시작했다.

가도 가도 인가 하나 보이지 않는 황토 언덕뿐이다. 드문드문 서 있는 나무들이 센 바람 속에서 윙윙거리는 삭막한 울음을 토해내고 있었다.

하늘도 누렇고 땅도 누렇고, 세상이 온통 누런 황토 바람에 잠겨 버렸다. 그 바람 속에 불쑥 솟아 앞을 가로막고 있는 높은 고갯길이 보였다.

누런 구렁이 고개, 황망령(黃蟒嶺)이라고 불리는 거대한 황토 언덕이다.

위로 올라갈수록 바람이 더욱 기승을 부렸다. 이제는 몸의 중심을 가누고 서 있기조차 어려울 만큼 심했다. 그 바람 속에 숨어 날아드는 작은 황토 알갱이들이 온몸을 따갑게 때려댔다. 숨을 쉬는 것조차 불쾌하고 거북한 날씨인 것이다.

휘유우우―

미친 바람.

그것이 황토를 쌓아 올리고 있는 황망령 꼭대기에 을씨년스러운 이층의 목조 건물이 우뚝 서 있었다.

앞이 잘 보이지 않을 만큼 지독한 황사 속에서 그것은 마치 바람을 빨아들이고 있는 음산한 탑처럼 보였다.

 장성으로 가기 위해 지나가야 하는 불선계의 황무지는 무려 오십 리에 걸쳐 있다. 그 삭막한 길에 쉬어갈 곳이라고는 딱 한 곳, 불선다루뿐이다.

 도대체 주위에 인가도 없고 오가는 사람도 드문 이런 황량한 곳에 다루를 세울 생각을 어떻게 했을까?

 과연 차를 팔아서 먹고살 수 있을까?

 그런 의문들이 사내에게 잠시 지겨운 바람을 잊게 해주었다.

 '불선다루(不善茶樓)'라는 낡은 현판이 보였다. 바람에 날려온 누런 흙이 칠 벗겨진 현판을 쓸며 지나가곤 한다. 그때마다 현판은 곧 떨어질 것처럼 삐걱거렸다.

 현판뿐이 아니다. 이층의 다루 전체가 삐걱거리는 소리로 가득 찼다. 군데군데 썩어서 검은 각질이 뚝뚝 떨어지고 있는 기둥이 위태로워 보인다.

 굳게 닫힌 창문마다 덧창까지 내려져 있고, 문도 단단히 잠겨 있어서 아무도 없는 빈집 같았다.

 을씨년스럽다 못해 귀기마저 감도는 곳.

 그러나 이 지독한 황토 바람을 피해갈 곳은 이곳밖에 없다. 선택의 여지가 없는 것이다.

 말에서 내린 사내가 힘껏 문을 두드렸다.

 쾅! 쾅! 쾅!

 바람에 날려온 돌멩이가 문짝을 때리는 소리로 들린다.

 뽀얗게 먼지 쌓인 탁자에 엎드려 있던 소년이 잠깐 졸린 얼굴을 들었으나 이내 다시 탁자 위에 처박았다.

쾅! 쾅! 쾅!

다시 얼굴을 든다. 거슴츠레한 눈에 초점이 쉽게 잡히지 않나 보다.

쾅! 쾅! 쾅!

"손님 왔다. 어서 나가 봐."

안쪽 음침한 어둠 속에서 게으른 노인의 음성이 느릿느릿 흘러나왔다.

"아함— 대체 어느 정신 나간 사람이 이런 날씨에 여기를 지나간단 말이야?"

소년이 늘어지게 기지개를 켜고 나서야 비로소 일어났다. 어기적거리며 걸을 때마다 누런 흙먼지가 풀풀 날린다.

"누구쇼?"

"지나가던 길손일세. 잠시 쉬었다 가세나."

"혼자요?"

"일행이 있어야 하나?"

"뭐, 그건 아니지만 손님 하나 받자고 귀찮은 일을 해야 한다면 이건 영 기쁘고 즐겁지가……."

소년이 빗장을 벗기며 구시렁거렸다.

바람에 떠밀린 듯 사내가 급히 들어섰다. 그의 등에 달라붙었던 황사 한 무더기가 왈칵 밀려들었다가 꼬리를 잘리고 주저앉았다.

어깨로 힘겹게 문을 밀어 닫은 소년이 손을 털며 다시 구시렁거렸다.

"염병, 상제님이 감기에라도 걸리셨나, 무슨 재채기를 이렇게 요란하게 해댄담?"

"하하, 상제님이 감기에 걸리신 게 아니라 풍신이 바람난 마누라를

쫓아가는 모양이네. 그러니 이렇게 서두르는 거겠지."
 사내가 호탕하게 말하고 탁자 위의 먼지를 훅 불어낸 다음, 털썩 주저앉아 죽립과 피풍을 벗었다. 쌓였던 흙먼지가 풀풀 날리는지라 소년이 손을 내두르며 잔뜩 인상을 썼다.

2

 사십대의 걸걸하게 생긴 사내였다.
 부리부리한 눈에 번쩍이는 신광이 갈무리되어 있고, 네모진 턱이 단단해 보인다. 며칠째 수염을 다듬지 않은 듯 거칠게 자란 구레나룻이 튀어나온 광대뼈와 함께 그를 더욱 강인해 보이게 했다.
 호기심이 가득한 눈길을 반짝이며 사내의 어깨 너머로 삐죽 나와 있는 검자루를 힐끔거리던 소년이 곧 흥미를 잃은 듯 무심하고 무료한 얼굴로 되돌아갔다.
 "이렇게 지독한 바람은 생전 처음이야."
 "이런 바람 속에 길을 가는 사람도 생전 처음 본답니다."
 "하하, 자네는 고작 열대여섯 살밖에 되어 보이지 않는데, 그런 말은 어울리지 않아."
 "나이가 무슨 상관이오? 백 년을 사나 오십 년을 사나 열다섯 해를 살았으나 알 건 알고 모르는 건 모르기 마찬가진데. 어서 차나 주문하시지요."
 제 낮잠을 쫓은 손님에 대해 아직도 심통이 다 풀리지 않은 듯 소년이 빈정거렸지만 사내는 개의치 않았다.
 피곤한 기색이 엿보이는 게 먼 길을 쉬지 않고 온 듯했다.

"홍차나 한 잔 주게."
사내가 아무 생각 없이 말했다.
소년이 화가 난 듯 노려보다가 퉁명스럽게 물었다.
"무슨 홍차인지 말을 해야 준비해 올릴 것 아니겠어요?"
"응?"
사내가 흠칫 놀라 새로운 눈으로 소년을 바라보았다.
"여러 종류가 준비되어 있단 말이냐?"
"홍! 우리 불선다루를 어떻게 보고 그런 말씀을 하시오? 천하의 모든 차가 다 여기 있으니 가히 차의 보고요, 다향의 저장고라고 해도 좋을 곳이지요."
소년이 당돌하게 코웃음까지 쳐가며 사내를 내려보았다.
"대저 홍차에는 공부홍차(工夫紅茶)와 소종홍차(小種紅茶), 홍쇄차(紅碎茶)가 있는데, 그래, 손님께서는 어느 홍차를 찾으십니까?"
"오호!"
사내가 눈을 크게 떴다.
설마 이 황량한 곳의 다 쓰러져 가는 낡은 다루에서 이처럼 홍차에 대해 박식한 소년을 만나리라고는 기대하지 않았기에 놀란 것이다.
사내의 거친 얼굴에 웃음이 떠올랐다.
"그럼 어디 기홍(祁紅)의 맛을 한번 볼까?"
설마 이런 곳에 그것이 있겠느냐 하는 얼굴이었다. 소년이 히죽 웃었다.
"손님은 이제 보니 향기를 좋아하시는군요? 특별히 부탁해서 싱싱한 향이 오래가도록 만들어 올립지요."

"응? 있단 말이냐?"

"기홍이 좀 비싸기는 하지만 손님에게야 뭐, 대수롭지 않겠지요. 한 주전자에 석 냥입니다."

"무엇? 석 냥이라고? 이런 터무니없는……."

사내가 화를 내려다가 슬그머니 입을 닫았다.

하긴, 이처럼 황량하고 궁벽한 곳에 다루라고는 오직 여기 한 곳뿐이니 부르는 게 값일 것이다.

"좋다. 차 맛을 보고 과연 네 말처럼 그렇게 좋은 차라면 석 냥이 아니라 다섯 냥이라도 내지."

"나중에 딴말 하면 안 돼요?"

다짐을 준 소년이 안으로 후닥닥 달려들어 가며 소리쳤다.

"할아버지, 기홍이에요! 닷 냥짜리니까 특상으로 만들어주세요!"

"허허, 오랜만에 들어보는 이름이라 반갑구나. 암, 특상으로 잘 끓여주마."

안에서 걸걸한 노인의 음성이 대꾸했다.

사내가 비로소 정색을 하고 다루 안을 둘러보았다.

낡았다. 모든 것이 다 낡고 초라하다.

좋게 말하면 관록이 붙어 보인다고 할 것이고, 솔직히 말한다면 궁기가 자르르 흐른다고 해야 하리라.

십여 개의 탁자가 놓여 있는 제법 넓은 다청(茶廳)인데, 왼쪽에 이층으로 올라가는 계단이 있고 뒤에 주방이 있는 구조였다.

소년이 누렇게 황톳물이 든 수건을 어깨에 걸치고 다반(茶飯)을 내왔다.

수건으로 탁자를 쳐서 흙먼지를 털어내는 통에 사내가 기침을 하며 인상을 썼다.

"됐다, 됐어. 그만 해라."

"자고 가실 겁니까?"

"잘 곳도 있나?"

"뒤쪽 객사에 방이 몇 개 있습죠."

"그래?"

이것도 의외의 일이다. 밖에서 보았을 때는 달랑 이층의 주루 하나뿐인 것 같더니 후원까지 딸려 있다는 게 아닌가.

"손님은 더 없나?"

"이런 바람 속에 개새끼 한 마리 얼씬거리겠소?"

"말이 과하다!"

사내가 매섭게 인상을 썼다. 그러거나 말거나 핑 돌아선 소년이 잠시 후 뜨거운 김이 나는 차 주전자를 들고 왔다.

"첫 잔은 따라드립죠."

쪼르르르—

엎어놓았던 찻잔을 바로 세우고 주전자의 길쭉한 주둥이를 기울여 차를 따르는 솜씨가 제법 틀이 잡혀 있다.

은은한 향기가 온통 퍼석거리기만 하던 공간을 부드럽게 어루만졌다.

"아, 정말 좋은 차다!"

사내가 코를 벌름거리다가 무릎을 쳤다.

기홍(祁紅)은 공부홍차(工夫紅茶)의 한 종류다.

공부홍차에도 여러 종류가 있는데, 무엇이 되었든 그 제조 과정이 정교하고 섬세하며 정성이 들어가 있기에 공부(工夫)라는 이름을 갖게 된 것이다.

대부분 산지의 이름을 따서 명명하는데, 복건성에서 생산된 것은 민홍(閩紅)이라 한다. 그중에서도 정화(政和)의 정화공부(政和工夫)와 백림촌의 백림공부(白琳工夫)가 유명하다.

강서성 영주(寧州)에는 영홍(寧紅)이 있고, 호복성 의창(宜昌)에는 의홍(宜紅)이 있다. 절강성에는 절홍(浙紅)이요, 사천성은 천홍(川紅)이며, 호남성의 상홍(湘紅) 또한 공부차로 유명한 특산이다.

그 밖에 귀주성의 검홍(黔紅), 강소성의 소홍(蘇紅), 광동성의 영홍(英紅) 등이 있지만 명성이 가장 알려져 있는 것은 역시 기문(祁門) 홍차인 기홍(祁紅)이었다.

"놀랍군. 이런 곳에서 기홍향(祁紅香)을 맡게 될 줄이야."

사내가 거듭 감탄하며 눈마저 거슴츠레하게 뜨고 코를 쉴 새 없이 벌름거렸다.

소년이 으스대며 물었다.

"정말 이 차를 알긴 아는 거요?"

"알다마다. 이것은 안휘성에서만 생산되는 것 아닌가. 기문현(祁門縣)과 비령석태(毗澪石台), 동지(東至), 귀지(貴池) 등에서 만드는데, 그중 기문에서 나는 게 진짜 기홍이라고 할 수 있지. 장안에서도 이와 같은 상품을 보지 못했는데 이곳에서 맛보게 될 줄이야……."

사내의 감탄은 도대체 그 끝이 없었다. 홍차, 특히 기홍을 정말 좋아하는 다객(茶客)임이 분명했다.

기홍(祁紅)의 특성은 단맛이 돌 뿐만 아니라 사과 향과 같은 향기가 넘치고 오랫동안 지속된다. 이 독특한 향을 가리켜 '기홍향(祁紅香)'이라고 하는 것이다.

"좋다! 오랜만에 차를 아는 손님을 맞았구나!"

주방에서 걸걸한 노인의 음성이 들려왔다. 기쁨에 들떠 있는 듯한 운율이 느껴졌다.

찻잔에 가득한 불타는 듯 선명한 붉은색을 황홀하게 바라보던 사내가 얼굴을 들고 호탕하게 소리쳤다.

"자, 자! 이리 나오시오! 이런 차를 끓여내는 노사부가 과연 어떻게 생긴 사람인지 보지 않을 수 없지!"

"하하하, 차를 아는 사람 중에 악당은 없는 법! 그렇다면 그대는 이곳에 어울리지 않는 사람이니 친구가 될 수 있겠구나!"

"응?"

노인의 알쏭달쏭한 말에 사내가 의아한 얼굴을 했다.

주방에서 한 사람이 천천히 걸어나왔다. 두르고 있는 앞치마에 손을 닦으며 활짝 웃고 있는데, 그 모습을 본 사내가 눈을 크게 뜨고 입을 딱 벌렸다.

"신선이시오? 과연 다선(茶仙)이신 게요?"

"하하하, 그대의 안목 또한 이처럼 고명하니 내 어찌 기쁘지 않을 수 있겠나."

노인은 과연 신선과 같은 풍모를 하고 있었다. 희게 반짝이는 머리가 어깨 너머로 늘어져 있고, 뺨까지 닿는 긴 눈썹과 가슴을 가린 탐스러운 수염 또한 눈처럼 희다.

화색이 좋은 얼굴에 은은한 광채까지 어리고 있으니, 누가 나이를 짐작할 수 있을 것인가.

신선 중의 신선이라 해도 부족함이 없을 것 같은 노인. 그런데 꾀죄죄한 앞치마를 두르고 주방에서 걸어나오고 있지 않은가. 머리가 다

어지럽다.

"어디서 오신 손님이오?"

노인이 묵직한 음성으로 물었다. 속이 깊은 뿔 고동을 부는 듯 은은하고 맑은 음색이 과연 신선의 목청으로 손색이 없다.

사내가 그 위엄에 눌린 듯 벌떡 일어나 포권했다.

"닷새 전 서안을 떠나온 장가라고 합니다."

"닷새 만에 이곳까지? 허, 그대는 몹시 급한 일이라도 있는 모양이군?"

"아!"

사내가 비로소 제 처지를 깨달은 듯 깜짝 놀라며 두리번거렸다. 초조해하는 기색이다.

그러나 누가 있을 리 없다. 구석의 탁자 위에 머리를 처박고 어느새 코를 골고 있는 소년과 신선 같은 노인뿐이다.

"휴—"

한숨을 쉰 사내가 다시 털썩 주저앉았다.

노인이 마주 앉아 흰 수염을 쓰다듬으며 빙그레 미소 지었다.

혈색 좋은 얼굴이 활짝 펴지니 더욱 자애롭고 신령한 기운이 우러난다.

"이봐, 우리 다시 차에 대한 담론이나 나누세. 이 삭막한 날에 그것보다 향기로운 대화가 또 있겠나?"

하지만 사내는 이제 그렇게 감탄해 마지않던 기홍향마저 잊은 듯 멍한 얼굴이었다.

"홍차에 어디 공부홍차만 있을쏜가. 소종홍차(小種紅茶)는 어떻고 홍쇄차(紅碎茶)는 어떻던가. 자, 우리 그 얘기를 좀 더 하세."

신선 같은 노인은 자꾸 채근했다. 차에 대해서 이야기하고 싶어 안달이 났지만 그럴 상대를 만나지 못해 속병이 들 지경이었던 모양이다. 그러던 차에 이제 제대로 차를 아는 것 같은 사내를 만났으니 몇 날 며칠 밤이라도 샐 태세였다.
 그러나 사내의 얼굴에 깃든 수심은 깊어지기만 할 뿐 더 이상 차에 관심을 두지 못했다.
 그 이유가 드러났다.
 쾅! 쾅! 쾅!
 요란하게 문 두드리는 소리가 노인의 부푼 기대를 무참히 깨뜨려 버렸다.

3

 문을 여는 소년의 얼굴에 노여움이 가득했다. 저러다가 부서지기라도 하면 고스란히 제 수고로 돌아오기 때문이다.
 노인의 선기(仙氣)가 줄줄 흐르던 얼굴에도 짜증이 실렸다.
 소년이 문을 열어주며 한껏 볼멘소리로 투덜거렸다.
 "제길, 남의 집 문이라고 그렇게 막 두드려도 되는 거요?"
 "비켜라!"
 시커먼 사내들이 흘겨보는 소년을 우악스럽게 밀치고 안으로 우르르 몰려들어 왔다. 말을 타고 황망령을 향해 오던 네 명의 흑의죽립인들이다.
 그들을 본 사내가 흠칫 놀라 어깨를 떨었다. 그리고는 이를 악물고 고개를 숙여 찻잔을 뚫어지게 노려보는데, 무릎에 올려놓은 주먹에 바위라도 부술 듯한 힘이 잔뜩 들어간 채였다.

황사가 또 한 무더기 쏟아져 들어왔다. 문을 닫고 돌아서는 소년의 얼굴에 온통 흙먼지가 가득했다.

"에, 퉤퉤! 다루 이름을 바꿔야 한다니까. 불선다루라니까 죄다 못된 것들만 찾아오잖아."

"뭐라고?"

흑의인 한 명이 눈을 부라렸다.

"나리들 말굽쇼. 저 바람을 말하는 겁죠. 젠장할 바람 같으니. 착한 바람은 오라고 고사를 지내도 안 온단 말씀입니다. 이게 다 이 다루의 괴상망측한 이름 때문이라니까요. 찾아오는 것마다 죄다 싸가지없고 귀찮은 것들뿐이니……."

"아니, 이 쥐방울만한 것이 죽고 싶어서 환장을 한 게냐?"

흑의인이 기어이 소년의 멱살을 틀어쥐었다.

"그만둬!"

우두머리로 보이는 자가 낮게 꾸짖지 않았다면 뺨이라도 후려쳤을 것이다.

흑의인들이 텁석부리사내와 탁자 두 개를 사이에 두고 앉았다. 죽립 안에서 번쩍이는 눈빛이 매서운 자들이다.

"술을 가져와!"

한 놈이 버럭 소리쳤다. 노인은 어느새 슬그머니 주방으로 들어갔는지 보이지 않았다.

어기적거리며 다가온 소년이 볼멘소리를 했다.

"여기는 다루인뎁쇼?"

"다루에서는 술을 안 판다던?"

"술은 주루에서 팔고, 밥은 객잔에서 팔며, 기루에서는 여자를 팝죠."
"요 주둥이만 까진 놈이 놀리는 게냐!"
멱살을 잡았던 놈이 다시 버럭 소리치고 일어섰다가 우두머리의 고갯짓에 끙 하고 눌러앉았다.
"술도 밥도 없으니 차나 시키시지요? 어떤 차를 드릴깝쇼?"
"아무거나 가져와!"
눈을 흘긴 소년이 주방에 대고 빽 소리쳤다.
"할아버지, 들었죠?"
그리고 조금 후 한 주전자의 뜨거운 차를 내와 흑의인들의 탁자에 탁 소리가 나도록 내려놓았다.
시큼한 냄새가 난다. 하지만 흑의인들의 관심은 차에 있지 않았다.
사내가 다반에 은 부스러기를 꺼내놓고 피풍을 걸쳤다.
"닷 냥이다. 모처럼 좋은 차를 마시고 간다."
소년은 다시 구석의 탁자로 돌아가 엎드려 있었는데, 졸음이 밀려들기 시작한 눈을 억지로 뜨고 중얼거렸다.
"곧 날이 어두워질 텐데요? 이 바람 속에서 쉬어갈 곳을 찾을 수도 없을 겁니다."
"갈 길이 바쁘니 할 수 없지. 돌아가는 길에 다시 들르마."
죽립을 눌러쓴 사내가 떠나려 하자 흑의인들이 탁자를 두드리고 뛰어 일어났다.
후르륵거리는 소리가 들렸다.
우두머리가 한 번 훌쩍 몸을 날려 두 개의 탁자를 건너더니 사내의 머리를 뛰어넘은 것이다.
새처럼 가볍고 재빠른 신법이다.

문을 가로막고 선 그자가 버럭 소리쳤다.

"장문량! 어디로 가려느냐!"

"고약하군."

죽립 안에서 사내의 입술이 일그러졌다.

"흐흐흐, 장 장군, 하늘을 가리고 땅을 속일 수는 있어도 우리의 눈과 귀는 속일 수 없다는 걸 설마 몰랐단 말이오?"

"사내 구실도 못하는 조충 개아들 놈을 등에 업고 있는 동창의 쥐새끼들이니 감히 내 앞에서 그렇게 떠들 만하지."

"흐흐, 태감 각하를 욕했으니 그 죄가 더 무거워졌소."

"흥! 그 내시 놈의 목을 따고 간을 꺼내 씹지 못하는 게 한인데 그깟 욕이 대수냐?"

흑의죽립인들은 동창의 무사들이었다.

장 장군이라고 불린 사내가 험악하게 욕을 하자 그들이 더 참지 못하고 살기를 드러냈다.

"부수지 마. 그랬다간 후회하게 될걸?"

구석에서 소년이 중얼거렸지만 아무도 신경 쓰는 사람이 없다.

"잡아라!"

우두머리의 명령에 무사들이 일제히 텁석부리사내에게 달려들었다.

사내가 즉시 두 손을 칼처럼 휘둘러 팔방풍우의 수법으로 매섭게 때려댔다.

네 놈도 여덟 개의 팔을 뻗어 동시에 후려치고 잡아왔으므로 퍽, 퍽 하고 손과 손이 부딪치는 소리가 요란하게 울렸다.

"역시 명불허전이로구나!"

우두머리가 감탄하며 큰 소리로 외치고 더욱 매섭게 주먹을 휘둘러 무찔렀다. 그러면서 다시 말한다.

"지금이라도 늦지 않았소. 순순히 포박을 받는다면 목숨은 건질 수 있을 것이오."

"흥! 네놈들의 머리통이나 조심해라!"

텁석부리사내는 조금도 방심하지 않았다. 두 손을 바삐 움직여 엄밀하게 제 몸을 지키며 때때로 '이얏!' 하는 낮고 묵직한 기합성과 함께 일장, 일권을 내지르는데 힘이 넘쳐 나는 듯했다.

하지만 두 개의 손으로 여덟 개의 손을 상대한다는 건 역시 힘든 일이다.

사방에서 쳐들어오는 주먹과 발을 받아넘기고 쳐내는 사내의 움직임이 조금씩 둔해져 갔다.

휘리리릭―

장력이 매서운 바람 소리를 내며 어지럽게 쏟아져 들어왔다. 사내는 그것이 동창 외반의 무사들이 자랑하는 고명한 수법이라는 걸 알아보았다.

풍지절운(風地絶雲)이라는 것인데, 동창에서만 보고 익힐 수 있는 무시할 수 없는 장법이다.

"합!"

사내가 우렁찬 기합성을 터뜨리며 맹렬하게 일권을 뻗어 후려치는 한편, 한 발을 번쩍 들어 사납게 오른쪽의 죽립인을 걷어찼다.

꽝!

사내의 권격이 파도처럼 밀려 나가 풍지절운의 장력과 부딪치자 북을 친 듯 요란한 소리가 났다.

"우욱!"

한마디 답답한 비명과 함께 뒤로 날려간 자가 기어이 탁자 하나를 박살 내고 말았다.

우지끈, 하는 소리가 크게 났을 때 소년이 거슴츠레한 눈을 뜨고 그들을 멍하니 바라보았다.

"기어이 말을 안 듣고 부숴대는구만. 제기랄."

꽝! 꽝! 꽝!

장력이 서로 부딪쳐 터지는 요란한 소리가 쉬지 않고 들려와 소년의 중얼거림을 묻어버렸다.

삼면의 흑의인들이 이제는 심각해진 얼굴로 사내를 향해 주먹과 장을 뻗어내고 있었는데, 그때마다 요동치는 기파의 회오리가 다청 안을 휩쓸었다.

그들은 싸움의 범위를 점점 넓혀가고 있었다. 그럴 수밖에 없는 일이다.

시간이 갈수록 박살나는 집기가 늘어난다. 턱을 괴고 멍하니 바라보던 소년이 졸음 가득한 음성으로 중얼거렸다.

"넷, 다섯, 여섯⋯⋯. 제기랄, 잘한다, 잘해."

쾅!

다시 한차례 격한 충격음이 터져 나왔다. 그리고 또 한 명이 미처 비명을 지르지도 못한 채 뒤로 날려갔다.

이번에는 단단히 닫혀 있던 문짝이다.

와지끈! 하는 커다란 소리를 내며 그것이 박살났고, 죽립인이 밖으로 나가떨어졌다.

그 즉시 기다리고 있었다는 듯 요란한 황토 바람이 밀려들어 와 순식간에 다청 안을 뒤덮어 버렸다.

　모든 게 다 엉망이 되었다.

　사내는 아직 남아 있는 두 명의 죽립인을 상대로 더욱 용맹하게 싸우는 중이었다. 동창의 무사들도 낮은 기합성을 터뜨리며 결사적으로 달라붙었다.

　쾅! 우지끈!

　다시 한 개의 탁자와 의자가 박살나 흩어졌다.

　이층에서 기어이 노파의 신경질적인 고함 소리가 빽 터져 나왔다.

　"아, 시끄럿! 소걸아, 볼기를 맞을 테냐!"

　그때까지도 눈을 끔벅이며 그들의 싸움을 무료하게 바라보고만 있던 소년이 늘어지게 하품을 하고 기지개를 켰다.

　"아함—"

　찢어지게 벌어졌던 입을 다물더니 눈가에 맺힌 눈물방울을 찍어내며 투덜거린다.

　"사람이든 짐승이든 멍청한 것들은 정말 말귀를 못 알아듣는단 말이야? 꼭 나를 귀찮게 해요."

【第二章】

불선다모(不善茶母)

1

그 무렵, 사내는 점점 궁지로 몰리고 있었다.

비록 두 명의 동창 무사를 물리치기는 했지만 그 또한 몇 차례 가격을 당했던 것이다.

남은 두 명은 앞서 쓰러진 자들보다 기력과 무공이 뛰어났다. 텁석부리사내를 몰아치는 권장이 갈수록 매서워졌다.

숨을 헐떡이면서도 사내는 온 힘을 다 짜내서 그들과 싸우고 있었다. 그에게는 잡혀가서는 안 되는 절박한 이유가 있는 모양이었다.

우당탕거리는 소리와 기합 소리, 옷자락 펄럭이는 소리들이 더욱 어지럽게 들려왔다.

"아, 이제 그만들 해욧!"

소년이 빽 소리쳤다. 그리고 뚜벅뚜벅 걸어 그 험악한 싸움의 장소로 다가간다.

"저리 비켜라!"

텁석부리사내가 경황 중에도 소리쳐서 위험을 알렸다. 하지만 소년은 막무가내다.

"이 아저씨들이 안 되겠구만!"

부러진 의자 다리 한 개를 주워 들더니 앞에 있는 동창 무사의 등짝을 냅다 후려쳤다.

"이놈잇!"

그자가 뒤에도 눈이 달려 있는 듯 텁석부리사내를 공격하는 와중에도 재빨리 한 손을 돌려 소년을 향해 장력을 쳐냈다.

그 일장에 얻어맞고 고래고래 비명을 지르며 나뒹굴어야 정상이다. 하지만 소년은 그렇게 되지 않았다.

퍽!

"억!"

깜짝 놀란 놈이 펄쩍 뛰어 물러섰다.

의자 다리가 장력을 거슬러 올라와 손목을 때린 것이다. 부러지지는 않았지만 참기 힘든 고통이 밀려들었다.

소년이 나머지 한 놈에게로 달려들었다. 발을 미끄러뜨리는 듯싶었는데 교묘하게 텁석부리를 옆으로 끼고 돌아가서 우두머리의 면전에 우뚝 선다.

"이놈이 죽고 싶어 환장을 했구나!"

화가 잔뜩 난 우두머리가 소년이고 뭐고 가리지 않겠다는 듯 운중용각(雲中龍角)의 흉맹한 수법으로 일장을 쳐냈다.

텁석부리가 놀라 소리쳤다.

"그만둬! 그 아이는 이 일과 상관없다!"

하지만 그는 다른 놈에게 가로막혀 있는 터라 달려와 도와주지 못했다.

이대로 소년은 우두머리의 흉맹한 장력에 맞아 피를 토하고 죽을 것 같은 순간이다.

소년이 허리를 비틀고 발을 엇디디는가 싶더니 교묘하게 장력의 권역에서 빠져나갔다. 마치 잉어가 물살을 거슬러 올라가듯 매끄럽고 힘찬 신법이다.

"엇? 이놈이 이제 보니 화산파의 절기를 배웠구나?"

우두머리가 급히 장을 거두어들이며 놀라 소리쳤다. 소년이 방금 보여준 신법이 분명 화산파의 오선팔보(五仙八步) 중 운류낙안(雲流落雁)이었기 때문이다.

화산파의 제자라면 누구나 배우는 신법이기에 세간에도 많이 알려져 있었다.

그러니 절기라고 할 수는 없는 것인데, 소년의 솜씨가 워낙 절묘하고 시의 적절해서 그 어떤 신법 절기보다 뛰어나 보였다.

"화산파의 위세를 믿고 까분다면 화가 네 사문에까지 미친다는 걸 모르느냐?"

제가 세상을 쥐락펴락하는 동창의 무사라는 걸 들먹여 겁을 주려는 수작이다. 하지만 소년은 개의치 않았다.

"쳇, 아는 척하긴."

그러면서 들고 있는 의자 다리를 어지럽게 휘둘러 우두머리의 손발을 매섭게 내려치고 찔러댔다.

"헛! 종남파의 천봉칠검(天峰七劍)!"

"아니, 석가장의 화룡점창(火龍點槍)!"

"허, 이건 또 소림사의 불광선도(佛光禪刀)가 아니냐!"
우두머리사내의 놀람은 끝이 없었다.
소년은 마치 제가 아는 무공을 자랑이라도 하듯, 아니면 사내의 해박한 지식을 시험이라도 하겠다는 듯 이것저것 잡다한 수법들을 쉴 새 없이 쏟아내고 있었다.
하나같이 강호에 널리 알려진 각파의 무공들인데 서로 연관성이 없는 것들이다. 또 뛰어난 절기도 아니다.
강호에서 뒹굴며 눈칫밥을 먹은 자라면 누구나 쉽게 알아볼 수 있는 수법인 것이다.
사내가 그렇게 소년의 초식을 하나하나 알아맞히는 동안 어느덧 텁석부리와 동창 무사는 싸움을 멈추고 그것을 구경하고 있었다.
소년과 우두머리무사와의 싸움 같지 않은 싸움이 그들의 호기심을 자극한 것이다.
청성파의 검법과 아미파의 권각, 동선보의 도법이며 흑호문의 장법에 이르기까지 도대체 소년의 몸에서 찔끔찔끔 쏟아져 나오는 초식들은 끝날 것 같지가 않았다.
대체 이렇게 많은, 이처럼 잡다한 초식들을 어떻게 모아들였는지, 또 어떻게 익혔는지 불가사의하기만 했다.
초식 중에는 서로 극성이라 할 만큼 상반되는 것들이 있다. 그런 것들은 함께 익히기 어렵고, 함께 펼치기는 더 더욱 어려운 법이다.
그런데 기이하게도 소년의 한 몸에는 그러한 것들이 아무렇지도 않게 섞여 있었고, 아무 거리낌 없이 쏟아져 나왔다.
대표적인 게 웅장하고 침착한 소림사의 불광선도와 신랄하고 표독한 흑호문의 장법이다. 그 두 가지의 서로 다른 무공을 익혔다는 것도 놀라운데 소년은 자유롭게 그것을 구사하고 있지 않은가.

그게 이제는 우두머리무사를 비롯해서 텁석부리사내와 또 한 놈 모두를 경악하게 했다.

"흥, 제법 재롱을 떤다만 아쉽게도 어르신은 너와 더 놀아줄 수 없구나."

우두머리가 코웃음을 쳤다.

잡다하게 쏟아지는 소년의 수법들에 흥미를 느꼈으나 텁석부리사내를 잡는 게 더 급하고 중요했던 것이다.

"합!"

그가 우렁찬 기합성을 터뜨리고 용맹하게 권각을 뻗어내기 시작했다. 소년이 휘두르는 의자 다리를 더 이상 신경 쓰지 않고 힘으로 누르겠다고 작정한 것이다.

당황한 소년이 이번에는 청성파의 송풍검법(松風劍法) 중 낙여분설(落如粉雪)의 초식으로 의자 다리를 검 삼아 어지럽게 휘둘렀다.

소나기처럼 정신없이 떨어지는 나무토막이 어느 방향으로 어떻게 때려올지 아무도 알 수 없다.

퍽! 퍽! 퍽! 퍽!

우두머리의 두 팔과 어깨, 몸통에서 통나무 두드리는 것 같은 소리가 요란하게 났다.

하지만 그는 꿈쩍도 하지 않았다. 온몸에 잔뜩 내력을 불어넣은 터라 소년이 두드리는 것쯤은 문제되지 않았던 것이다.

뚝 하더니 들고 있던 의자 다리마저 부러져 버리고 말았다.

"호호호, 이놈! 어디 또 무슨 재주가 있는지 보자!"

성큼 다가온 그가 불쑥 손을 뻗어 소년의 멱살을 움켜쥐었을 때였다.

불선다모(不善茶母)

딱―!

"아코!"

무엇인가 단단한 것이 그의 이마를 호되게 때렸다.

한순간 정신이 어질어질해진 그가 소년을 놓고 비틀거렸다.

코앞에 생전 처음 보는 노파가 매우 화가 난 얼굴로 버티고 서 있었다.

"엇?"

텁석부리사내와 무사가 놀라서 소리쳤다. 언제 노파가 나타난 건지, 언제 무슨 수를 써서 우두머리의 이마를 깨뜨린 건지 전혀 알 수가 없었기 때문이다.

노파가 소년의 곁에 갑자기 나타났다고밖에는 여길 수 없었다.

정말로 노파는 소년의 발 아래에서 불쑥 솟아난 건지도 모른다. 누구도 그녀가 다가오는 기척조차 느끼지 못했으니 말이다.

머리카락이 눈처럼 희고 주름살이 가득한 노파였다. 원래는 흰색이었던 것이 지독한 황토 바람 때문에 누렇게 변색된 낡은 옷을 입었는데 추괴(醜怪)한 얼굴이다.

탄력을 잃고 늘어진 볼이며, 심통 사납게 치켜져 올라간 눈과 쪼글쪼글한 코, 호물거리는 입과 거북이 등껍질처럼 딱딱하게 말라 버린 피부 등이 영락없는 마귀할멈의 모습이었다.

어느덧 황사 바람이 잦아들기 시작했다.

바람마저 괴이한 노파의 출현에 놀라 숨을 죽이는 듯하다.

주위의 정경을 한 바퀴 휘돌아본 노파가 입을 오물거렸다. 짓무른 눈에서 싸늘한 빛이 뻗친다.

막 발작하려던 우두머리무사가 그것을 보고 찔끔해서 구시렁거렸다.

"뭐 이런 다루가 다 있어?"

"왜? 어디가 어떻게 불만이냐?"

까마귀가 운들 노파의 그 음성보다는 듣기 좋을 것이다.

"수상하기 짝이 없는 다루야. 도대체 당신의 정체는 뭐요?"

"이 다루의 주인이다."

"쳇, 다 모였군."

그는 아직 제 머리통을 때린 게 무엇인지, 누가 그렇게 했는지 얼떨떨한 중이었다.

노파가 언제, 무엇 때문에, 왜 제 앞에 우뚝 서 있는 건지 이해할 수 없다.

"저리 비키시오! 우리 일을 방해하는 건 곧 조 태감 각하에게 반항하는 것과 같소! 어린 꼬마 놈이든 노파든 예외없이 잡아가 문초를 할 것이오!"

"흐흥, 조 태감이 뭐 하는 물건이냐?"

"무, 물건이냐고?"

"보나마나 마른 지렁이처럼 생겨먹은 싸가지없는 작자겠지."

"이, 이런……!"

"그놈이 어떤 놈이든 나는 관심없다. 하지만 내 잠을 방해하고, 내 다루를 이렇게 엉망으로 만들어놓은 데에는 관심이 많지."

"이 요망한 할망구 같으니!"

경악하여 입만 딱 벌리고 있던 우두머리가 기어이 분통을 터뜨렸다.

조 태감은 동창을 지배하는 제독태감이자 황제 폐하의 신임을 한 몸에 받고 있는 권력의 실세다. 아니, 어린 황제를 제 손아귀에 넣고 조몰락거리는 절대 권력자라고 해야 하리라.

그는 동창을 종전의 두 배 규모로 늘리고, 무지막지한 특혜를 주어서 자신의 사병 집단처럼 만들어 버렸다.

때문에 황궁 내에서는 물론이요, 황궁 밖에서도 동창을 통해 공포정치를 하는 조 태감의 비위를 거스를 자가 없었다. 황제보다 오히려 위세가 당당한 자인 것이다.

퇴궁하고 집에 돌아간 대신들이 저녁에 무얼 먹었는지까지 그 즉시 조 태감의 귀에 들어가는 형편이니, 황도에서는 숨을 쉬는 것도 그의 허락을 받아야 한다는 말이 떠돌 정도였다.

그런 조 태감의 위세는 진시황과 비견될 정도로 막강했다.

이 황량한 빌어먹을 곳의 빌어먹을 다루에서 살고 있는 빌어먹을 노파 따위가 욕할 존재가 아닌 것이다.

그러니 조 태감을 하늘처럼 모시고 있는 동창의 무사들에게 노파의 말은 참을 수 없는 모욕이면서 구족을 멸하고도 남을 극악무도한 범죄나 다름없었다.

2

퍽!

우두머리의 뺨에서 북 치는 소리가 터져 나왔다.

"으헛!"

놀란 그가 제 손을 보고 노파를 바라보았다. 이해할 수가 없다.

"이놈의 할망구가!"

다시 버럭 소리치며 힘껏 노파를 후려쳤다. 그리고 그의 뺨에서 또 요란한 소리가 났다.

뻑!

"악!"

그는 도대체 무엇이 어떻게 된 건지 이해 불능의 상태에 빠져 버리고 말았다.

힘껏 노파를 후려쳤는데 왜 제 손이 제 말을 듣지 않고 제 뺨을 때린단 말인가.

미련한 자는 세 번 겪어봐야 사태를 파악하는가 보다.

우두머리가 주둥이에서 피를 철철 흘려대면서도 기어이 노파의 얼굴을 노리고 다시 주먹을 휘둘렀다. 앞서의 두 번과는 비교할 수 없이 빠르고 강하다.

"캑!"

그리고 애처로운 단말마와 함께 벌러덩 뒤로 나가떨어지고 말았다.

노파를 때린 손인데 왜 자기의 얼굴 한복판에 와 있는 건지 모를 일이다.

이놈의 손이 미쳤다고 생각했다.

그렇지 않고서야 제 얼굴을 이처럼 무지막지하게 후려갈길 리가 있겠는가.

이번에는 워낙 힘이 실려 있던 터라 충격이 심했다.

놈이 부러진 코뼈를 감싸 쥐고 낑낑거리며 뒹굴었는데, 손가락 사이로 선지피가 뭉클뭉클 새어 나오는 것이 심상치 않았다.

"사술이다!"

우두머리가 제 손으로 제 볼퉁이며 낯짝을 사정없이 후려갈기고 나자빠지는 걸 본 놈이 비명처럼 소리 질렀다.

그때쯤 텁석부리사내에게 맞고 정신을 잃었던 두 놈도 깨어나 있었다. 충격이 컸지만 몸져누울 만큼 부상을 입지는 않았던 것이다.

서로 눈을 맞춘 세 놈이 일제히 검을 뽑아 들었다.

이제 텁석부리사내는 안중에 없다. 노파를 먼저 요절내서 사술을 쓰지 못하게 해야 한다는 생각뿐이다.

"인정사정 봐줄 것 없다!"

"모두 죽여 버리고 이 망할 다루는 불태워 버리자!"

"동창 무사의 매운 맛을 보여줘야 해!"

서로 소리쳐서 용기를 북돋우더니 '이얏!' 하고 일제히 노파에게 달려들었다.

번쩍이는 검광이 삼면에서 쏟아져 들어와 등골이 시리련만 노파는 아무것도 보지 못하고 알지 못하는 듯 그저 서 있기만 했다. 뒷짐마저 지었다.

"흥!"

그들의 검이 옷깃에 닿았을 때에야 비로소 노파의 쪼글쪼글한 입술 사이로 낮은 코웃음이 흘러나왔다.

짝—!

세 번 뺨을 쳤는데 소리는 한 번밖에 터져 나오지 않았다. 마치 세 개의 손이 동시에 세 놈의 뺨을 후려친 것 같은 쾌속함이었던 것이다.

노파는 여전히 뒷짐을 진 채 그 자리에 서 있고, 세 놈이 제 뺨을 어루만지며 얼떨떨해진 얼굴로 우뚝 섰다.

노파의 움직임을 알아본 자가 없었다. 도대체 언제 움직여서 뺨을 때린 건지 알 수가 없다.

뺨을 맞은 건 분명한데 노파가 그랬다고는 믿을 수 없으니 누구의 짓인지 더 궁금해진 세 놈이 사방을 두리번거렸다. 그러다가 멍청해진 얼굴로 노파를 바라본다.

소년은 시큰둥한 얼굴로 저쪽에서 팔짱을 낀 채 구경하고, 텁석부리 사내도 눈만 둥그렇게 뜬 채 서 있을 뿐이다.

노파의 나무껍질 같은 얼굴이 씰룩거리더니 무심한 말이 흘러나왔다.

"살아서 가고 싶으냐, 죽어서……."

거기서 갑자기 말을 뚝 멈추고 잔뜩 인상을 쓴다. 그러자 얼굴의 주름살이 더 깊어져서 끔찍해 보였다.

"좋아, 그분과 약속을 했으니 죽이지는 않겠다. 빌어먹을."

무슨 약속을 누구와 했다는 건지, 무엇이 불만인지 듣기 역겨운 소리로 투덜거리고 다시 말했다.

"…팔다리를 한쪽씩 떼어주고 병신이 되어서 기어 내려갈 테냐? 골라봐."

"미친……."

짝! 짝! 짝—!

이번에는 똑똑히 보았다. 아니, 노파가 보여준 것이다.

한 놈이 엉겁결에 욕을 하려고 했는데 노파가 슬쩍 어깨를 기울였다. 그리고 귀신처럼 미끄러져 들어와 세 놈의 뺨을 한 대씩 후려쳤다.

다시 제자리로 돌아가 뒷짐을 지고 서기까지 눈 한 번 깜짝할 시간밖에는 걸리지 않았다.

노파가 매우 지루하다는 얼굴을 했다. 번갯불처럼 왔다 갔다 한 것도 그녀에게는 지루하기 짝이 없는 움직임인 모양이다.

"멍청한 것들은 꼭 제 눈으로 확인을 해야만 이해하지. 일일이 보여줘야 한다는 건 정말 지겨워."

까마귀가 깍깍거리는 듯하지만 이제는 어느 누구도 눈썹 한 번 찌푸리지 못했다. 모두 넋이 나가서 뻣뻣하게 서 있을 뿐이다.

이처럼 재빠른 움직임을 그들은 본 적이 없고, 상상해 본 적도 없다. 그것이 저 마귀할멈 같은 호호백발 노파의 솜씨라고 믿어야 한다는 게 더 혼란스럽다.

땅바닥을 뒹굴던 조장이라는 놈도 뻣뻣해졌고, 방금 따귀를 맞은 세 놈도 나무토막처럼 굳어버렸다.

어느새 마혈이 찍혀 버린 것이다.

한 손으로는 뺨을 때리고 한 손으로는 마혈을 찍었는데, 앞의 세 놈에게 그렇게 하고 다시 뒤에서 뒹굴고 있는 놈마저 그렇게 했으니 기가 막힐 일이었다.

그것도 눈 깜짝할 순간에 해버리지 않았는가. 그런데 노파는 보여주기 위해서 일부러 천천히 움직였다고 말했다.

털썩.

텁석부리사내가 얼이 빠진 채 주저앉아 버렸다.

"내, 내, 내가 요괴의 소굴에 들어왔나 보다."

　　　　　*　　　　*　　　　*

생전 처음 해보는 톱질이며 망치질이 엉성할 수밖에 없다.

"소형제, 이건 어디에 붙여야 하지?"

힐끔힐끔 눈치를 보던 우두머리가 부러진 나무토막 한 개를 주워 들고 물었다.

모처럼 바람이 없는 날이다. 하늘은 여전히 누렇지만 그래도 따뜻한 햇빛이 비친다.

한쪽에 의자를 놓고 걸터앉아 해바라기를 하며 꾸벅꾸벅 졸던 소년이 거슴츠레하게 눈을 떴다.

"아, 그거요? 저기 세 번째 탁자 왼쪽 모서리 아래에 있는 받침대지요."

"그런데 말이지……."

다루 안쪽을 힐끔거리며 슬금슬금 다가온 우두머리가 소년 앞에서 비굴한 웃음을 지었다.

"나는 좀 쉬면 안 될까? 보다시피 부하들이 열심히 하고 있잖아. 그래도 명색이 조장인데 체면이 있지, 같이 망치질이며 톱질을 하고 있기에는 좀……."

"그래요?"

심드렁하게 대꾸한 소년이 곧 안쪽에 대고 고함쳤다.

"할머니!"

"아, 알았어! 알았다니까!"

우두머리가 황급히 소년의 입을 틀어막았다. 얼굴에 두려운 기색이 가득하다.

"한다고! 해! 하면 될 거 아냐."

"그러세요."

히죽 웃은 소년이 텁석부리사내를 가리켰다. 그는 지금 박살난 의자 한 개를 거의 원상 복구해 놓고 있는 중이었다. 이마에 땀방울이 송골송골 맺혀 있다.

"저기 저 아저씨를 본받으세요. 봐요, 얼마나 열심히 성심성의껏 하고 있나."

"제기랄, 채 지부대인께서 이 꼴을 보시면 당장 우리를 죽이려고 드실 거야."

우두머리가 구시렁거리며 돌아가 다시 망치를 쥐며 한숨을 내쉬었다.

그들은 벌써 이틀째 꼼짝하지 못하고 부서진 집기며 문을 수리하고 있는 중이었다.

하루에 다섯 냥의 밥값과 두 냥의 숙박비도 꼬박꼬박 지불하고 있으니 제 돈 내고 일을 해주는 꼴이었다. 그것도 무지막지하게 비싼 값이다.

그거야 참을 수 있었다. 정말 참을 수 없는 건 검 대신 톱과 망치를 쥐어야 한다는 것이었다.

부수고 쪼개는 데에는 일가견이 나 있는 사람들이다. 하지만 이처럼 고치고 새로 만들어내는 일에는 어설프기만 했다.

사람을 죽이는 것보다 부서진 의자 한 개를 고치는 일이 더 힘들고 어렵다는 걸 깨달아가는 과정은 고달프다.

그날 이후 노파는 한 번도 얼굴을 내비치지 않았다. 하지만 그들은 감히 달아날 생각조차 하지 못했다.

기문혈이 폐쇄되었기 때문이다.

그래서 한 올의 내력도 끌어올릴 수가 없었다.

조금만 격렬하게 움직이면 사지육신의 힘줄이 무섭도록 당겨서 그 고통을 참기 힘드니 무공을 쓸 수도 없다.

호랑이도 때려잡을 만큼 건장하고 무섭던 자들이 늙고 병든 촌부의 몸 상태로 전락해 버린 것이다.

"그것들을 깨끗이 수리해 놓으면 혈도를 풀어주마. 물론 내 마음에 들어야겠지."

부서진 집기들을 가리키며 그렇게 말한 노파가 위태로운 걸음걸이로 들어갔다.

번개가 번쩍이듯, 벼락이 떨어지듯 움직이던 것과는 전혀 상관 없는 몸짓이었다. 누가 봐도 한 걸음 옮기기조차 힘들어하는 꼬부랑 노파의 그런 모습이었던 것이다.

하지만 텁석부리사내를 비롯해서 동창의 무사들은 감히 숨조차 크게 쉬지 못했다.

물론 은밀히 막힌 혈도를 풀어보겠다고 애써 운기도 해보았지만, 그 대가는 무지막지한 고통일 뿐이었다. 그래서 포기했다.

그 후로 벌써 이틀이나 지났다. 이제는 체념의 상태를 지나 적응의 상태가 된 것일까?

"자, 밥들 먹고 해야지?"

안에서 위엄 가득한 노인의 음성이 들려왔다. 그 즉시 세 놈의 무사가 벙긋벙긋 웃으며 망치와 톱을 내던지고 다루 안으로 달려들어 갔다.

"어이구, 저 한심한 것들 같으니……."

우두머리가 탄식했지만 그도 어쩔 수 없다. 배가 고팠던 것이다.

3

밥을 먹고 나면 잠시 쉴 수 있다.

포만감 뒤에 맛보는 그 느긋한 휴식이 지금처럼 소중하고 고맙다는 걸 예전에는 미처 알지 못하고 살았다.

우두머리는 부하들을 돌아보았다. 양지 바른 곳에 옹기종기 모여 앉아 꾸벅꾸벅 졸고 있다.

그 어디에서도 동창의 무사라는 자부심도, 우쭐거리고 오만하던 모습도 보이지 않았다. 그저 잡역을 나온 인부가 나른한 식곤증에 취해 있는 것 같을 뿐이다.

텁석부리사내도 그들과 떨어진 곳에 멍하니 앉아 있었다.

그는 황제의 친위 금군인 어용영(御勇營)의 다섯 장군 중 한 명이었다. 호기장군(虎旗將軍) 장문량(張文良)이라면 문무를 겸비한 지장이면서 용장으로 이름 높다.

소싯적부터 황궁 내원의 고수들로부터 무공을 전해 받아 성취가 뛰어났으므로 기대를 한 몸에 모았다. 그리고 승승장구하여 황제를 측근에서 호위하는 금의위(錦衣衛) 통령(統領)이라는 어마어마한 자리에까지 올랐다.

채 마흔도 되지 않은 나이에 어용영의 다섯 장군 중에서도 가장 권세와 영향력이 있는 자리에 올랐으니, 가히 하늘의 별을 따 가진 자라고 해야 하리라.

물론 그게 화가 되어 지금은 쫓기는 신세로 전락했지만 한창때의 그는 동창의 지부 무사 따위가 함부로 할 수 없는 그런 사람이었던 것이다.

그런 자가 지금은 추레한 잡부가 되어서 맨땅에 앉아 있다.

햇빛을 받아 따뜻한 나무 벽에 등을 기대고 아득한 황토의 구릉들을 하염없이 내려다보며 시름에 잠겨 있는 것이다.

누가 금의위 통령에게 망치를 들고 못질을 하도록 할 수 있으랴. 황제라도 불가능한 일일 텐데 그는 지난 이틀 동안 묵묵히 그 일을 해왔다.

"휴우—"

우두머리가 긴 한숨을 쉬었다.

자신들의 임무도, 장문량에 대한 미움도 다 부질없다는 생각이 들었던 것이다. 부귀영화가 무엇이며 공명이 다 무엇인가.

장문량의 추레한 모습을 보고 있자니 모든 게 다 뜬구름 같기만 했다. 제 처지라고 다를 게 없으니 더욱 허망하다는 생각이 들 뿐이었다.

'이대로 촌부가 되어서 영영 강호를 떠나 한 그릇의 밥에 만족해하고, 이처럼 따뜻한 양지에서 나른한 식곤증을 즐기는 삶이 좋을지도 모른다.'

기어이 그런 생각마저 들었다.

그러다가 시간이 되면 톱질을 하고 망치질을 한다. 그렇게 구슬땀을 흘리며 노동을 하고, 저녁이면 피곤한 몸을 딱딱한 침상에 누인다.

코를 골며 자는 그 달콤한 잠은 검을 품에 안고 늘 긴장한 채 새우잠을 자야 하는 강호의 삶에 비할 바가 아닐 것이다.

그가 그처럼 엉뚱한 생각을 하게 된 건 장문량을 코앞에 두고서 잡기는커녕 오히려 이 괴상한 다루에 붙잡혀 강제 노역을 하고 있다는 한심한 현실 때문이었다.

이대로 돌아갔다가는 당장 지부대인의 불호령이 떨어질 게 뻔했다. 문책을 당할 것이다.

동창의 기강은 그 어느 곳보다 무섭고 냉혹하다. 용서가 없지 않던가.

그 사실을 떠올리자 부르르 진저리가 쳐졌다.

그동안 물불 가리지 않고 이루었던 자신의 모든 공이 이 한 번의 실패로 물거품처럼 사라질 거라는 생각에 억장이 무너졌다.

"차라리 여기서 종살이나 할까?"

저도 모르게 그런 중얼거림이 새어 나왔다.

하지만 징계가 두려워 돌아가지 않으면 무단 이탈자가 된다. 그건 조직에 대한 배신으로 간주되므로 당장 척살조가 달려올 것이다.

돌아간다고 해도 기다리고 있는 건 혹독한 문책일 게 틀림없다.

책형을 받고 남만의 오지로 유배성 전출을 가게 될지도 모른다.

그건 최악이다. 죽는 것보다 더 지독한 일인 것이다.

가도 죽고, 가지 않아도 죽는다.

불을 보듯 뻔한 그 사실이 그를 더욱 낙심하게 했다.

차라리 노파에게 맞아 죽었더라면 속 편할 뻔했다는 생각마저 들었다. 그랬으면 공무 중 순직한 게 되니 조 태감에게 충성한 자들의 이름을 새겨 넣는 공로비에 제 이름 석 자가 오를 수 있었을 것이다.

하지만 이제는 다 틀린 일이다.

지부대인이 이런 사정을 알게 된다면 그는 결코 용서하지 않을 게 틀림없다.

동창 무사 전체의 체면을 구겼다는 것과 임무를 게을리 했다는 것 때문에 충성심을 의심받게 될 것이다.

그러면 끝장이다.

점심 식사 후의 나른한 시간은 그에게 이처럼 여태까지 생각해 보지 않았던 많은 것들을 생각할 수 있게 해주었다.

상부의 명령을 받고 척살해야 할 자들을 끈질기게 뒤쫓아 기어이 죽여 버렸던 일이며, 쥐새끼처럼 밤의 어둠 속에 숨어서 정탐을 하던 일들.

해도 해도 끝없이 넘쳐 나는 업무로 늘 바쁘기만 했지, 언제 이렇게 느긋한 오후 한때를 보낸 적이 있었던가.

사실 그는 동창 장안 지부에서도 능력을 인정받는 우수한 무사였다. 강호에서도 일류라 할 만한 무공의 소유자였고, 추적과 정탐, 미행 등에 있어서는 남들보다 특출한 재주를 보였다.

그 덕에 함께 동창에 발탁되었던 동료들이 아직 하급 무사로 머물러 있을 때 그는 열 명의 수하를 거느리는 조장의, 그것도 정예 무사들만으로 구성된 갑위(甲衛)의 다섯 조장 중 한자리를 떡하니 차지했던 것이다.

하지만 지금은 지나온 그 모든 날들이 덧없이 느껴졌다.

당장 지부로 복귀하면 떨어질 징계가 두려웠고, 저 정체를 알 수 없는 늙은 다모가 과연 자신들을 무사히 돌려보낼지 불안하기도 했다.

강호의 고수라는 자들을 더러 접해보기도 했지만, 그 어디에서도 이곳의 다모처럼 무시무시한 고수는 보지 못했다. 아니, 그처럼 귀신같은 무공을 지닌 사람이 있다는 걸 여전히 믿을 수 없다.

최선의 길은……

없다.

"에휴—"

그가 다시 땅이 꺼지도록 한숨을 내쉬었다.

이런저런 생각들로 인해 오후의 작업은 더욱 지루하고 재미없었다. 불선다루에서의 이틀이 그에게서 넘치던 의욕과 공명심을 빼앗아가고 대신 의기소침해지게 했던 것이다.

"아니, 거기 천 조장 아닌가? 지금 뭘 하고 있는 거지?"

문득 귀에 익은 음성이 들려왔다. 우두머리사내 천 조장과 세 명의 부하가 깜짝 놀라 돌아보았다.

십여 장 밖. 아지랑이 가물거리는 햇빛 아래 이십 명의 동창 무사가 서 있었다.

믿을 수 없다는 눈으로 바라보고 있는 자는 갑위의 위령(衛領)인 능학빈(陵鶴彬)이다.

동창 장안 지부의 위령이라면 지부대인과 감찰관, 총령 다음으로 높은 자다.

그는 또한 냉혹, 무정하기로 이름난 자였다. 백여 명에 달하는 장안 지부의 창위(廠衛) 중에서도 가장 악명 높은 자인 것이다.

지난바 무공이 자신의 악명을 충분히 뒷받침할 만큼 높아서 내로라하는 강호의 고수들도 그의 십초지적이 되지 못했다.

그런 그가 갑위의 두 개 조 이십 명이나 되는 창위를 직접 인솔하고 이곳까지 온 것이다.

이틀 동안이나 소식이 없는 자기를 찾아온 게 틀림없다.

망치질을 하던 우두머리사내 천수익(千壽翊)과 그의 부하들이 사색이 된 얼굴로 뻣뻣이 굳어버렸다.

위령 능학빈의 놀라던 얼굴이 점점 굳어졌다. 그리고 드디어 얼음덩이처럼 싸늘하게 변했다.

'끝났다, 끝났어.'

천수익이 들고 있던 망치를 떨어뜨리고 고개를 푹 숙였다. 제 인생이 깨져 버리는 요란한 소리가 귀에 들리는 듯하다.

"말해라. 지금 대체 무슨 짓을 하고 있는 거냐?"

능학빈의 스산한 음성이 저승사자의 그것처럼 들렸다.

"저는, 저는… 탁자가 부서지고 문짝도… 그래서 다모께서 화를 내시기에… 고치려고……."

이해할 수 없는 소리다.

능학빈이 천천히 눈길을 돌려 한쪽에 우두커니 서 있는 장문량을 바라보았다. 흠칫 놀란다.

"아니, 당신은 장 장군?"

"휴—"

텁석부리사내, 장문량도 한숨을 쉬고 고개를 떨어뜨렸다.

"허!"

능학빈이 탄성을 발했다. 제 눈으로 보고 있으면서도 믿을 수 없었던 것이다.

아무리 쫓기는 신세가 되었다지만, 얼마 전까지만 해도 황제 곁에서 막강한 위세를 떨치고 위엄을 뽐내던 금의위 통령이 아니었던가. 그런 장문량이 톱을 쥐고 나무를 썬다?

나는 새도 떨어뜨리는 동창의 창위가, 그것도 갑조의 다섯 조장 중 한 명인 천수익이 부러진 의자 다리에 못을 박고 있다?

"어허—"

"에휴—"

"하—"

능학빈과 천수익, 장문량의 입에서 동시에 한숨 소리가 쏟아져 나왔다.

"잡아라!"

냉정한 자답게 가장 먼저 정신을 차린 능학빈이 우선 장문량을 가리키며 명령했다. 그 즉시 다섯 놈의 창위가 병아리를 노리는 솔개처럼 쏜살같이 몸을 날려 그를 덮쳤다.

장문량의 무공은 황궁 안에서도 대적할 자가 흔치 않다고 알려졌을 만큼 뛰어난 고수였다. 그래서 바짝 긴장하고 덮친 건데 그는 아무런 반항도 하지 않았다. 아니, 할 수 없었다.

그가 너무나도 손쉽게 손에 잡혔으므로 능학빈과 창위들은 다시 한 번 깜짝 놀라 눈을 크게 떠야 했다.

어쨌든 잡았다.

조 태감이 제일의 공적으로 지목하고, 전국의 모든 창위들에게 특명을 내려 잡도록 한 장문량을 드디어 손에 넣은 것이다.

"크하하하!"

어리둥절했던 능학빈이 앙천광소를 터뜨렸다.

저자를 경사의 태감부로 호송해 가면 조 태감으로부터 막대한 상과 칭찬이 쏟아져 나올 것이다. 어쩌면 특진하여 황도의 동창 본영으로 발탁되어 갈지도 모른다.

한순간에 물밀듯 밀려들어 오는 그런 장밋빛 꿈에 취해서 능학빈은 벌써 어깨가 우쭐거려졌다.

【第三章】

악몽(惡夢)의 시작

1

"묶어라!"

능학빈이 의기양양해서 소리쳤다. 그 즉시 창위들이 달려들어 천수익과 세 명의 수하를 포박했다. 그들 또한 반항할 생각이 없는 듯 순순히 잡혀주니 능학빈은 더욱 기뻤다.

"크하하하! 과연 동창의 위엄이 하늘을 찌르는구나!"

한 번 나와서 장문량을 잡고, 동창의 배신자 네 명을 한꺼번에 잡아 묶었으니 기고만장할 만하다.

"수상한 다루다. 이름부터가 그래."

'불선다루' 라는 현판을 바라보던 능학빈이 음침한 얼굴로 중얼거렸다.

캐보면 무언가 굵직한 건수가 걸려들지도 모른다는 생각이 들었다.

꽁꽁 묶은 장문량과 천수익 등을 꿇어앉혀 놓고 세 명의 창위에게

악몽(惡夢)의 시작 57

지키도록 한 그가 나머지 열일곱 명을 이끌고 다루 안으로 들어갔다.

썰렁하다.

아직 고치지 않은 탁자와 의자 몇 개가 부서진 채 주저앉아 있으니 더욱 그렇다.

기둥 여기저기에도 금이 가 있어 빨리 보강하지 않으면 이층이 무너져 버릴지도 모른다.

먼지만 풀풀 날릴 뿐 쥐새끼도 찍찍거리지 않는 고요함이 수상하다는 느낌을 더욱 짙게 해주었다.

한 놈이 구석의 어둠 속에 웅크리고 앉아서 반짝거리는 눈을 빤히 뜨고 바라보고 있으니 더욱 의심이 든다.

소걸이라는 소년이었다.

"이리 와봐라."

능학빈이 경계심을 일으킨 채 손가락을 까닥거렸다. 소걸이 머리를 살래살래 흔든다.

"저놈이?"

"에휴— 아저씨들은 실수했어요."

"뭐라고?"

"그냥 갔어야죠. 지금이라도 늦지 않았으니 못 본 척하고 어서 가세요."

"저놈이 지금 뭐라고 씨부렁거리는 거냐?"

"잡은 놈들을 풀어주고 그냥 가라고 하는 것 같습니다."

능학빈이 피식 웃었다. 협박에는 영 서툰 놈이라는 생각이 들어서다.

"잡아라."

그가 귀찮다는 듯 손을 내둘렀다.

즉시 창위 한 놈이 소년에게 손을 내밀었다. 소걸은 반항하지 않았다. 제 힘으로 될 일이 아니라는 걸 잘 알기 때문이다. 대신 소리를 질렀다.

"할머니!"

아래층에서 그런 일이 벌어지고 있을 때, 음침한 다루의 이층에서는 노파와 백발노인이 입씨름을 하고 있었다.

"이번에는 당 노괴, 당신이 해."

"그러지 말고 이번에도 당신이 하구려."

"나는 이틀 전에 했잖아."

"한번 시작했으니 끝까지 책임져야 하는 것 아니겠소?"

노파가 매서운 눈길로 백발노인을 노려보았다.

"같이 늙어가는 처지라고 봐줄 줄 아는 거냐? 왜 또박또박 말대꾸야?"

"늙든 젊든 상관없는 거야. 결자해지(結者解之). 이 말도 모르시오?"

"내가 무식하다는 거냐?"

"그런 말 한 적 없소."

"아무튼 난 귀찮다. 그러니 당 노괴, 당신이 해."

"결자해지. 커흠."

"죽을래?"

그 말에 백발노인이 한풀 꺾이고 말았다.

"그럼 소걸이를 시킵시다."

악몽(惡夢)의 시작

"벌써 노망이 든 거야? 그놈이 밖에 있는 저놈들의 상대가 되겠어?"

"그러기에 쓸 만한 걸 좀 가르쳐 줬으면 이럴 때 편했을 거 아니오?"

"안 된다고 했지? 자꾸 말대꾸할래? 그래서 내 속을 긁어놓아야겠어? 앙?"

기어이 노파의 까마귀 우는 듯한 고음이 터져 나왔다.

찔끔한 백발노인이 마지못해 일어났지만 투덜거리는 걸 잊지 않았다.

"제기랄, 제멋대로 하는 저 버릇은 언제나 고쳐지려는지 원. 예나 지금이나 조금도 달라지지 않았구만."

"자꾸 꿍얼거릴래?"

노파가 다시 빽 소리쳤다. 백발노인 당 노괴는 계단을 내려가고 있는 중이다. 그러면서도 한소리를 기어이 더 했다.

"옛날에는 예쁘기라도 했지……."

"으으으—"

노파의 머리꼭지에서 무럭무럭 김이 솟았다. 당 노괴의 마지막 말이 인내력의 한계를 무너뜨린 것일까?

하지만 눈에서 불길을 토하며 벌떡 일어났던 노파가 다시 주저앉았다.

"끙! 아이구, 삭신이야! 이놈의 신경통 때문에 내가 참는다."

삐그덕삐그덕.

낡아서 곧 무너질 것 같은 나무 계단이 몸살 앓는 소리를 냈다.

"응?"

능학빈이 의외라는 듯 이층으로 올라가는 계단을 바라보았다.

백발의 노인, 신선처럼 멋지고 우아하게 생긴 노인이 천천히 계단을 내려오고 있다.
 "오호!"
 입에서 절로 감탄성이 터져 나왔다.
 한 발 한 발 계단을 내려오고 있는 노인의 모습이 구름을 타고 내려오는 듯 신비롭고 장엄해 보였기 때문이다.
 "확실히 수상한 다루야."
 이런 오지에 이런 다루가 있다는 것도 그렇고, 이런 다루에 저와 같은 신선이 있다는 게 또 그렇다.
 무언가 구린내가 풍긴다.
 어쩌면 조 태감에게 반항하는 어둠의 세력이 숨어 있는 곳인지도 모른다는 생각이 굳어졌다.
 대단히 큰 건수 하나를 건지게 될 거라는 기대에 들떠 있는데, 당 노인의 묵직하고 위엄있는 음성이 들려왔다.
 "쉽게 죽을 테냐, 어렵게 죽을 테냐?"
 "응?"
 천상의 선계에서 들려오는 신선의 노랫소리처럼 듣기 좋은 음성이다. 하지만 그 뜻은 사뭇 요상하고 살벌하지 않은가.
 능학빈이 눈을 크게 떴다. 제가 잘못 들은 거라고 생각했다.
 "뭐라고 한 거냐?"
 "어떻게 죽을 거냐고 묻는군요. 쉽게 죽을 건지, 어렵게 죽을 건지."
 "누가?"
 "우리 모두에게 하는 말 같은데요?"
 "누가?"

"저 신선 노인입지요."

"허—"

제가 잘못 들은 게 아니다.

당 노인은 계단 아래에 우아하고 점잖게 서 있었다. 가슴 앞에 늘어진 흰 수염이 가볍게 출렁거리고 뺨에 닿아 있는 하얀 눈썹이 아름답다.

"고약하다!"

능학빈이 탁자를 두드리고 벌떡 일어섰다.

감히 제 앞에서 어떻게 죽을 테냐고 묻다니? 이처럼 건방지고 고약한 말은 없다. 그건 언제나 제가 역적 놈들을 잡아다 놓고 문초할 때 하던 말 아니던가.

조 태감에게 반항하는 놈들 말이다.

"꿇려라!"

버럭 소리쳤다. 신선이고 뭐고 조 태감에게 반항하는 놈들이라면 죄다 잡아서 목을 쳐야 한다.

즉시 곁에서 호위하고 있던 창위 두 놈이 훌쩍 뛰어서 당 노인의 면전에 뚝 떨어졌다.

그리고 양쪽에서 손을 뻗어 노인의 견정혈과 곡지혈을 단단히 움켜쥐었는데……

스르르 미끄러지더니 노인 앞에 무릎을 꿇고 만다.

고개마저 푹 숙인 채 잠잠하다.

"응?"

능학빈이 다시 한 번 눈을 크게 떴다.

저쪽에서 소년, 소걸이 중얼거렸다.

"재수도 없지 뭐야. 할머니를 불렀는데 할아버지가 내려오다니. 쯧쯧, 그러기에 그냥 가라고 했건만……."
"저놈들이 지금 뭘 하고 있는 거야?"
능학빈이 벌컥 역정을 냈다.
"저 멍청한 놈들도 같이 끌고 와!"
"존명!"
이번에는 세 놈이 득달같이 뛰어나갔다.
딱 세 걸음을 뛰더니,
풀썩―
동시에 헛발이라도 디딘 것처럼 앞으로 고꾸라져서 코를 처박았다.
꼼짝하지 않는다.
"응?"
능학빈은 비로소 사태가 요상하게 흐른다는 걸 눈치챘다.
신선 같은 노인은 두 손을 얌전히 늘어뜨린 채 꼼짝하지 않고 서 있을 뿐이었다. 그런데 멀쩡하던 놈들이 제 스스로 엎어져서 죽은 듯 늘어져 버리니 어떻게 된 일인지 알 수가 없다.
'귀신?'
그런 생각이 불쑥 들었다.
주위를 두리번거리는 눈에 두려움이 어렸다.
아무리 온 신경을 집중해서 구석구석 쓸 듯이 살펴본다 해도 귀신이 눈에 보일 리가 없다.
쿵―!
우두커니 서 있기만 하던 당 노인이 걸음을 떼어놓았다. 무겁기가 태산이 옮겨오는 것 같았다. 장엄하고 위풍이 당당하다.
쿵―!

"크어억!"

"끄윽!"

두 걸음 옮겼을 때 문가에 서 있던 두 놈이 제 목을 움켜쥐고 답답한 비명 소리와 함께 나뒹굴었다. 사지를 바르르 떨더니 잠잠해진다.

즉사했다.

"헉!"

능학빈의 눈이 찢어질 것 같다.

노인은 그저 두 걸음을 걸었을 뿐이다. 아무 짓도 하지 않았다. 그런데 저놈들이 왜 제 목을 움켜쥐고 스스로 명줄을 끊어버린단 말인가?

노인이 또 한 발을 떼어놓으려는 순간이었다.

"그만! 정지!"

능학빈이 겁에 질려서 소리쳤다.

2

노인이 반쯤 들어올렸던 발을 내리고 우뚝 멈추어 섰다.

능학빈이 부들부들 떨리는 손으로 노인을 가리켰다.

"다, 당신은 신선이 아니라 귀신이오?"

"허허허허, 한때는 사람들이 그렇게 불렀느니라."

"대체 어떻게 된 일이오?"

"보여주랴?"

노인이 한 손을 들어올려 가운데 손가락을 말아 쥐더니 천천히 좌우로 움직였다. 누구의 이마를 한 대 튕겨줄까 하고 고르는 것 같다.

다루 안에는 이제 열 명의 창위가 남아 있었다. 밖에 세 놈이 있고,

열일곱 놈이 기세등등하게 뛰어들어 왔는데 잠깐 사이에 일곱 놈이 불귀의 객이 된 것이다.

노인의 말아 쥔 손가락이 그 열 놈을 차례차례 가리켰다. 그러더니 드디어 한 놈의 이마를 겨누고 딱 멎었다.

빙긋 웃더니 가볍게 튕긴다.

"끄으으—"

아무런 기척도 없었는데 그놈이 제 목을 움켜쥐고 썩은 짚단처럼 무너졌다.

지력을 날린 거라면 기운이 뻗어 나가는 소리라도 들려야 한다. 암기를 튕겨냈다면 아무리 빠르다고 해도 그것의 궤적이 보이기 마련이다. 하지만 노인은 그저 가볍게 손가락을 튕겼을 뿐이고, 아무런 소리도 흔적도 허공에 남기지 않았다.

"사, 사술?"

능학빈이 이제는 넋이 빠진 얼굴로 중얼거렸다.

노인이 얼굴 가득 인자한 웃음을 띤 채 이번에는 다섯 손가락을 모두 말아 쥐었다. 주먹을 쥔 것이다.

그리고 활짝 편다.

"크어억!"

동시에 다섯 마디의 답답한 비명이 터져 나오고 다섯 놈이 무더기로 주저앉았다. 역시 즉사다.

독에 맞았다면 죽기 전 아주 잠깐 동안이라도 근육의 경련이라든가, 눈이 뒤집힌다든가 하는 증상이 나타나는 게 정상이다.

그런데 어떻게 된 게 노인의 손가락이 가리킨 놈들은 하나같이 제 목을 움켜쥐더니 그 즉시 아무런 증상도 없이 순식간에 숨 쉬기를 멈추는 것 아닌가.

 능학빈은 이런 일이 있다는 소리도 들어보지 못했고, 본 적도 없었다. 귀신이 아니고서야 어찌 이와 같은 일을 할 것인가.

 노인이 다시 몇 번 손가락을 꼼지락거렸고, 모두 다 죽어버렸다.

 동료들이 죽어 자빠지는 걸 보았을 때 두려움을 느끼고 일제히 달아났을 법도 하다. 하지만 어찌 된 게 제 차례를 기다리기라도 하는 듯 꼼짝 않고 서 있다가 폭삭폭삭 주저앉았으니, 그것도 이해할 수 없는 일이었다.

 능학빈 혼자 남았다.

 '어차피 살지 못한다!'

 그런 생각이 그를 용감해지게 했다.

 지나친 두려움 때문에 이성을 잃었다고 해야 하리라.

 "이 요망한 늙은이!"

 능학빈이 버럭 외치고 검을 뽑아 들었다. 훌쩍 몸을 날려 단번에 노인의 가슴을 쑤셔 버릴 작정인 것이다.

 "억!"

 하지만 벌떡 일어섰던 그가 고통스런 비명을 터뜨리고 다시 주저앉아 버렸다.

 이를 박박 갈면서 진땀을 뚝뚝 떨어뜨리는 것이 지독한 고통을 억지로 참고 있는 게 분명했다.

 "도, 도, 독……."

 그의 덜덜 떨리는 턱에서 가까스로 한마디가 흘러나왔다.

 "허허허, 기특한 놈이구나. 그걸 알아냈으니 말이다."

 능학빈이 크게 한숨을 몰아쉬고 가까스로 안정을 찾았다. 살을 발라내고 뼈를 조각조각 부수는 듯하던 고통이 거짓말처럼 사라졌던 것이다.

"별거 아니야. 귀령산혼지술(鬼靈散魂之術)이라는 것이지. 그저 잔재주에 불과한 거란다."

자상한 할아버지가 손자에게 가르쳐 주는 것 같은 음성이고 얼굴이었다.

"구, 귀령… 산혼… 지술?"

그와 같은 용독(用毒)의 수법이 있다는 걸 들어본 적이 없다.

"너무 오래되었으니 기억하고 있는 사람이 별로 없을 거야. 너 같은 아이가 알 리가 없지."

노인이 처연하게 한숨을 쉬었다.

"에휴— 벌써 한 갑자가 지났구나. 정말 무상한 게 세월이야."

"한 갑자 전……?"

능학빈이 입을 딱 벌렸다. 자기가 태어나기도 전이다. 그때의 일을 당연히 알 리가 없고, 또 들어본 적도 없다. 워낙 오래전이니 사람들의 기억 속에서도 사라진 탓이다.

"하, 하오면 저희가 알지도 못하는 사이에 이미 중독되어 있었던 거로군요?"

"내가 계단을 내려올 때였을 거야, 아마."

"헉!"

"빙혼정(氷魂精)이라는 건데, 무형지독의 한 종류거든. 그런데 그 어떤 무형지독보다도 조금 더 지독한 거란다. 느끼지도 못하고 보이지도 않거든. 형체가 없으니까 그래. 말 그대로 그냥 무형이야."

"꿀꺽!"

능학빈이 저도 모르게 마른침을 삼켰다.

생전 처음 들어보는 말이고, 믿을 수 없는 말이기도 했다. 세상에 그런 독이 어디 있단 말인가.

하지만 제 눈앞에 벌어진 일이니 믿지 않을 수도 없다.

그래서 창위들은 달아나고 싶어도 그럴 수 없었던 것이다. 자신도 느끼지 못하는 사이에 이미 중독되어 있었던 것이다.

달아나야겠다는 의지가 발동하자 그대로 몸이 굳어버렸으니 귀신에 눌린 거라고 생각했으리라.

노인을 잡았던 놈들도, 잡으려고 뛰어나갔던 놈들도 모두 그래서 즉사해 버렸다.

의지가 일고 살기가 일어나자 고스란히 제 자신에게로 돌아왔던 것이다.

숨결을 따라 몸에 스며들었던 빙혼정이 살기에 반응하여 왈칵 폭발한 것이니 막을 방법이 없다.

그리고 노인이 느긋하게 손가락을 튕겨서 형체도 냄새도 없는 독정(毒精)을 쏘아냈다. 그건 노인의 의지라고 해야 하리라. 형체가 없는 독기(毒氣)니 그렇다.

노인은 자신의 의지만으로 사물을 독살할 수 있는 심독(心毒)의 경지에 들어 있는 사람이었던 것이다.

독인(毒人)의 경지가 그럴지 모른다.

그러나 독인이란 이론으로만 전해지는 것일 뿐 실체가 아니라는 게 정설이지 않던가.

능학빈은 강호에 그와 같은 사람이 있다는 걸 듣지도 못했다.

강호에는 독공에 능하고 독을 잘 쓰는 자들이 많다. 그들이 궁극적으로 추구하는 게 바로 독인지체였다. 하지만 누구도 그것을 이루었다는 사람은 없었다.

독인지체가 되면 그 몸이 모두 독 덩어리일 뿐 아니라 영혼마저도 그렇게 된다. 인성이 사라져서 사람도 아니고 강시도 아닌 괴물이 되는 것이다.

그런데 노인은 멀쩡했다.

'그렇다면 독인지경마저 초월했단 말인가? 독선(毒仙)의 경지에 이른 건가?'

능학빈의 머리 속에 그런 엉뚱한 생각이 들었다.

"내가 왜 너를 죽이지 않았는지 아니?"

"모, 모릅니다."

"이걸 주고 싶어서 그래."

"예?"

노인이 대추씨만한 검은 환약 한 알을 내밀었다.

"먹어라."

"이, 이게… 뭔가요?"

"해독약."

"아!"

더 망설일 이유가 없다. 어차피 중독된 몸 아니던가. 독약인들 무슨 상관이 있을 것인가. 또 정말 해독약이라면 어찌 먹지 않을 수 있으랴.

능학빈이 망설이지 않고 부들부들 떨리는 손으로 그것을 집어 꿀꺽 삼켰다.

"일 년 동안만 살아 있는 거야."

"일 년… 인가요?"

"왜, 싫으냐?"

"아, 아닙니다."

"흘흘, 꼭 해야 할 일이 있는 사람에게는 하루의 삶도 소중한 거지. 너는 할 일이 많을 거야. 그렇지?"

"예, 예."

"운기해 봐라."

조금 전의 고통을 잊지 못하고 있는 능학빈은 잠깐 두려운 얼굴이 되었으나 곧 체념하고 노인의 말대로 가만히 운기해 보았다.

언제 중독되었던가 싶을 만큼 모든 게 다 정상이었다. 단전에 기력도 충실히 모이고, 경락을 따라 흐르는 기의 운행도 순조롭다. 오히려 중독되기 전보다 내력이 더 충실해진 것 같았다.

"휴— 정말 해독되었군요."

"흘흘, 일 년 뒤에 다시 해약을 먹지 않으면 조금 전에 맛보았던 것보다 백 배는 더한 고통을 느껴야 할 게다. 칠 일간 그런 고통을 맛본 다음에 칠 일간 피가 썩고 뼈와 살이 썩는 아주 독특한 경험을 하게 되지. 그런 다음에는 한 줌의 혈수로 녹아서 사라져 버려. 시체는커녕 혼백도 그렇게 다 녹아버리고 증발해 버려서 흔적조차 남지 않는단다. 어때, 재미있겠지?"

"어, 어르신, 그건 제발……."

능학빈의 냉혹무비하던 얼굴이 이제는 가련하고 애처로운 아이의 그것처럼 변해 버렸다.

"하지만 내가 주는 해약을 먹으면 아무 일 없어. 지금처럼 말이다. 물론 일 년 동안만 살 수 있다는 게 좀 그렇기는 하지. 하지만 그래도 그게 어디냐? 안 그래?"

그 말에 새파랗게 질린 낯으로 부들부들 떨던 능학빈이 당 노인의 발 아래 털썩 무릎을 꿇었다.

"제발, 제발 살려주십시오. 저는 정말 할 일이 너무 많답니다. 이대로 죽을 수는 없습니다. 제발 살려주세요. 흑흑……."

그 오만하고 무자비하던 심성이 한순간에 세상에서 가장 가련하고 애처로운 것으로 바뀌었다. 노인의 발목을 움켜쥐고 흐느끼는 모습이 그렇게 처량해 보일 수가 없다.

"쯧쯧, 오래오래 건강하게 살고 싶겠구나."

"예, 예. 살려만 주신다면 뭐든지 다 하겠습니다. 종이 되어도 좋고, 노예가 되어도 좋습니다."

"진심이냐?"

"제 목숨은 이미 신선 어르신의 손에 있는데 제가 어찌 헛소리를 하겠습니까."

"하긴 그렇지."

머리를 끄덕인 노인이 턱짓으로 밖을 가리켰다.

"아직 세 놈이 남아 있지?"

"예."

"나는 너 한 사람만 종으로 삼으면 충분하거든?"

"아, 알았습니다."

능학빈이 이제 살았다는 걸 기뻐하며 그 즉시 다루 밖으로 뛰어나갔다. 쏜 살이라 한들 그보다 빠르지 못할 것 같았다. 그는 자신이 생각해도 믿어지지 않을 만큼 재빠른 경공 신법을 펼친 것이다.

그리고 곧 밖에서 세 마디의 단말마가 들려왔다.

강호에서 독심혈귀(毒心血鬼)라고 불리는 잔혹한 고수이자 동창 장

안 지부에서도 제일 솜씨가 뛰어난 자라고 소문난 갑위의 두령 능학빈. 그가 당 노인의 충견으로 다시 태어나는 순간이었다.

노인이 희미하게 미소 지었다.

심성의 악독하고 차갑기가 염라대왕보다 더 지독한 노인.

눈 하나 깜짝하지 않고 조금의 가책도 없이 스무 명을 장난하듯 죽여 버린 노인.

하지만 빙긋 웃는 얼굴은 세상에서 가장 인자하고 자애로운 신선의 모습 그 자체였다.

3

"밥들 먹고 해라!"

안에서 노인의 낭랑한 음성이 들려왔다. 그 즉시 땀을 뻘뻘 흘리며 뒤처리를 하고 있던 여섯 명이 쏜살같이 튀어 들어온다.

일일이 구덩이를 파고 스무 구의 시체를 매장한 뒤에 지저분해진 주변까지 깨끗이 정리하는 일은 아직 살아 있는 자들의 몫이었다.

다루 안에 푸짐한 저녁 식탁이 차려졌다. 소걸이 부지런히 주방을 오가며 내오는 음식마다 맛깔스러워 보이지 않는 게 없다.

하지만 누구도 감히 젓가락에 손을 대지 못했다.

독 때문이다.

그 공포가 이제는 다루 안에서 숨을 쉬는 것마저 불안하게 했다. 이 공기 속에도 혹시 무형지독이 풀려 있는 건 아닌가 하는 공포를 떨쳐 버릴 수 없었던 것이다.

이층에서 노파가 조심조심 내려왔다. 계단 삐걱거리는 소리가 조용한 다루 안에 크게 울려 퍼졌다.

노파가 살짝 눈살을 찌푸렸다. 식탁 앞에 뻣뻣이 굳어서 서로 눈치만 보며 앉아 있는 군상들이 마음에 들지 않는 모양이다.

"얘들이 왜 이래? 누구 제삿날이니?"

그 즉시 다섯 명이 젓가락을 집어 들고 정신없이 퍼 먹어대기 시작했다. 제가 무얼 씹고 있는지조차 생각할 겨를이 없다.

"쯧쯧, 배들이 몹시 고팠던 모양이구나."

가엾다는 듯 그 꼴을 물끄러미 바라보던 노파가 능학빈의 등을 토닥거려 주었다.

"천천히 꼭꼭 씹어 먹어라. 많이들 먹어."

"헉!"

볼이 미어지도록 밥을 퍼 넣고 있던 능학빈이 공포로 얼어붙어 버렸다.

"쟤들을 어떻게 할까?"

노파가 음식을 오물거리며 물은 말이다.

그녀와 당 노인, 소걸은 주방 쪽 식탁에 앉아 식사를 하는 중이었다. 마주 앉아 우아하게 입을 오물거리고 있던 당 노인이 건성으로 대답했다.

"종으로 부리지, 뭐."

"그럴 거면 나머지도 살려서 부렸으면 더 좋지 않았겠어? 왜 지랄을 떨고 다 죽여 버렸담."

노파가 눈을 하얗게 흘기더니 다시 고쳐서 말했다.

"하긴, 스무 명이나 되는 놈들 밥해 먹이려면 당 노괴, 당신이 많이

악몽(惡夢)의 시작 73

고달플 거야. 잘했어."

빙긋 웃은 당 노인이 점잖게 말했다.

"사실 저놈들 밥해 먹이는 것도 귀찮아. 그냥 다 죽여 버릴 걸 그랬나 봐."

"허억!"

그 즉시 저쪽 탁자에 앉아 음식을 퍼 먹어대고 있던 다섯 사람이 다시 뻣뻣이 굳어버렸다.

"사내가 그렇게 변덕이 죽 끓듯 해서 무엇에 쓰누. 쯧쯧."

"그렇지. 한 번 결정한 일인데 또 바꾸기는 뭣하지?"

다섯 사람이 일제히 안도의 숨을 내쉰다.

"저 살모사처럼 생긴 놈이야 동창의 우두머리라니 쓸모가 있을지도 몰라. 그런데 저 네 놈은 뭐에 쓰지?"

"예쁘고 사랑스러운 당신 말이 맞아. 저 네 놈은 쓸모가 별로 없을 것 같아. 망치질도 제대로 못하고 말이야. 죽여 버릴까?"

"허억!"

저쪽에서 식사를 하고 있던 천수익과 세 명의 창위가 다시 헛숨을 들이키고 뻣뻣해졌다.

툭툭 던지는 노파와 당 노인의 말 한마디 한마디에 그들은 천국과 지옥을 오가며 짜릿한 맛을 보고 있는 것이다.

"망할 놈의 늙은이 같으니. 아직도 음흉한 속셈을 못 버렸구나?"

당 노인의 아첨 섞인 말에 노파가 교태스럽게 눈을 흘기며 쫑알거렸다.

그 모습이 더 끔찍하지만 당 노인은 입이 헤벌어진 채 황홀하게 바라볼 뿐이다.

"할머니, 할아버지, 저 사람들 체하겠어요. 그만 좀 하세요."
보다 못한 소걸이 핀잔을 주었다. 이때라는 듯 천수익과 세 명의 창위가 젓가락을 던지고 우르르 몰려와 노파의 발 아래 무릎을 끓고 머리를 연신 조아렸다.
"저, 저는 재주가 있습니다요. 곁에 두시면 쓸 데가 분명히 있을 겁니다."
"무슨 재주?"
노파가 소채를 집어 우물거리며 심드렁하게 물었다.
"저는 추적과 미행, 감시, 정보 수집 등에 있어서 이미 능력을 인정받고 있답니다."
"그래?"
"파파께서 알고 싶으신 게 있다면 말씀만 하십시오. 즉시 달려가서 상세한 정보를 캐오겠습니다."
"뭐, 알고 싶은 게 있지도 않아. 아무튼 그것뿐이냐?"
"누구든 슬쩍 죽이고 싶은 자가 있으면 하명만 하십시오. 제가 즉시 처리해 드리겠습니다."
"쳇."
'헉!'
천수익이 급히 제 입을 틀어막았다. 실수했다는 걸 깨달은 것이다.
노파 앞에서 누구를 대신 죽여주겠다는 말을 하다니…….
노파가 죽이겠다고 마음먹는다면 세상의 그 누구도 무사할 수 없을 것이다. 천수익은 그걸 잘 알고 있다. 게다가 당 노인까지 있으니 더 무엇을 말하랴.
'다 틀렸다.'

천수익의 낯빛이 창백해졌다.

"그럼 저놈들은?"

노파가 젓가락으로 세 놈을 가리켰다. 그들은 감히 머리도 들지 못한 채 벌벌 떨고 있는 중이었다.

천수익이 비장한 얼굴로 말했다. 이미 죽기를 각오한 듯하다.

"그들은 오랫동안 저와 생사고락을 같이해 온 동료이자 수하입니다. 서로 말하지 않아도 의사 소통이 가능할 만큼 손발이 잘 맞습니다. 저들의 도움이 없다면 저 혼자서 할 수 있는 일은 그리 많지 않을 겁니다. 그러니 제가 필요하시다면 저들 또한 반드시 필요할 것입니다."

그리고 입을 꾹 다물었다. 이제 죽고 사는 건 노파의 결정에 맡기겠다는 의연한 자세가 엿보인다.

"흘흘……"

노파가 묘한 웃음을 흘렸다. 천수익을 노려보는 눈꼬리에 흐뭇해하는 기색이 숨겨져 있다.

"노괴, 어때? 이놈이 그래도 제 수하들을 감싸는 마음이 기특하기는 한데……"

슬쩍 당 노인에게 물었다. 노인이 의젓하게 흰 수염을 쓰다듬으며 머리를 끄덕였다.

"그럼 뭐, 잔심부름이라도 시켜볼까?"

천수익과 세 명의 수하가 머리를 찧으며 감사하다고 소리쳤음은 물론이다.

노파가 이제는 텁석부리사내, 금의위 통령이었다는 장문량을 바라보았다.

"저놈은 어떻게 하지?"

"아, 쟤는 차 맛을 제대로 아는 기특한 아이야. 그런 놈들 중에 악당은 없지. 그러니 그냥 둡시다."

"흥! 악당이 없다니? 당 노괴, 너는 악당이 아니고 뭐냐?"

"허허, 그 예쁜 입에서 어찌 그런 서운한 말이 나올꼬?"

"흥!"

노파가 매섭게 눈을 흘겼지만 입은 배시시 웃고 있었다. 예쁘다는 말에는 그저 대책이 없는 듯 슬그머니 넘어간다.

그렇게 해서 다들 안심하고 다시 식사를 하기 시작했다.

다음날, 능학빈이 당 노인과 노파 앞에 무릎을 꿇고 절을 올려서 하직 인사를 했다. 주인을 모시는 종의 태도가 벌써 몸에 밴 듯 그처럼 공손하고 복종적일 수 없는 몸가짐이었다.

"그럼 돌아가서 하명을 기다리고 있겠습니다."

"이곳에서의 일은 알아서 잘 둘러대라."

"예, 역도 무리의 기습을 받아 모두 죽고 저만 간신히 살아왔다고 보고합지요. 불선다루에 대해서는 입도 뻥긋하지 않겠습니다."

"흘흘, 가봐."

"감사합니다. 부디 옥체 보중하소서."

신처럼 떠받들고 있는 조 태감 앞에서도 그처럼 간절하고 극진하지는 않을 것이다.

가슴을 쓸어 내리며 물러 나온 능학빈은 그 즉시 최대한의 경공 신법을 발휘했다. 그의 모습이 바람처럼 멀어지더니 이내 황토 구릉 너머로 사라져 버렸다.

"너희들은 안 가냐?"

노파가 천수익과 그의 수하 세 놈에게 물었다. 그들이 머리를 조아리고 일제히 대답했다.

"저희들은 이제 오갈 데가 없습니다."

"왜? 동창으로 돌아가면 될 텐데?"

"더 이상 그 일을 하지 않겠습니다. 이곳에서 두 분 노신선을 모시고 종살이하기를 원합니다."

"진심이냐?"

노파가 눈을 가늘게 뜨고 노려보며 묻는데, 믿지 못하겠다는 듯했다. 그 즉시 네 놈이 품에서 작은 칼을 꺼내 저희들의 팔뚝을 푹 찔렀다.

그리고 붉은 피가 철철 흘러내리는 그것을 높이 들어 보이며 소리쳤다.

"이 피로 맹세합니다!"

"알았다, 알았어. 지겨운 놈들 같으니. 그럼 이제부터 소걸이를 도와서 잔심부름이나 해라."

그렇게 해서 동창 장안 지부의 총망받던 기린아 천수익과 그의 수하들은 제 신분을 버리고 불선다루의 종이 되었다.

【第四章】
풍파지절(風波之節)

1

"친조부모님이시냐?"
천수익이 은근히 물었다. 나란히 앉아 해바라기를 하고 있던 소걸이 머리를 살래살래 흔들었다.
"아니야? 그럼 외조부모님이시구나?"
"아뇨."
또 머리를 살래살래 흔드는 소년 소걸의 얼굴에 그늘이 드리워졌다. 천수익이 머리를 갸웃거렸다.
"그럼 사부님이시냐?"
"아뇨."
"그것도 아니야? 그럼 뭐냐?"
"그냥 할아버지, 할머니시죠."
"그런 게 어디 있어? 너는 그 두 분 노신선님과 아주 가까운 사이 같던데."

"저를 키워주셨어요."

소걸의 얼굴이 더욱 처연해졌다. 한숨마저 쉰다. 천수익도 덩달아 한숨을 쉬었다.

"네 부모님은?"

"몰라요."

"에그, 이제 보니 불쌍한 녀석이었구나. 괜찮아, 괜찮아. 세상에 그런 사람이 어디 한둘인 줄 아니? 그래도 이처럼 꿋꿋하게 자라서 소년이 되었으니 대견하다. 그럼."

천수익이 연민 가득한 눈으로 소걸의 어깨를 감싸 안고 위로했다. 어쩌면 그에게도 소걸과 같은 아픈 과거가 있는 건지도 모른다.

소걸이 한 방울의 눈물을 찍어내고 주절주절 제 신세 내력을 털어놓았다.

천수익이 믿음직스러운 형 같고 삼촌 같다는 생각이 들어 마음이 따뜻해졌던 것이다.

"제가 아주 어렸을 때 어머님이 절 안고 황망계를 넘어가다가 이곳에 들렀대요."

"저런, 여자 혼자서 이런 곳을 넘기란 여간 힘든 게 아니었을 텐데, 무언가 사정이 있었던 모양이구나."

"그거야 모르죠. 아무튼 다음날 할아버지가 객방의 문을 열어보니 어머님은 돌아가셨고, 저는 싸늘한 시체 곁에서 강보에 싸인 채 주먹을 빨며 놀고 있더래요."

"에그, 에그……."

"그때부터 할아버지, 할머니가 저를 키우신 거죠. 고생 많이 하셨어요."

"그랬구나. 그 두 분이 너에게는 부모님이시면서 조부모님이시고 또 사부이셨던 거였어."

"사부는 아니에요."

"응?"

"할아버지는 가르쳐 주고 싶어하시는데 할머니가 한사코 반대해서 일초 반식도 가르쳐 주지 못하셨어요."

"허! 아니, 그런 일이……. 그럼 너의 그 잡다한 무공들은 어떻게 된 거란 말이냐?"

"손님들이 심심풀이 삼아서 한두 가지씩 가르쳐 주고 가신 거죠, 뭐."

"손님들?"

"많은 사람들이 쉬었다 갔는데, 강호인들도 꽤 있었어요."

"그 사람들이 괜히 가르쳐 줘?"

"히히, 심심했던가 보죠."

무림의 고수라는 자들이 어떤 자들인데 심심하다고 아무에게나 무공을 가르쳐 줄 것인가. 이 안에는 또 숨겨진 사정이 있을 게 분명했다.

"그리고 무사히 이곳을 떠났단 말이냐?"

"씀박질만 하지 않으면 할아버지, 할머니는 결코 상관하지 않아요. 그냥 차를 마시거나 하루 묵어가는 손님일 뿐인걸요."

"흐음—"

그랬기에 이곳에 불선다루가 있고, 두 노인이 인간의 경지를 뛰어넘은 절대고수라는 걸 세상은 까맣게 모르고 있었던 것이다.

말썽을 부렸던 자들은 죄다 죽었거나 능학빈 같은 신세가 되어서 일 년의 삶을 약속받고 겨우 목숨만 건져 돌아갔을 테니 말이다.

천수익의 호기심이 더욱 커졌다.

"그런데 네 성은 왜 당 씨냐?"

"할아버지 성을 받았죠."

"그럼 할아버지께서는 당문의 고수이신 게로구나?"

"당문이요? 그게 뭔데요?"

"사천에 있는 그 유명한 무림세가를 몰라?"

당소걸이 머리를 살래살래 흔들었다.

"무림의 일에는 관심이 없거든요. 그런데 할아버지, 할머니가 정말 고수인가요?"

"어허! 아직 그것도 모르고 살았단 말이냐?"

"뭐, 그런 것 같다는 생각만 했죠. 두 분 손에 걸린 사람치고 온전하게 살아서 간 사람이 없었으니까."

"내가 직업상 강호를 많이 돌아다녀 보았고, 고수라는 사람들을 많이 접해보았다. 하지만 맹세컨대 저 두 신선님과 비교할 만한 고수는 보지도 듣지도 못했어. 천하제일의 고수라고 해도 과언이 아닐 거다."

"천하제일?"

"그런데 어째서 강호에 그 두 분에 대한 게 조금도 알려지지 않았는지……. 정말 불가사의야."

천수익의 얼굴 가득 존경과 두려움의 기색이 넘쳐 났다.

"쳇, 천하제일이면 뭐 해? 할아버지는 할머니한테 꼼짝 못하고, 할머니는 게으르기 짝이 없어서 식사 때 빼고는 이층에서 좀체 내려오시지도 않는데."

당소걸이 다루 이층을 힐끔거리며 투덜댔다.

"두 분에게 어떤 내력이 있는지 혹시 아니?"

"몰라요. 한 번도 얘기해 주신 적 없거든요. 그냥 할아버지는 할머니한테 꽉 쥐어서 사시고, 할머니는 할아버지를 구박하시는 게 유일한 취미예요."

"허!"

당 노인같이 독선의 경지에 이른 절대고수가 노파에게 쥐어 산다는 게 언뜻 이해되지 않았다. 하지만 지난 한 달 동안 있으면서 보고 느낀 바로는 소걸의 말이 틀림없었다.

그렇다면 '노파의 화후가 당 노인보다 더 뛰어나단 말인가' 하는 의문이 들었다.

천수익은 잠깐 노파의 그 귀신같은 신법을 보고 놀랐을 뿐이다. 마음대로 저를 조종하던 정체를 알 수 없는 그 힘이 무엇인지는 여전히 알 수가 없었다.

지난 한 달 동안 노파는 장문량과 천수익 등에게 별다른 일도 시키지 않은 채 자유롭게 놔두었다. 그래서 그들은 밥만 축내고 있는 중이었다.

온몸이 근질거릴 만큼 무료하고 따분한 시간이었지만 그들은 찍소리도 하지 못했다.

장문량은 물론 천수익 등은 오히려 잘되었다고 여겼다. 세상에 나가 봐야 한 달도 살지 못하고 잡혀 죽을 게 뻔했기 때문이다.

장문량은 도망자이니 그렇고, 천수익 등은 동창의 배신자이니 역시 그렇다.

하지만 불선다루에 있으면 세상에서 가장 안전했다.

누가 감히 이곳에 와서 자기들을 잡겠다고 난동을 부릴 수 있을 것인가.

그래서 장문량은 자신이 황제 곁에서 무소불위의 권력을 움켜쥐었던 금의위 통령이었다는 과거를 잊어버렸고, 천수익 등은 나는 새도 떨어뜨린다는 동창의 창위요, 조장이었다는 과거를 잊어버렸다.

때문에 그들은 먹고, 자고, 바람 없는 한낮에는 이처럼 양지 바른 곳에서 해바라기나 하는 신선 같은 제 처지에 더없이 만족할 수 있었다.

그날 저물녘 두 사람이 불선다루에 찾아왔다.

나이 지긋한 노인과 이십대의 팔팔한 청년인데, 노인의 인상은 음침하고 청년은 쉴 새 없이 눈길을 굴려대는 것이 교활해 보인다.

"제기랄, 정말 지독한 흙바람이군."

청년이 옷에 잔뜩 묻은 흙먼지를 털어댔으므로 다루 안이 금방 매캐한 흙 냄새로 퍼석거렸다.

주방에서 수건에 손을 씻으며 나오던 소걸이 소리 질렀다.

"이봐요! 안에서 그렇게 먼지를 털어대면 그게 다 당신 콧속으로 들어가지 않겠어요?"

"어라? 저 꼬마 녀석이 뭐라고 하는 거야?"

청년이 아니꼽다는 듯 눈을 흘기고 비웃었다.

"이 어르신이 안에서 먼지를 털든 빨아들이든 네가 상관할 일이 아니다. 다동이면 다동답게 어서 차나 내올 것이지 잔소리는 안 어울려."

"쳇, 그래, 무슨 차를 올릴깝쇼?"

"이런 초라한 다루에 마실 만한 게 있겠어? 아무거나 내와. 그리고 식사를 해야겠으니 그것도 준비해라. 아, 묵어갈 거니까 방도 두 개 내

놓고."

"식사는 따로 팔지 않지만 숙박하신다니 예외이긴 하죠. 기다리세요."

소걸이 투덜거리며 주방으로 돌아갔다.

"이리 와봐."

문을 가린 휘장 틈으로 엿보고 있던 천수익이 소걸의 손을 이끌었다.

"왜요?"

"쉿!"

그가 긴장해서 입을 틀어막고 눈짓을 했다.

"저 늙은이를 안다."

"조용한 할아버지 말이군요?"

"아주 무서운 영감이야. 조심해야 한다."

"그래요?"

"삼수경혼(三手驚魂) 이추(李秋)라면 강호에서 악명이 높은 마두다. 이거 큰일인걸?"

삼수경혼 이추가 누구인지, 얼마나 악랄한 고수이기에 그런 별호가 붙었는지 알 리 없는 소걸이다. 단지 천수익이 긴장하고 당황해서 어쩔 줄 모르는 게 우습기만 했다.

2

오늘은 제사가 있는 날이다.

소걸은 매년 이날 할아버지와 할머니가 이층 구석진 방에서 몇 가지

제수를 차려놓고 제사를 지낸다는 걸 알지만 그게 누구의 제사인지는 알지 못했다.

몇 번 물어보았으나 그때마다 할머니의 신경질적인 고함 소리만 들었을 뿐이기에 이제는 알기를 포기했다.

삼 년 전인가, 할아버지가 처음으로 소걸에게 귀띔을 해주었다.

"흘흘, 서운하게 생각할 거 없다. 네 할미가 그 사람의 일을 얘기하기 싫은 것뿐이야."

"왜요? 말하기도 싫은 사람의 제사는 왜 드리는 건데요?"

"그럴 만한 사정이 있지. 그리고 말하기 싫어하는 건 그 사람이 미워서가 아니란다."

소걸은 그때 할아버지의 눈가에 반짝이는 눈물을 보았다. 늘 푸근하고 인자한 웃음을 잃지 않던 할아버지가 그 말을 할 때는 한껏 서글픈 얼굴이 되어서 눈물마저 내비쳤던 것이다.

"네 할미는 아직도 그 사람을 잊지 못하고 있거든. 그래서 생각할 때마다 가슴이 칼로 저미는 듯 아프니 말하고 싶지도, 생각하고 싶지도 않은 거야."

"그럼 제사도 지내지 말아야지요. 제사를 지내면 그 사람이 생각날 거 아니겠어요? 그럼 할머니의 마음이 더 아플 텐데······."

"하지만 어디 그럴 수 있겠니? 그래서 일 년 중 오늘이 네 할미에게는 가장 가슴 아픈 날이고, 또 그래서 신경이 가장 곤두서는 날이란다. 그러니 괜히 트집 잡혀서 치도곤을 치르지 말고 미리미리 말조심, 몸조심을 해라."

그 말을 하던 당 노인의 쓸쓸하고 적막하며 슬픔에 젖어 있는 얼굴을 소걸은 한시도 잊어본 적이 없었다.

누구인지는 모르지만 할아버지와 할머니에게 똑같이 슬픔과 아픔을 가져다준 사람이 있고, 오늘이 그 사람의 기일이다. 그래서 소걸은 매사에 조심하는 중이었다.

천수익 등에게도 오늘은 할머니의 신경이 곤두서는 날이니 조심하라고 미리 귀띔을 해주었다.

할머니라는 말만 들어도 두려움으로 뻣뻣이 굳어버리는 그들이다. 즉시 숨소리마저도 낮추고 몸을 웅크렸는데, 엉뚱한 손님이 찾아와 가슴을 조마조마하게 하고 있는 중이었다.

할아버지는 제사 준비를 하느라 주방을 천수익에게 맡겼다. 그리고 이층에 올라가 얼굴도 내비치지 않았다.

그 작고 초라한 제사에 무슨 준비할 게 그렇게 많은지 몰라도 제삿날이 되면 늘 그랬다.

"어서 오십쇼!"

다청에서 시중을 들고 있던 왕팔이 크게 외치는 소리가 들려왔다. 주방에서 들으라고 일부러 저렇게 소리치는 것이다.

아, 왕팔은 천수익의 수하 세 명 중 한 명인데, 이칠과 함께 다청에 나가 있었다. 또 한 명, 유길도는 주방에서 천수익을 돕고 있는 중이다.

차를 준비하던 소걸이 재빨리 휘장 틈에 눈을 붙였다.

막 다루 안으로 세 명의 건장한 중년 사내들이 들어서고 있는 중이었다. 모두 검을 지녔고, 눈매가 음침하며 사납게 생겼다.

"허, 하란삼패다."

천수익이 혀를 찼다.

하란삼패(河蘭三覇), 감숙의 난주부(蘭州府)를 근거지로 삼고 있는

풍파지절(風波之節) 89

대악당들이다.

　장성 일대를 오가는 사람치고 그자들에게 걸려서 혼쭐 나보지 않은 사람이 없을 정도로 악명이 높았다.

　무공이 고절한데다가 세 놈이 언제나 연수해서 덤비므로 강호에서는 그들과 상대할 만한 고수가 흔치 않았다.

　"어이구, 오늘은 우리 다루가 미어터지겠구나! 어서 옵쇼!"

　왕팔의 외침이 또 들려왔다.

　"팔비충(八臂蟲) 천종(千鍾)! 왜타자(矮駝子)에 흑불(黑佛)까지!"

　이제 천수익은 지나친 놀람으로 눈이 뒤집어지기 직전이었다.

　한 떼의 사람이 우르르 쏟아져 들어왔는데, 세 사람이 특히 눈에 띄었다.

　천수익이 팔비충이라고 한 자는 키가 크고 몸이 깡마른 오십대의 인물이었다. 말상의 얼굴에 눈이 작고 번들거렸다.

　당소걸은 왜 그자의 별호가 '여덟 개의 팔 달린 벌레'라는 건지 알 수 없었다.

　별호에서 벌써 대마두라는 느낌이 강하게 온다.

　한쪽에는 난쟁이처럼 왜소한 늙은이가 제 키보다 큰 쇠 지팡이를 짚고 있었다. 가뜩이나 작은 키에 등마저 낙타처럼 굽어서 더욱 작으니 바람 잔뜩 넣은 돼지 염통 하나가 굴러다니는 것처럼 보인다.

　소걸이 입을 막고 키득거리자 천수익이 정색을 했다.

　"쉿, 저 꼬마 늙은이가 얼마나 지독한 마두인지 안다면 감히 웃을 생각을 하지 못할 거다."

　"주먹만한 노인네가 무서우면 얼마나 무섭겠어요?"

　"어허, 이곳에 모인 자들 중 가장 까다롭고 성질 고약한 자가 바로 저 왜타자 강명명이야. 특히 조심해야 한다."

"쳇."

소걸이 혀를 쑥 내밀고 다시 휘장 틈으로 다루 안을 엿보았다.

칠팔 명의 건장한 사내들은 모두 그 두 사람의 마두를 수행해 온 듯했다. 하나같이 인상이 고약하게 생겨먹은데다가 태양혈이 불쑥불쑥 솟아 있는 것이 만만치 않은 흑도의 고수들인 게 분명했다.

나머지 한 명은 거구의 중이었다. 밤송이 같은 머리카락이 하늘로 뻗쳤고, 목에는 뼈를 깎아서 만든 백팔염주를 걸치고 검은 승복을 입었다.

곰 한 마리가 앞발을 들고 불쑥 일어선 것처럼 위압적인 몸집인데다가 눈을 끔벅일 때마다 한줄기 강렬한 빛이 번쩍거리며 쏟아져 나와 감히 마주 볼 수도 없다.

"흑불이다. 성정이 포악하고 솜씨가 무서운 마두 중의 마두지. 에휴, 도대체 오늘이 무슨 날이기에 저처럼 여간해서는 보기 힘든 마물들이 죄다 쏟아져 나온 건지……."

천수익의 얼굴은 이제 새파랗게 질려 있었다. 자칫하다가는 뼈도 못 추릴 신세가 될 거라는 두려움 때문이다.

그러나 소걸은 태평하기만 했다. 강호의 무서움을 알지 못하기 때문일 것이다. 천수익은 그런 소걸이 부러워졌다.

다청에 있던 왕팔과 이칠이 슬금슬금 주방으로 피해 들어왔다. 그들의 얼굴에도 두려움과 근심이 가득했다.

"조장, 아니, 천 대가, 이 일을 어쩌면 좋지?"

"우리 힘으로는 어림도 없어."

천수익이 그들을 매섭게 노려보고 투덜거렸다.

풍파지절(風波之節)

"제기랄, 낸들 알 수 있냐? 아무튼 저놈들이 우리의 전직을 눈치채지 못하도록 최대한 조심해라. 끝까지 점소이, 아니, 다루의 종업원인 척해."

"이봐! 여기는 주문도 안 받냐?"

마치 천수익의 소곤거림을 듣기라도 했다는 듯 다청에서 걸걸한 외침 소리가 들려왔다. 천수익의 눈짓을 받은 왕팔과 이칠이 울상을 하고 어기적거리며 나갔다.

천수익과 소걸은 대충 차를 끓여냈다. 한쪽에서 말없이 달그락거리며 설거지를 하던 유길도가 앞치마에 손을 씻고 말했다.

"저기, 위층에 기별해야 하지 않을까요? 할머니에게 알려야……."

"시끄러! 아침에 신선 할아버지께서 아무도 이층에 올라오면 안 된다고 하셨던 말을 잊었어?"

천수익이 낮게 꾸짖었다.

소걸은 열심히 휘장 틈으로 다청을 엿보는 중이었다. 재미있는 모양이다.

"저 사람들 이상해. 누구를 기다리고 있는 거 같아."

과연 그랬다. 다청을 가득 메우다시피 하고 앉아 있는 늙고 젊은 마두들이 웬일인지 조용하기 짝이 없었던 것이다.

서로 눈을 마주치지도 않으면서 맛없는 차만 홀짝거리고 있었다.

그러기를 얼마쯤 했을까. 다시 다섯 사람이 다루의 문을 밀고 들어섰다.

짐승 가죽을 겉옷 삼아 두르고 있는 한 명의 추괴하게 생긴 노인과 화려한 옷을 입은 백발의 노인, 그리고 그들을 수행해 온 세 명의 중년 대한들이다.

"헉! 서천금편(西天金鞭) 추괴성(秋傀星), 추 노야다!"

화려한 옷의 백발노인을 훔쳐본 천수익이 그 어느 때보다 창백하게 질린 얼굴로 주춤 물러섰다.

"저 할아버지가 누군데 그래요?"

"청해(靑海)에 사는 전대의 고수지. 무시무시한 마두다. 삼십 년 전에 은퇴했다고 하던데, 오늘 이곳에 나타나다니……."

천수익이 연신 '큰일이야, 큰일' 하고 중얼거렸지만 당소걸은 다청을 엿보는 일에만 열중해 있어서 그의 잔뜩 겁먹은 말을 듣지 못했다.

"추 노야를 뵈오!"

그들이 들어서자 그때까지 다청을 가득 메우고 조용히 앉아 있던 자들이 일제히 일어서서 우렁차게 외치며 포권했다.

그들은 서천금편 추괴성을 기다리고 있었던 것이다.

"여러 형제들을 이렇게 다시 만나게 되니 실로 감개가 무량하군."

추 노인이 마주 잡은 손을 가볍게 흔들고 나서 동행한 짐승 가죽 옷의 못생긴 노인을 소개했다.

"바로 이분께서 이번에 특별히 우리를 도와주기 위해 저 먼 묘강에서 와주신 막세풍(莫洗風), 막 노영웅일세."

"묘강!"

그 말을 엿들은 천수익은 이제 기절 직전이 되어서 부들부들 떨기만 했다.

다청의 마웅들이 일제히 막세풍이라는 못생긴 늙은이를 향해 공손히 손을 모으고 인사했다.

"막 노선배를 뵈오!"

막세풍이 누런 이를 드러내고 히죽 웃으며 손을 흔들었다.

"과례(過禮), 과례."

제 딴에는 겸양을 떤다는 듯한데, 오히려 오만하기 짝이 없어 보였다. 목소리마저 잔뜩 쉬어서 듣기 역겹다.

하지만 그가 누구인지, 어떤 인물인지 이미 다들 잘 알고 있는 듯 누구 하나 찍소리 하지 못하고 한껏 공손한 얼굴들을 하고 있을 뿐이다.

그들이 한창 그렇게 인사를 나누고 있을 때 다루의 문을 벌컥 열고 장문량이 들어왔다. 멀리 가서 땔나무를 해온 듯 옷이며 머리에 온통 나무 부스러기와 검불이 달라붙어 지저분해 보이는 행색이다.

"어? 오늘은 웬 손님들이 이렇게 많담?"

그가 분위기를 미처 파악하지 못하고 어리둥절해서 크게 소리쳤다.

그 즉시 군마들의 날카로운 눈길이 장문량에게 일제히 꽂혔다.

머쓱해진 장문량이 뒤통수를 긁다가 후닥닥 주방으로 달려왔다.

"뭐야? 오늘 무슨 날인데 이래? 저 사람들 모두 수상해 보이지 않아?"

다청의 분위기를 파악하지 못하더니 주방의 분위기도 파악하지 못하고 떠들었다.

천수익이 창백해진 얼굴로 털썩 주저앉았다. 울 듯하다.

3

다들 모였다.

할 일은 단 한 가지.

이제부터 해야 할 일을 다짐하고 역할을 분담하는 것이다.

그런 다음에는 편히 쉬며 기다리고 있다가 내일 아침에 이곳을 지나갈 그놈들을 모조리 죽여 버리기만 하면 된다.

서천금편 추괴성, 추 노야의 얼굴에 빙긋 천진해 보이는 웃음이 떠올랐다.

아니, 그전에 처리해야 할 게 하나 남았다. 물론 사소한 일이니 신경 쓸 것도 없긴 하지만 그래도 지시는 해야 한다.

추괴성이 눈짓을 했다. 그러자 그만 바라보고 있던 마웅 중 젊은것들 세 명이 벌떡 일어나 머리를 숙여 보이고 뚜벅뚜벅 주방으로 걸어갔다.

좌라락—

거칠게 휘장을 열어젖히니 그곳에 옹기종기 모여서 떨고 있던 사람들이 화들짝 놀란다. 세 놈이 비릿한 웃음을 흘리고 거만하게 바라보았다.

"너희들이 다냐?"

"그, 그런뎁쇼?"

왕팔이다.

그가 손을 비비며 주춤 앞으로 나섰다.

그 즉시 천수익과 이칠, 유길도가 뒤로 물러섰다. 무서워서 피하려는 것 같지만, 실은 주방용 칼들이 걸려 있는 시렁에 바짝 다가선 것이다.

정말 호흡이 환상적으로 맞는 조가 아닐 수 없다. 서로 상의하는 말 한마디 하지 않았건만 즉시 마음이 통한다.

장문량은 소걸에게 뒷문을 눈짓해 보이고 슬며시 옆으로 빠졌다.

여차하면 왕팔이 선공을 할 것이고, 그 즉시 천수익 등이 주방용 칼을 휘두르며 달려들 것이다. 장문량은 옆에서 상황을 지켜보다가 놈들의 퇴로를 막을 작정이었다.

그래서 눈 깜짝할 새 저 젊은것들을 저녁 식탁용 고기 다지듯 해버리고 달아난다는 완벽한 작전이 한순간에 세워졌다.

'정말 달아날 수 있을까?'

그런 의구심이 아주 잠깐 모두에게 들지 않은 건 아니다.

다청에 가득한 저 무시무시한 대마두들의 추적에서 과연 무사할 수 있을지.

몇 걸음 걷지 못하고 죄다 어육처럼 짓이겨질지도 모른다.

아니, 그래도 가능성은 있다. 이층으로 올라가기만 하면 된다. 그러면 거기 있는 천하제일의 고수 두 분이 지켜줄 것이다.

누가 감히 두 노신선의 상대가 될 수 있을 것인가. 그러니 결국 돼지는 건 저놈들일 게 뻔하다.

그런 계산이 이루어진 것도 순식간이었다.

모두의 망설이던 얼굴에 환한 미소가 번졌다.

그런데 소걸이 불쑥 나서서 판을 깨뜨려 놓고 말았다.

"손님은 주방에 들어오면 안 돼요. 차를 주문하고 나가서 기다리세요."

왕팔을 밀치고 나서더니 세 젊은 마졸 놈의 가슴을 마구 떠미는 것 아닌가.

어이없는 일이기는 그놈들이나 천수익 등이나 모두 마찬가지였다. 그래서 눈만 끔벅이며 소걸을 바라본다.

"요런 맹랑한 꼬마가?"

한 놈이 눈을 부라렸다.

지금이라도 늦지 않았다. 옆으로 밀려났던 왕팔이 손을 쓰려고 어깨를 움찔한 순간 소걸이 공교롭게도 다시 그의 앞을 가렸다. 어떻게 보면 의도적인 것 같기도 한 행동이었다.

"여기서 소란을 떨면 할머니가 화를 낼 거예요."

"할머니?"

"이층에 할머니와 할아버지가 계세요. 화를 내시면 아주 무섭답니다. 그러니 조용히들 차나 마시고 있는 게 좋아요."

"오라, 너희들 말고도 이층에 또 누가 있는 모양이군?"

"호호호, 우리가 떠들고 싶으면 떠들고, 말고 싶으면 마는 거지 네놈이 이래라저래라 한단 말이냐?"

"나는 분명히 가르쳐 줬어요. 그러니까 나중에 원망하면 안 돼요?"

"히히, 고맙구나, 친절한 꼬마야."

그제야 천수익 등은 소걸의 깜찍한 속셈을 눈치채고 가슴을 쓸어 내렸다.

그러니까 소걸은 이층에 있는 두 노신선에게 이놈들을 보내려고 하는 게 분명했다. 그러면 제삿날은 콧잔등에 벼락이 떨어져도 꼼짝하지 않는다는 노신선들도 화를 내지 않을 수 없을 것이다.

그런 제 의중을 감쪽같이 숨긴 채 에둘러서 청년들을 충동질하고 있으니 그 심계가 지독하다면 지독한 꼬마가 아닌가.

"뭐 하고 있는 짓이야?"

날카롭게 꾸짖은 다른 청년이 소걸과 노닥거리는 놈을 밀치고 나섰다.

"잠시 이 다루를 우리가 써야겠다. 그러니 너희들은 모두 밖으로 나가!"

역시 눈치가 조금은 모자라는 장문량이다. 그가 울컥 들이치려고 했다.

제 딴에는 더 늦기 전에 어떻게든 활로를 뚫어보자는 기특한 뜻인데, 소걸이 또 끼어들었다.

이번에는 장문량의 앞을 가로막고 청년들에게 삿대질까지 한다. 목소리마저 크게 해서 소리치는 것이 다청에 있는 놈들에게도 들으라는 듯했다.

호랑이를 끌어내기 위해서는 멧돼지를 미끼로 써야 하는데, 세 청년은 토끼쯤 된다고 생각한 것이리라.

"아니, 이 다루는 우리 건데 마음대로 쓰겠다구요? 오라, 통째로 빌리려는 거로군요? 그럼 돈을 내세요. 백 냥."

"이런 맹랑한 꼬마 녀석 같으니라구."

"싫음 말구요."

되는대로 흥정을 하려 든다.

기어이, 아니, 소걸의 의도대로 마두 세 놈이 또 주방으로 들어섰다.

"선배님들이 기다리시는데 뭘 이렇게 꾸물거리고 있어?"

하란삼패라는 자들이었다. 주방에서 옥신각신 떠드는 소리를 들은 모양이다.

난주의 무법자들. 무시할 수 없는 고수들이다.

하란삼패의 우두머리 격인 대패 곽부성이 매서운 눈으로 소걸과 천수익 등을 노려보며 낮게 꾸짖었다.

"어서 끌어내! 시끄럽지 않게 조용히 처리해라!"

"이층에도 누가 있다는군요."

"그래?"

"노인네 둘이 더 있는 모양입니다."

"그렇다면 한꺼번에 죽여 버리는 게 낫지. 네가 가서 끌고 내려와라."

"엡!"

명령을 받은 한 놈이 천수익을 밀치고 재빨리 밖으로 나가더니 벽에 붙어 있는 좁은 계단을 쿵쾅거리며 뛰어올라 갔다. 이층의 뒷문으로 이어진 비상 계단이다.

"어라?"

벌컥 문을 열어젖히고 뛰어들었던 놈이 눈을 휘둥그렇게 뜨고 우뚝 멈추어 섰다.

음침하고 어두컴컴한 실내에 야릇한 기운이 감돌았기 때문이다. 향냄새가 코를 찌르고 흐느끼는 듯, 노래하는 듯 웅얼거리는 낮은 소리가 가득 찼다.

창문을 가린 휘장 앞에 조촐한 제상이 차려져 있고, 두 호호백발의 노인이 그 앞에 무릎을 꿇고 앉아 있었다.

사내놈 쪽에서는 그들의 뒷모습만 보일 뿐 제상에 올려져 있는 제수며 위패 등은 보이지 않았다.

어떻게 할까 잠시 망설이던 놈이 다시 밖으로 나갔다.

"제사를 지내고 있는데요?"

주방으로 돌아와 보고하자 하란삼패가 눈살을 찌푸렸다.

"제사?"

"노인 둘이서 한창 제사에 열중해 있는 중이라 어떻게 하면 좋을지 몰라서……."

"잘 지키고 있어."

이번에는 하란삼패가 밖으로 나가 계단을 뛰어올라 갔다.

과연 이층에는 요상한 기운이 감돌고, 두 노인이 누가 왔는지 가는 지도 모르는 듯 제사에 열중하고 있었다.

"곤란한걸?"

대패 곽부성이 제 머리를 두드렸다.

제사를 모시는 건 신성한 일이다. 죽은 귀신에게 치성을 다하고 있는데 훼방을 놓으면 귀신이 화를 낼 거다. 그러면 그 재앙이 끊이지 않으니 제사를 지낼 때는 죽을 죄인도 기다려 주는 게 민간의 믿음이었다.

"시간이 별로 없는데……."

둘째 능엄패가 잔뜩 인상을 쓰고 중얼거렸다.

괴수인 서천금편 추 노야가 즉시 처리하라고 명령했는데 이런 사정이 있다면 곤란하다. 곽부성이 우물쭈물하다가 말했다.

"가서 어떻게 하면 좋을지 물어보자."

하란삼패가 우르르 계단을 내려가 횡하니 다청으로 돌아갔다.

서천금편 추괴성이 눈살을 찌푸렸다. 세 놈의 머뭇거리는 꼴을 보니 시킨 일을 제대로 처리하지 못했다는 걸 짐작할 수 있었기 때문이다.

"잘 처리했나?"

"그게 저……."

"쯧쯧, 젊은 사람들이 그렇게 소심해서야 어찌 큰일을 하겠어?"

"그게, 저기, 이층에도 두 노인이 있는데, 지금 한창 제사를 올리고 있는 중이라서요."

"제사? 이 와중에?"

"아주 열심이더군요. 지성이 철철 넘쳐 나는 모습이었습니다."

"흠, 그렇다면 곤란한 일이군."

잠시 생각하던 추괴성이 마지못한 듯 말했다.

"할 수 없지. 주방에 있는 놈들을 잘 지켜라. 제사가 끝나면 한꺼번에 처리하자."

모두 죽이기로 이미 결심이 선 일이지만 제사라니 잠시 참아주기로 했다.

그들의 말을 듣고 있던 묘강의 추괴한 노인 막세풍이 어색한 발음으로 말했다.

"나는 중원에 들어와서 아직 제사 드리는 걸 구경하지 못했소. 중원의 제사는 어떻게 하는지 궁금하니 가서 구경 좀 해봐도 되겠소?"

"하하, 막 형이 하겠다면 하는 거지 누가 말리겠소? 그러잖아도 무료하던 참이니 나도 함께 가드리리다."

이들의 우두머리 격인 추괴성은 막세풍을 공경했다. 그가 일어서자 맨 처음 불선다루에 왔던 삼수경혼 이추를 비롯해서 팔비충 천종과 왜타자 강명명, 흑불, 하란삼패 등이 우르르 따라나섰다.

드디어 호랑이를 끌어낼 멧돼지들이 떼로 나타난 격이다.

쿵쾅거리며 이층 계단으로 올라가는 그들은 주방에서 소걸이 눈을 반짝이며 흐흐 웃고 있다는 걸 몰랐다.

【第五章】

육십 년(六十年) 봉인이 풀린 날

1

난감하다.
이럴 때처럼 그 말이 잘 들어맞는 경우가 없을 것이다.
곧 끝날 것 같은 제사가 도대체 끝날 기미가 보이지 않으니 그렇다.
이층은 칸막이 하나 없이 툭 터진 넓은 마루방이었다.
저쪽 구석에 휘장으로 가려진 침상이 달랑 있을 뿐 장식 하나 없어서 썰렁하기까지 했다.
그 넓은 방에 모두 아홉 명의 마두가 들어서니 오히려 비좁아 보인다.
이제 밖에는 짙은 어둠이 내려 덮였다.
모처럼 맑은 하늘이고, 둥근 달이 떴는지 꼭꼭 닫힌 창문 틈으로 누런 달빛이 흘러들고 있었다.
"안 되겠다."

서천금편 추괴성이 머리를 설레설레 흔들며 중얼거렸다.
"이러다가 밤새고 말겠어. 누가 저 제사를 끝내도록 해야 해."
무리를 둘러보지만 아무도 나서려고 하지 않았다.
한족들에게 있어서 귀신의 노여움에 대한 두려움은 전통과 뿌리가 깊다.
그들은 산 사람은 무서워하지 않아도 귀신은 무서워한다.
그래서 '내가 죽어서 귀신이 되어 밤낮으로 너를 따라다닐 테다!' 하고 악을 쓰면 꼼짝 못한다.
그런 종족적인 금기 때문에 누구도 나서서 제사를 방해하려고 하지 않았다.
모두 머뭇거리기만 하니 무리의 영도자인 자기가 할 수밖에 없다.
"커흠!"
추괴성이 커다랗게 헛기침을 했다. 그러나 등을 보이고 있는 백발의 두 노인은 꿈쩍도 하지 않았다.
"이렇게 오래 지내는 제사는 처음 보는군. 그만하면 귀신도 감복했을 테니 이쯤에서 끝내는 게 어떻겠소?"
대답이 없다.
"제사란 산 사람의 정성이 깃들어야 하는 것. 오래 지낸다고 귀신이 좋아하는 게 아니오. 어쩌면 지겨워할지도 모르지."
"……."
"짧고 굵게. 지성을 가득 담은 제사라면 절 몇 번 올리는 것만으로도 귀신을 흡족하게 할 수 있다오. 그러니 그만 끝내시구려."
여전히 대꾸가 없다.
이만하면 추괴성으로서도 조심할 만큼 조심했고, 양보할 만큼 다 양보한 것이다.

평소의 그 같았다면 '잡아 죽여 버려!' 이 한마디로 모든 게 끝났을 텐데, 그래도 귀신 앞이라 한껏 점잖을 떨고 겸손한 말로 타일렀다.

하지만 두 노인의 등은 여전히 바윗덩이 같기만 했다.

"너무 늙어서 말을 못 알아듣는 모양이군. 그렇다면 할 수 없지."

그가 기어이 성큼성큼 걸어 제상 앞으로 다가갔다.

"응?"

그리고 이상한 것을 보았다. 눈이 커지고 입이 딱 벌어졌다.

제상에 몇 가지 음식이 올려져 있는 거야 당연한데 그 한복판에 고색창연한 검 한 자루가 떡 놓여 있으니, 이건 듣지도 보지도 못한 괴사 중의 괴사였다.

세상에 검을 상에 올려놓고 제사를 드리는 사람들이 어디 있단 말인가.

더구나 죽은 자의 위패 하나 없다. 이러면 아무리 귀신이라고 해도 누구의 제사인지 몰라서 찾아오지 못할 것이다.

"대체 당신들은 무엇 하고 있는 거요?"

추괴성이 버럭 소리쳤다.

중얼중얼 끊임없이 주문도 아니고 넋두리도 아닌, 알아들을 수 없는 말을 뇌까리고 있는 노파의 추괴한 꼴이 눈에 거슬렸다. 더구나 그 곁에 앉아서 두 손을 모은 채 지그시 눈을 감고 역시 무언가를 중얼거리고 있는 백발노인의 신선 같은 풍모는 영 수상쩍기만 하다.

"이게 무슨 제사란 말이냐?"

그가 다시 버럭 소리치자 궁금하게 여기고 있던 마두들이 하나둘 다가왔다. 그리고 제상의 그 기괴한 꼴을 보고 다 같이 놀라 '억!' 하는 비명을 터뜨렸다.

묘강에서 왔다는 막세풍의 놀람은 더욱 크다. 그가 어리둥절한 눈을 이리저리 굴리며 듣기 거북한 발음으로 말했다.

"대체 중원의 제사라는 건 요상하기만 하다. 제상에 검을 올려놓다니? 묘강에서는 이런 제사를 지내지 않아. 중원의 귀신은 검을 먹는단 말인가? 허! 알 수 없는 일이야, 알 수 없는 일."

미개한 묘강의 야만인에 지나지 않는 그가 중원의 제사 문화를 싸잡아서 비웃는 것 같으니 추괴성의 심사가 편할 리 없다.

그가 발을 구르며 소리쳤다.

"당장 이 괴상한 제사를 때려치우지 못해! 아니, 이건 제사도 아니다!"

두 시진 남짓이나 이런 기괴한 꼴에 속아서 지루한 걸 꾹꾹 참고 서 있었다는 게 분하기만 했다.

당장에 이 두 늙은이를 때려죽이고 다루의 종업원들이라는 것들마저 모조리 죽여서 내년 오늘이 제삿날이 되게 해주고 말겠다는 독한 마음을 먹었다.

그래서 제상을 차 엎으려고 한 발을 움찔거렸을 때 노파의 까마귀 우는 듯한 소리가 들려왔다.

"곧 끝나. 향 한 자루 탈 시간이면 된다. 그러니 그때까지만 좀 기다려 줄 수 없겠니?"

"응?"

노파의 태연한 말이 수상하다.

"여태까지 용케 잘 참아주었어. 그러니 너희들은 착한 아이들이다. 조금만 더 기다려 줄 수 있지?"

떼쓰는 어린 조카를 달래는 고모의 말투이고, 우는 꼬마를 달래는 이웃집 할머니의 말투다.

"기다려 줍시다."

호기심 강한 막세풍이 추괴성의 옷깃을 잡아당기며 말했다. 그는 대체 이 기묘한 제사가 어떻게 끝나는지 보고 싶었던 것이다. 아마 끝내는 것도 여느 제사에서는 볼 수 없는 신기한 절차를 따를 것 같았기 때문이다.

"끄응—"

막세풍이 그렇게 나오는 데야 어쩔 수 없다는 듯 추괴성이 앓는 소리를 했다. 하긴, 여태까지 참았는데 향 한 자루 탈 만큼의 시간쯤이야 더 기다려 주지 못할 것도 없다.

그들 아홉 명의 마두가 부챗살처럼 퍼져서 두 노인을 에워싼 채 기다렸다.

향 한 자루가 다 탔을 만한 시간이 지나자 노파가 곁에 앉아 있는 노인에게 물었다.

"당 노괴, 이제 시간이 다 됐겠지?"

그때까지도 눈을 지그시 감고 그림처럼 앉아 있던 당 노인이 번쩍 눈을 떴다. 차갑고 서늘한 한줄기 신광이 뿜어져 나왔으나 뒤에 있는 자들은 볼 수가 없다.

당 노인이 침중한 안색으로 머리를 끄덕였다.

"그렇소. 이제 약속한 시간이 다 지나간 듯하군. 축하하오. 당신은 기어이 약속을 지켰구려. 정말 대단한 일이야."

"육십 년, 무려 육십 년이 되었어. 그동안 나는 그와의 약속을 조금도 어기지 않았지."

"그는 저승에서도 감복하여 뜨거운 눈물을 흘릴 거외다."
"그럴까? 과연 그가 이제는 웃으면서 편히 이승을 떠날 수 있을까?"
"그대 스스로 그를 위하여 육십 년 동안이나 봉인을 치고 자신을 가두지 않았소? 그러면서도 끝까지 인내하고 견뎌냈으니, 그와 같은 일은 고금에 드물 것이오. 대단하오. 나는 진심으로 당신의 의지에 감복하지 않을 수 없구려."
"호호호, 그래, 육십 년이었지. 그리고 이제 봉인이 풀린 거야. 나는 해냈어."

노파의 말이 끝나자 당 노인이 처연한 얼굴이 되어 길게 탄식했다.
"하지만 나는 여전히 마음속의 짐을 덜지 못했으니 지난 세월이 모두 헛되기만 하구려. 하—"

그 두 노인이 서로 주고받는 말이 아리송하기만 하다. 뒤에 늘어선 마두들이 모두 고개를 갸웃거렸다.

육십 년이라면 무려 일 갑자의 세월이다. 그처럼 오랜 세월을 두고 지켜온 약속이 무엇이며, 봉인이란 또 무엇이란 말인가.

휘유우—

죽은 듯 잠잠하던 날씨가 갑자기 일진광풍을 몰아왔다.

덜커덩!

굳게 닫혔던 창문이 왈칵 열렸다. 휘장이 사납게 펄럭이고 거센 바람이 회오리치며 몰려들어 와 흙먼지를 마구 뿌려댔다.

촛불이 크게 흔들리더니 일제히 꺼져 버렸다. 그 순간 갑자기 몰려든 냉랭한 기운이 그물처럼 모두를 덮어씌웠다.

"오호호호호—"

노파의 날카로운 웃음소리가 어둠을 크게 흔들었다. 깨진 종을 마구 두드려 대는 듯 귀를 긁는 날카롭고 갈라진 그 웃음소리가 모두의 넋을 빼앗았다.

쨍―!

그 속에서 갑자기 들려온 청아한 소리.

크게 펄럭이는 휘장 앞에서 산발이 된 머리카락을 흩날리며 우뚝 서 있는 노파가 귀신같았다. 어둠을 뚫고 번쩍이는 새파란 눈빛이 노파의 모습을 가릴 정도로 강렬하다.

한 자루 푸른 인광이 번쩍이는 보검을 손에 쥐고 있는 노파의 그 끔찍한 모습에 모두는 크게 놀라 뒷걸음질쳤다. 마른침 삼키는 소리가 여기저기에서 요란하게 들려왔다.

알 수 없는 공포 때문에 한순간 그들의 심장은 싸늘히 얼어버렸다.

"크크크크― 육십 년 만에 뽑아보는 검이다!"

그런 그들의 귀를 찌르는 노파의 음침한 말이 더욱 끔찍하다. 어느새 일어서서 한쪽에 우두커니 서 있던 당 노인이 장탄식을 했다.

"아, 기어이 봉인이 풀리고 말았으니 이제는 나도 어쩔 수가 없구나. 이것도 다 하늘의 뜻일 터, 사람의 힘으로 어찌 막을 수 있을쏜가."

서천금편 추괴성이 욱 하고 힘을 써 지나친 놀람으로 자칫 흩어질 뻔한 내력을 안정시키며 버럭 소리쳤다.

"요망한 노파 같으니! 너의 정체가 뭐냐!"

노파가 그 말에는 대꾸도 하지 않은 채 귀화가 번쩍이는 눈으로 당 노인을 노려보며 물었다.

"당 노괴, 이제 나의 봉인이 풀렸다. 육십 년이 흘렀지만 내 마음은 조금도 바뀌지 않았어. 자, 너는 어떻게 할 셈이냐? 그동안 고생한 공을 생각해서 한 번 기회를 주마. 더 늦기 전에 어서 달아나라."

처연해진 얼굴로 연신 한숨을 쉬던 당 노인이 천천히 말했다.

"죽으나 사나 나는 오직 염 누이, 그대를 바라볼 뿐이라오. 그러니 나를 쫓아내려거든 차라리 이 자리에서 그 검으로 통쾌하게 가슴을 찔러주오."

"흥! 뻔뻔한 노물 같으니! 내가 그렇게 하지 못할 줄 아느냐!"

버럭 소리친 노파가 다시 수십 마리의 까마귀가 일제히 울어대는 듯한 요망한 웃음을 터뜨렸다.

2

부르르 떤다.

차가운 검이다. 그것이 감정을 가졌다.

격정(激情)이고 회한(悔恨)이면서 연민(憐愍)과 증오(憎惡)이기도 한 것.

애증(愛憎)이라고 해야 할 복잡한 감정, 그것을 차가운 검이 가졌다. 그래서 떨고 있는 것이다.

"왜?"

당 노인의 젖은 눈이 그렇게 물었다.

가슴 앞 옷깃에 닿아 있는 싸늘한 검. 감정을 가지고 살아 있는 그것의 서릿발 같은 기운이 심장을 얼리고 있다.

하지만 가슴이 아리도록 아파오는 건 몸에 닿아 있는 그 검 때문이 아니었다. 그건 지난 육십 년이라는 세월과 그 세월보다 수십 배, 수백 배는 더 오래되고 질긴 무엇 때문이다.

그것이 당 노인을 서글프게 했다. 눈물이 되어 주름진 눈자위를 적시고 있다.

그건 검을 쥐고 있는 노파도 마찬가지였다.

손목을 가볍게 밀기만 하면 되는데 그러지 못한다.

마치 단단한 벽에 가로막힌 것처럼 검이 더 나아가지 못했다.

우우웅—

검이 울었다. 노파의 마음이 전해진 것일까, 아니면 당 노인의 아픔을 느껴서일까?

돌변한 그 이해할 수 없는 상황에 마두들이 모두 어리둥절해졌다.

나란히 앉아서 지성으로 제사를 드리는 것 같더니 또 죽이고 죽으려고 하는 저 상황은 뭐란 말인가.

육십 년 동안 자기 자신을 봉인했다니, 그런 일도 다 있단 말인가.

바람만 불어도 쓰러질 것 같은 노파의 저 눈부신 검격은 또 어떻게 된 일인가.

노파의 검격은 눈에 보이지도 않았다. 언제 몸을 움직였고, 언제 검을 뻗어 찔렀는지.

두 눈을 부릅뜨고 있었지만 제대로 알아본 자가 없었다.

그처럼 빠르고 맹렬하던 검격이 뚝 멎었다.

신선 같은 노인의 옷깃을 뚫고 맨 가슴에 살짝 검봉이 닿은 그 순간에 거짓말처럼 딱 멎은 것이다.

과연 그렇게 할 수 있는 자가 있을까?

그런 의문이 모두의 머리 속을 더욱 텅 비게 했다.

이 상황을 어떻게 받아들이고, 어떻게 이해해야 할지 난감하기만 한데 당 노인의 서글픈 음성이 들렸다.

"염 매(妹), 내 소원은 나도 장 형처럼 당신의 빙백검(氷魄劍)에 찔려 죽는 거라오. 그러니 망설이지 마오."

"시끄러!"

염 매라고 불린 노파가 빽 소리쳤다.

'가만, 염 매? 빙백검? 육십 년 전? 그리고 장 형이라면 혹시……?'

당 노인의 넋두리 같은 말을 듣던 서천금편 추괴성이 머리를 갸웃거렸다.

이곳에 와 있는 마두들 중 그의 나이가 제일 많다. 강호에서 오래 활동했으니 지난 일에 대해서도 가장 많이 알고 있으리라.

그의 머리 속에 언뜻 불길한 이름들이 스치고 지나갔다.

그가 떨리는 손가락으로 노파를 가리키며 말했다.

"호, 혹시… 당신이… 오래전 갑자기 강호에서 사라져 버렸다던 그, 그… 홍염마녀(紅艶魔女) 염, 염……."

떠듬떠듬 말하는 동안 추괴성의 얼굴이 참혹하게 일그러져 갔다. 두려움이 그렇게 한 것이다.

홍염마녀. 그 외호를 말하는 것조차도 그에게는 참을 수 없는 두려움인 것 같았다.

"호호호호—"

노파의 울부짖음 같은 웃음소리가 천둥 치듯 쏟아졌다. 그러더니 얼음처럼 싸늘한 눈길로 추괴성을 노려보며 스산하게 말했다.

"아직도 내 이름을 기억하는 놈이 있구나?"

"으헉! 당신이 정말 홍염마녀 염빙화(廉氷花)란 말이오?"

"헉! 홍염마녀!"

"크헉! 염빙화!"

추괴성의 외침이 나머지 놈들에게도 잊어버리고 있던 이름 하나를 떠올리게 했다.

이층에 올라와 있는 마두 중 일부에게는 아직 태어나기도 전의 일이고, 일부는 코흘리개 꼬맹이였을 때의 일이기도 하다.

하지만 그들 모두 무공을 익혀 강호에 나오고 나서부터 얻어 들은 이름이 있었다.

홍염마녀 염빙화.

지독하고 악랄했던 그 이름에 대해서였다.

사부나 사숙, 또는 나이 지긋한 선배들이 하나같이 입을 모아 말하지 않았던가. 그와 같은 마녀는 이전에도 없었고, 이후에도 없을 거라고.

누구를 막론하고 홍염마녀 염빙화라는 이름을 말할 때면 두려움에 질려서 주위를 두리번거리곤 했다. 그리고 극히 은밀한 비밀을 말해주듯 가만가만 속삭였다.

그런 노선배들의 이야기를 들으며 얼마나 다행이라고 생각했던가. 그 마녀와 같은 시대를 살지 않아도 된다는 게 말이다. 그건 자신의 타고난 복이라고 여겼다.

그리고 점점 잊어갔다.

무려 일 갑자 동안이나 강호상에 그녀의 존재가 나타나지 않았으니 당연한 일이다.

떠올리기만 해도 숨통을 조여오던 공포였지만 세월의 힘 앞에서는 어쩔 수가 없다.

그 절대마녀의 이름은 세상에서 조금씩 잊혀져 갔고, 지금은 거의 기억하는 사람이 없었다.

그저 할아버지의 무릎에 앉아 사탕을 빨면서 듣는 옛날얘기이거나 저 먼 다른 세상의 전설 같은 걸로 희미하게 남아 있을 뿐인 것이다.

그런데 그 이름이, 홍염마녀 염빙화라는 그 이름이 지금 이곳에서 불려졌다.

절세적인 무공과 절세적인 냉혹함, 그리고 절세적인 아름다움을 지녔다는 전설 속의 그 마녀가 눈앞에 있는 것이다.

주름살투성이의 추괴하고 끔찍한 노파가 되어서 음험하고 사악한 눈을 반짝이고 있다.

그녀가 갈라지는 음성으로 말했다.

"나의 이 검으로 정인의 가슴을 찔러 죽였지. 그리고 처음으로 후회와 죄책감에 시달리며 눈물 흘렸다. 꼭 육십 년 전의 일이야."

"……!"

"그이가 나의 차가운 검에 찔려 죽어가면서 뭐라고 했는지 아니?"

"……."

그때.

육십 년 전의 오늘.

그는 처연하게 미소 지으며 그녀에게 말했다.

"나를 위해서 약속해 줄 수 있겠소?"

염빙화의 홍옥처럼 붉고 매끄러운 볼을 타고 뜨거운 눈물이 흘러내렸다. 입술을 깨물어 흐느낌을 참던 그녀가 떨리는 음성으로 말했다.

"무엇이든, 당신을 위해서라면 무엇이든 약속하겠어요. 이 자리에서 죽으라고 한다면 그렇게 해드리지요. 당신을 위해서 당신의 가슴에 검을 찌른 나의 이 손을 잘라 함께 묻어드릴까요? 무엇이든 말씀하세요."

"내 사랑, 그렇게 말하지 마오."

그의 마지막 미소가 더욱 처연했다. 낯빛이 점점 창백해져 가고 숨결이 가늘어졌다.

"미안해요… 미안해요… 미안해요."

그의 머리를 가슴에 안은 염빙화가 기어이 울음을 터뜨리고 말았다.

"울지 마오, 내 사랑. 이건 내가 원한 일이오. 자, 이제 나를 위해 약속해 주오."

"무엇이든 시키는 대로 하겠어요."

"내가 그대의 손에 죽는 마지막 사람이 되게 해주오."

"예?"

"나 이후로 다시는 살인하지 않겠다고 약속해 주겠소?"

"……!"

염빙화의 눈길이 심하게 흔들렸다. 설마 정인의 마지막 부탁이 그와 같은 것이리라고는 생각하지 못한 것이다.

입술을 잘근잘근 깨물던 그녀가 체념한 듯 머리를 끄덕였다.

"그래요. 약속하겠어요. 지금부터 육십 년 동안 당신의 죽음을 기억하며 절대로 살인을 하지 않지요. 맹세해요."

"허허, 육십… 년……."

그의 얼굴에 허탈한 표정이 떠올랐다.

그는 마지막으로 생각했다.

염빙화의 마성은 이미 골수에 스며들어 자기 스스로도 살인의 충동을, 피에 대한 탐욕을 억제할 수 없게 된 게 틀림없다고.

하루도 살인을 하지 않으면 발광을 하는 마녀가 아니던가. 그런 그녀가 자기를 만난 다음부터 극히 조심했다. 적어도 자기와 함께 있는 동안만큼은 살인을 하지 않았던 것이다.

온몸이 뒤틀리는 그 고통을 이를 악물고 땀을 뻘뻘 흘리며 참아내는 그녀가 너무 안타깝기도 했다.

발작하는 마성과의 싸움은 그녀에게 있어서 그 무엇보다 견디기 힘든 고통일 것이다. 그 고통을 참으면서까지 자기와 하루, 한시라도 더 붙어 있고 싶어하는 마음. 그건 죽음보다 더 지독한 사랑이었다.

제 목숨을 깎아서 그만큼 나에게 주는 사랑인 것이다. 그래서 그는 그녀를 미워할 수 없었다. 세상 사람들 모두가 그녀를 증오해도 그만큼은 지극한 사랑을 그녀에게 주었다.

그런 그녀가 육십 년을 약속했다. 다시는 살인을 하지 않겠다고는 차마 말하지 못한 것이다.

육십 년. 그때면 그녀의 나이도 구십을 바라볼 것이다. 그때까지 살 수 있을까? 그 많은 세월이 지난 뒤면 그녀 또한 이 세상 사람이 아니리라.

다시는 살인하지 않겠다는 말 대신 육십 년을 말했다는 것, 그것이 그녀에게 얼마나 힘든 말인지 그는 잘 알았다.

그녀는 자기 안의 들끓는 마성을 가까스로 억누르고 그 마성과 그렇게 타협한 것이다.

그는 생각했다. 그 세월이 흐른 뒤라면 죽지 않았더라도 그녀의 마성은 거의 사라질 것이라고.

강산이 여섯 번이나 바뀔 세월이다. 그동안 살인을 하지 않고 피를 보지 않는다면 그녀는 제 스스로 마성을 통제할 수 있게 될 것이라고 믿었다.

그래서 그는 웃으며 그녀의 품 안에서 숨을 거두었다.

그리고 육십 년이 지나 오늘이 되었다. 하지만 그녀는 죽지도 않았고, 마성 또한 사라진 것 같지 않았다.

절세의 미모라던 아름다움이 이처럼 추괴하게 변했을 뿐이다.

오랜 세월 동안 마성과 싸우느라고, 그 고통을 참느라고 자신도 모르는 사이에 그렇게 변해 버린 것이다.

오늘 그 약속의 금제가 풀렸다. 그녀에게는 날 듯한 기쁨이겠지만 세상에는 지옥이 재림하는 두려움이어야 마땅하리라.

3

그녀가 음침한 눈길로 마두들을 쓸어보며 천천히 말했다.

"나는 하루도 살인을 하지 않으면 견디지 못하는 악업을 타고났지. 그런 내가 무려 육십 년 동안을 참았다. 세상에는 축복이었겠지만 나에게는 지옥의 고통과 싸우는 세월이었어."

"꿀걱—"

모두의 목 울대가 커다랗게 꿈틀거렸다. 마른침 삼키는 소리가 천둥 치듯 울린다.

"하지만 나는 참아야 했다. 이 빌어먹을 세상에서 유일하게 사랑했던 사람의 가슴에 검을 찌른 죗값이니까."

"……"

"오늘이 그이와 약속한 마지막 날이고, 그이의 제삿날이었다. 너희들도 보았지?"

마두들이 정신없이 머리를 끄덕인다.

"육십 년 만에 처음 이 검을 뽑았다. 그러니 이놈에게 흠뻑 피 맛을 보여주지 않을 수 없어. 이미 뽑았으니 어쩔 수 없는 일이야."

"헉!"

"흘흘, 하지만 내가 너희들을 죽이는 건 이 검을 위해서가 아니다. 너희들이 그이의 마지막 제사를 방해했기 때문이지. 내 생애에 있어서 가장 소중하고 진실한 시간을 너희들은 방해했어. 사지가 갈가리 찢겨 죽어도 싸."

"으헉!"

무리들이 모두 기겁을 하고 물러섰다. 그 와중에도 추괴성은 궁금증을 참지 못하고 턱을 덜덜 떨면서 물었다.

"당신, 당신이 말한 그 사람은 혹시 풍운대협(風雲大俠) 장풍한(張風閒)이 아니오?"

당대제일의 미남이자 쾌남아로 유명했던 사람이다. 절세적인 무공으로 의협의 표본이 된 백도제일의 고수이면서 풍류를 아는 호방한 청년이기도 했다.

그와 절세마녀 염빙화의 염문이 강호를 온통 진탕시켰었는데, 당대의 사람들은 아무도 그것을 믿지 않았다. 상상할 수도 없는 일이었던 것이다.

추괴성의 말에 노파, 염빙화가 노기를 참지 못하고 악을 썼다.

"감히 네까짓 놈이 함부로 주둥이를 놀려 부를 이름이 아니다!"

"헉!"

추괴성이 새파랗게 질린 얼굴로 뒷걸음질쳤다. 그러면서 후딱 당 노인을 바라보았다.

그의 호기심은 풀리지 않았다. 지옥에 가더라도 가져갈 것이다.

그가 당 노인을 가리키며 다시 떨리는 음성으로 말했다.
"그, 그, 그렇다면… 노, 노인은 바로, 당, 당……."
슬픔을 가득 담고 있던 노인의 눈이 한순간 저승사자의 그것처럼 음침하고 악독하게 바뀌었다. 인자하고 자상하던 얼굴마저 석고상처럼 하얗게 굳어진다.
당 노인이 천천히 말했다.
"네가 한마디만 더 지껄인다면 그 용기가 대단하다고 인정해 주마."
하지만 추괴성은 감히 그럴 수가 없었다. 아니, 그러고 싶어도 그럴 수 없게 되었다. 이미 지나친 놀람으로 인해 그의 입은 물론 사지가 뻣뻣이 굳어버렸던 것이다.
그러면서도 마음속으로는 마구 소리치고 있었다.
'당백아! 당백이다! 아아, 어찌, 어찌 이런 일이 있을 수 있단 말인가! 그마저 이렇게 멀쩡하게 살아 있다니!'
"뭐야? 왜들 그래?"
사정을 알지 못하는 막세풍이 마두들을 헤치고 나서서 추괴성의 옷자락을 잡아당겼다.
그는 남만의 오지 묘강에서 평생을 살아온 사람이니 중원의 자질구레한 일들에 대해서 알 리가 없다. 당연히 두려움도 적다.
분위기가 묘하게 음산하고 살벌하게 변했다는 건 알겠는데, 그게 눈앞의 저 꼬부랑 노파와 백발, 백염의 늙은이 때문이라는 걸 이해할 수 없다.
"휴—"
길게 한숨을 내쉰 추괴성이 다시 한 번 부르르 몸을 떨었다. 그리고 나서야 겨우 말할 수 있게 되었다.

그가 생기라고는 남아 있지 않은 얼굴로 막세풍에게 말했다. 울먹이는 것 같기도 하다.

"막 형, 이제 다 틀렸소. 명년 오늘이 우리들의 제삿날이 될 텐데, 과연 그걸 기억해 줄 사람이나 있을지……."

말을 마치지도 못하고 겁에 질려 있는 마두들을 하나하나 돌아보았다.

저들 중 한 사람이라도 살아서 이곳을 떠나야 그나마 제삿날을 후손들에게 전해줄 수 있을 것 아닌가.

하지만 그럴 가능성은 눈곱만큼도 없었다. 모두 다 죽고 말 것이다.

"흥! 내 제삿날이 왜 오늘이야? 별 쓸데없는 농을 다 하는구만?"

막세풍이 코웃음을 쳤다. 그의 마음속에 군마들을 얕잡아보는 교만함이 생겼다.

'이것들이 중원의 대마두들이라고 큰소리치더니 죄다 형편없는 겁쟁이들 아닌가? 저렇게 늙어 꼬부라진 늙은이 둘을 놓고 무서워서 벌벌 떠는 꼴이라니. 에잉!'

신경질이 나기도 한다. 짜증스럽다.

하지만 또 다른 생각이 그의 가슴을 간지럽게 했다.

'내가 일거에 저 두 늙은 귀신을 죽여 버린다면 이 멍청한 겁쟁이 놈들은 나를 다시 보게 될 거야. 매우 존경하고, 우리 묘강 독왕곡의 무공에 대해서 더욱 겁을 먹게 되겠지. 그렇게 되면, 우흐흐흐—'

독왕곡(毒王谷).

묘강의 밀림 속에 존재하고 있는 신비의 문파였다.

독과 독물에 관한 한 천하제일이라는 오만함을 지닐 만큼 뛰어나기도 했다.

추괴성이 탄식하고 말했다.

"휴, 막 형, 다 소용없으니 미리 나서서 죽음을 재촉하지 마오."

"쳇, 겁쟁이들 같으니라구. 우리 묘강의 영웅들은 당신들처럼 벌벌 떨지 않아. 죽을 땐 죽는 거고, 아니면 사는 거지 별거있어?"

아무렇지 않게 손을 툭툭 털었다. 그저 무슨 일인가를 하기 전에 버릇처럼 하는 사소한 행동인 것처럼 보였다. 아무도 긴장하지 않으리라.

그러나 그것을 바라보던 당 노인의 입가에는 비웃음이 떠올랐다.

"화혈초량이냐?"

"엇?"

막세풍이 깜짝 놀라 물러섰다.

그는 손을 터는 척하면서 독왕곡이 자랑하는 지독한 독 한 가지를 공기 중에 흘렸던 것이다.

남만의 밀림 속에는 식혈화(食血花)라는 것이 자생한다. 넓은 쟁반같이 생긴 크고 붉은 꽃인데 향기가 독하고 크기가 사슴을 덮을 만하다.

향기에 끌려 다가온 짐승을 덥석 물어서 가두고 지독한 액체로 뒤덮어서 살과 뼈를 녹인다고 한다. 그 체액을 빨아먹고 사는 꽃이다.

가끔 멋모르고 다가간 사람마저 그렇게 꽃의 먹이가 되는 일도 있으므로 식인화(食人花)라 불리기도 했다.

그 꽃을 취해서 채취한 것이 화혈초량이었다. 꽃 하나에서 지독한 액체가 커다란 솥에 가득 담을 만큼 나오는데, 그것에 이것저것 독재들을 넣고 마구 끓여댄다.

그렇게 칠 일 밤낮을 끓이면 바닥에 딱딱한 앙금만 남고 수분은 다 증발해 버린다. 그러면 그 앙금을 긁어내는데, 밥그릇 하나에 담길 만큼 나온다. 그것을 다시 칠 일 동안 불에 그을려 불순물을 모두 태워 버리면 새까맣게 탄 덩어리가 꼭 두 냥만큼 남게 된다.

그걸 빻아서 고운 가루로 만든 게 바로 화혈초량이다.

무색무취하고, 습기와 섞이면 즉시 독기를 내뿜는다. 말 그대로 독의 기운이 스며 나오는 것이니 보이지 않고 느낄 수도 없다. 그것이 허공에 퍼져 피부에 닿거나 호흡을 통해 조금이라도 들이마시는 순간 중독되고 마는 것이다.

마취 효과가 극대해서 느끼지도 못하는 사이에 사지의 근육과 신경이 굳어버린다. 몸뚱이를 톱으로 썰어도 고통을 느끼지 못할 만큼 지독하니 죽은 것이나 마찬가지인 처지가 되는 것이다.

그 화혈초량(花血焦兩)은 중원에 들어온 적이 없는 극독이다.

그러니 아는 자가 없어야 정상인데 눈앞의 신선 같은 노인이 즉시 알아채니 놀랍기만 했다.

"이상하군? 너는 누군데 이걸 알고 있지?"

"하하, 네가 나를 모르는 게 이상할 것 없듯이 내가 그걸 아는 것도 이상할 게 없지. 그냥 마음을 편하게 하고 재롱이나 마저 떨어보아라."

"응? 재롱?"

막세풍이 어리둥절해서 눈을 뒤룩거렸다.

"네 재주가 뛰어나긴 하구나. 원하는 곳으로만 기운을 뿌릴 수 있을 만큼 되자면 보통 어려운 일이 아닌데 그걸 해냈으니 칭찬해 줄 만하지."

"어허!"

막세풍의 놀람이 더욱 커졌다.

말을 들어보니 자신의 독공이 제대로 들어간 게 틀림없지 않은가. 저 꼬부랑 노파와 백발의 늙은이가 독기를 들이마시고 살갗에 쐰 게 분명했다. 그런데 아무렇지도 않다니?

당 노인의 말을 다른 사람들은 이해하지 못했다. 대체 막세풍이 무슨 짓을 했고, 당 노인이 무엇을 한 건지.

독기를 허공에 흘리면 좁게는 일 장, 넓게는 십 장의 범위로 퍼져 나간다. 그 이상은 독의 효용이 없다. 허공에 흩어져 사라지는 것이나 마찬가지가 되기 때문이다.

한 번 뿌려진 독기는 공기의 흐름과 밀도를 타고 퍼지니 사람이 제어할 수가 없다. 하지만 막세풍은 그것을 제어해서 당 노인과 염 노파에게만 집중시킬 수가 있었다. 과연 신기라고 할 만큼 뛰어난 솜씨였던 것이다. 그러나 당 노인이 보기에는 재롱 같아 보였을 뿐이다.

그가 한 손을 천천히 들어올렸다. 그리고 둘째 손가락을 꼿꼿이 펴서 막세풍을 가리켰다.

그 순간 막세풍이 부르르 몸을 떨었다.

아무 기척도 이상한 점도 느끼지 못했으니 군마들은 죄다 더욱 어리둥절해지기만 했다. 마치 두 사람이 장난을 치고 있는 것처럼 보일 뿐이다. 그 안의 살벌함과 위태로움을 어찌 알랴.

오직 막세풍 본인만이 느끼고 알 뿐이다.

그가 새파랗게 질린 얼굴로 멍하니 당 노인을 바라보았다. 그리고 턱을 덜덜 떨며 겨우 말했다.

"다, 다, 당… 백아……! 당신이 정말 당백아 그분이란 말이… 오?"

당 노인이 못마땅하다는 듯 입맛을 다셨다.

"오오, 이럴 수가! 당신이 아직 살아 있다니!"

부르짖은 막세풍이 제 머리통을 마구 두드려 댔다. 미친 것 같다.

"오오, 당백아! 당백아! 그가 살아 있다는 걸 알았다면 내가 미쳤다고 중원에 들어왔겠는가!"

제 머리통을 후려치는 퍽, 퍽, 퍽! 하는 끔찍한 소리가 공포스런 분위기를 더해주었다.

털썩!

막세풍이 무릎을 꿇었다. 그리고 이마를 땅에 찧는다. 쿵! 하는 소리에 불선다루가 흔들릴 지경이었다.

"앙축드리옵나이다! 당 노조께옵서 독선의 경지에 드신 걸 이 미천한 몸이 몸소 느꼈으니 만 번 죽어 만 번 지옥 불에 떨어진다 한들 이 기쁨과 영광을 어찌 감당하오리까! 쥐새끼보다 미천한 제가 노조를 뵙고 비로소 독공의 절대 경지를 엿보았으니 원도 한도 없나이다! 그저 쥐새끼보다 못한 이 몸을 한 줌 혈수로 녹여 노조의 심심풀이로 삼으소서!"

그것마저 지극한 영광이라는 듯 구구절절 늘어놓는 사설에 진정이 철철 넘쳐 났다.

손가락을 꼼지락거리며 망설이던 당 노인이 힐끔 염 노파를 바라보았다.

"저놈이 그래도 제법 어른을 공경할 줄 아는 것 같지 않소? 내가 보기에는 기특한 구석도 손톱만큼은 있는 것 같은데……."

"그래서!"

염 노파가 빽 소리쳤다.

막 추괴성 등을 통쾌하게 죽여 버리기 직전인데 생뚱맞게 막세풍이 뛰어들었고, 당 노인이 한껏 우쭐대는 바람에 김이 빠져 버린 것이다.

그 마음을 안다는 듯 당 노인이 우물쭈물하다가 겨우 말했다.

"미안하오, 미안해. 내가 주책바가지지, 뭐. 에휴, 늙을수록 철이 없어진다더니 그 말이 맞나 봐."

"죽일 놈의 당 노괴 같으니! 빠드득!"

염 노파가 살기를 와르르 쏟아내며 당 노인을 잡아먹을 듯 노려보았다. 추괴성 등을 죽이기에 앞서 당장 당 노인부터 찔러 죽여야 속이 풀리겠다는 듯하다.

당 노인이 그런 염 노파에게 다시 말했다. 눈치코치도 없는 주책바가지 늙은이 같다.

"그나저나 저놈을 어떻게 하면 좋을까? 내 생각에는 저만큼 예의 바른 애도 드물 것 같으니 그냥······."

"시끄러! 죽이든 살리든, 구워 먹든 삶아 먹든 네 마음대로 해라!"

"정말?"

당장 당 노인의 얼굴이 활짝 펴졌다.

"애구구, 내 팔자가 불쌍하기도 하지."

염 노파가 포기했다는 듯 한숨을 쉬고 머리를 설레설레 흔들었다. 그리고 다시 추괴성 등을 휙 노려본다.

【第六章】

까불면 죽는다

1

'이것들이 지금 죄다 짜고서 장난치는 거 아냐?'
구석에서 눈알만 데굴데굴 굴리고 있던 삼수경혼 이추가 눈살을 찌푸렸다.
아무리 봐도 늙어 꼬부라진 할망구와 할아범으로 보일 뿐 조금도 대단한 것 같지 않았다.
아니, 설혹 그들이 진짜 전설적인 여마두 염빙화와 당백이라고 해도 그렇… 까지 생각하다가 뚝 멈추었다.
'그가 진짜 당백이라면 곤란하긴 한데…….'
다시 한 번 힐끔 당 노인을 훔쳐보았다.
어렸을 적, 사탕을 빨던 어린아이였을 때 사부 혈염마종으로부터 귀가 따갑게 들었던 말이 떠올라 부르르 진저리가 쳐졌다.
사부는 말했다.

"당백아 그는 당문 최고의 기재라는 말이 헛소리가 아니야. 그와 같은 인물은 이전에도 없었고, 앞으로도 없을 것이다. 독과 암기에 있어서 그는 이미 절대무적의 경지에 들었으니. 에휴……."

"왜 슬퍼하세요?"

"그자 하나 때문에 우리 마교의 뿌리가 흔들리고 있으니 그렇지."

"그가 그렇게 무서운 사람인가요?"

"마교의 명운이 다했나 보다. 그러니 우리 쪽에서는 당백아나 장풍한 같은 인물이 나오지 않는 거야."

당시 마교로 불리던 암흑천교의 장로였던 혈염마종은 그렇게 탄식했다.

당문이 배출한 최고의 기재라는 그 한 사람에 의해서 마교의 십대천마가 몰살당했고, 다섯 장로 중 두 명이 한 줌 혈수로 녹아버렸던 것이다.

혼자서 마교 최강의 독문으로 꼽히던 만독림을 괴멸시킨 불세출의 청년 고수.

아침에 객잔을 뚜벅뚜벅 걸어나가더니 저녁에 뚜벅뚜벅 걸어서 돌아왔는데, 다음날부터 만독림은 강호에서 그 모습을 감추고 말았다.

당백아가 그렇게 한 것이다.

서른을 바라보는 젊은 나이에 이미 독과 암기에 있어서 절정의 경지에 올랐다고 누구나 인정했던 인물.

그가 씻은 듯 강호에서 사라진 지 육십 년이 흘러 이제는 그 이름조차 희미해져 있었다.

그런데 눈앞에 그가 서 있다. 신선처럼 곱게 늙은 모습이지만 구십을 바라보는 상늙은이가 되어 있는 것이다.

그 늙은이가 아무 짓도 하지 않았는데 묘강에서 어렵게 초빙해 온 막세풍이 엎드려 경배하며 온갖 아첨의 말을 줄줄 늘어놓고 있다.

당 노인이 손가락 한 개를 펴서 가리켰다고 금방 저렇게 비굴해진다는 걸 어찌 이해할 것인가.

막세풍은 묘강 독왕곡에서도 다섯 손가락 안에 꼽힌다는 독공의 고수였다.

까마득한 옛날 당백아에 의해 괴멸된 만독림을 대신할 인물로 그를 데려온 건데, 그가 저렇게 절하는 인형처럼 연신 머리를 찧어대고 있으니 한심하기만 했다.

'이래서야 어디 체면이 서겠어?'

그런 생각과 함께 다시 용기가 생겼다.

제까짓 것들이 아무리 한때 무시무시한 존재로 날고 뛰었다지만, 지금은 명줄 놓을 날이 코앞에 다가온 꼬부랑 늙은이들에 지나지 않다.

기력이 쇠했고 정신이 오락가락할 텐데 무엇이 두렵단 말인가?

저것들은 허상이다. 그걸 깨부숴 주리라.

그렇게 작정한 이추가 이를 악물고 머리를 발딱 들었다. 당돌하게 염 파파를 노려보더니 휙 하고 몸을 날리며 소리쳤다.

"고약한 늙은이! 본색을 드러내게 해주마!"

버럭 외친 그가 두 손에 한껏 장력을 모아 뿌렸다.

"안 돼!"

대경한 추괴성이 소리쳤지만 이미 이추의 혈염파천장(血炎破天掌)은 손을 떠난 뒤였다.

쐐애액—!

마교의 중흥기에 위세를 떨쳤던 혈염마종의 진산절기였다. 마교십대장법 중 한자리를 차지했을 만큼 위력적이고 흉맹무비한 장력인 것이다.

그것이 붉은 기운과 이글거리는 열기로 허공을 달구며 곧장 염 노파에게 쏟아져 나갔다.

군마들이 모두 손에 땀을 쥐고 마른침을 꿀꺽 삼켰다.

이추의 저 무시무시한 장력이 눈앞의 무서운 노파를 잿더미로 만들어 버렸으면 좋겠다는 생각이 모두의 머리 속에 번갯불처럼 스쳐 갔다.

쾅—!

장력이 폭발했다.

불선다루가 곧 무너질 듯 요동을 치고, 짙은 화염이 한쪽 벽을 잿더미로 만들어 버렸다.

그런데 그곳에 염 파파가 없다. 재가 되어서 벌써 흩어져 버린 걸까?

모두 어리둥절한 눈을 뜨고 두리번거렸다.

"으악!"

그리고 한목소리로 놀람의 비명을 터뜨렸다.

언제 움직인 것인지, 저 늙고 추괴한 몸, 저 금방 쓰러질 것같이 비리비리한 몸 어디에 그토록 신묘한 기운이 담겨 있는 걸까.

염 파파는 처음부터 그 자리에 있었던 듯 태연하게 이추의 등 뒤에 서 있었다.

"흘흘, 네놈의 사부가 혈염마종이냐?"

이추의 장력을 보고 알아챈 것이다.

이추는 얼떨떨하기만 했다. 이 상황이 어떻게 된 건지 제 스스로도 이해가 되지 않았다.

그의 귀에 떨떠름한 입 냄새를 훅훅 불어내며 염 파파가 다시 말했다.

"쯧쯧, 그놈이 너에게 한 가지 가르쳐 주지 않은 게 있었나 보다."

"예?"

"까불면 뒈진다는 거 말이야."

"흡!"

"하긴, 그놈도 제가 까불다가 뒈졌으니 너에게 그 오묘한 진리를 전해줄 시간이 없었겠지."

"그, 그, 그럼 사부님도?"

이추가 등 뒤에서 가슴을 뚫고 삐죽 나와 있는 차가운 검을 내려다보며 어눌하게 물었다.

이것이 언제, 왜, 어떻게 등을 뚫고 가슴으로 삐져 나와 있는 건지 이해가 되지 않았다. 지극히 비현실적으로 보일 뿐이다.

염 파파가 피식 웃었다.

"까불다가 뒈졌어. 이렇게 말이다."

퍼억—!

검이 움찔 진동을 한다 싶었는데 이추의 몸뚱이가 천 조각, 만 조각이 되어서 무너졌다.

피와 살점이 허공에 흩뿌려지고 홀로 남은 머리통이 아직도 버티고 서 있는 두 다리를 바라보며 떨어졌다.

그 머리통이 마지막 생각을 했다.

'그랬어. 사부님의 실종은 바로 이 마녀 때문이었군.'

2

"왜 이렇게 조용하지?"

소걸이 머리를 갸웃거렸다. 궁금하기는 천수익과 장문량 등은 물론 그들을 감시하고 있는 청년들도 마찬가지였다.

"잘 지키고 있어. 내가 다시 한 번 올라가 보고 올게."

제일 처음 이층으로 올라가 염 파파와 당 노인을 발견했던 자가 잰걸음으로 주방을 나갔다.

발소리를 죽여가며 계단을 올라간 놈이 감히 안으로 들어갈 엄두를 내지 못하고 문틈에 살짝 눈을 갖다 붙였다.

"헉!"

불에 덴 듯 놀라 재빨리 눈을 떼고 멍하니 하늘을 바라본다. 그러더니 눈을 마구 비비고 나서 다시 눈을 갖다 댔다.

"허억!"

기겁을 하고서 다시 눈을 뗐는데, 똑같은 일을 한 번 더 반복했다.

확실하다. 세 번이나 제 눈으로 확인했으니 잘못 본 것도 아니고, 헛것을 본 것도 아니다.

"대체 이게, 이게 말이 되나?"

넋이 나가서 중얼거렸다.

문틈으로 엿본 이층의 광경은 그의 상상을 초월하고 있었다.

하늘같이 믿고 있는 군마들이 모두 마룻바닥에 납작 엎드려서 머리를 조아리고, 그 앞에는 제사를 지내던 두 노인네가 우뚝 서 있는 것이 아닌가.

할아범은 인자한 얼굴로 흐뭇해하며 턱수염을 쓰다듬고 있고, 시퍼런 장검을 뽑아 든 노파는 흉측한 얼굴을 더 흉측하게 일그러뜨린 채 살기등등해서 군마들을 노려보고 있었다.

더 기가 막힌 건 노파 앞의 마룻바닥이 피로 젖어 있고, 거기 삼수경혼 이추의 머리통과 두 다리가 덩그러니 놓여 있다는 거였다. 몸뚱이는 어디로 갔는지 찾아볼 수가 없다.

"하—"

눈을 뗀 놈이 한숨을 쉬었다.

그에게는 모두가 하늘 같은 마두들이었다. 단 한 번도, 눈곱만큼도 그들이 저런 꼴이 되는 날이 있으리라고는 상상조차 해본 적이 없다.

"주둥이 단속, 발모가지 단속을 시켜야겠지?"

염 파파가 솥단지를 긁어대는 것 같은 음성으로 중얼거렸다. 그 즉시 머리를 조아리고 있던 서천금편 추괴성이 '예!' 하고 대답하더니 쪽문을 향해 말했다.

"이리 들어와."

청년에게는 하늘의 명령이나 같다. 그가 가장 존경하고 우러러 보는 마두 중의 마두 추괴성의 말이니 그렇다.

머뭇거리던 그가 조심스럽게 쪽문을 열고 들어섰다. 감히 다가가지 못하고 문 곁에 서서 주뼛거릴 뿐이다. 그에게 추괴성이 잔뜩 주눅이 든 음성으로 일렀다.

"내려가서 모두에게 알려라. 절대로 다루 밖으로 한 발짝도 나가서는 안 된다고. 모두 지금 있는 그 자리에 꼼짝 말고 있으라고 해라."

놈이 굽실 허리를 굽히고 물러났다. 계단을 내려오는 걸음이 술 취한 것처럼 휘청거린다.

"머시라?"

그의 말을 제일 먼저 전해 들은 주방 안의 사람들이 일제히 눈을 부릅떴다.

내려온다.
기세등등하게 이층으로 올라갔던 군마들이 가엾고 애처로운 모습으로 어깨를 축 늘어뜨린 채 어기적거리며 내려오고 있다.
다청에 긴장이 감돌았다. 명령대로 꼼짝하지 않고 있던 열 명의 청년들은 숨이 막힐 것만 같았다. 무언지 정체를 알 수 없는 기괴한 분위기가 그렇게 만든 것이다.
지금 불선다루에 모여든 마도의 무리 중에서도 서천금편 추괴성의 악명과 이력은 특히 두드러졌다. 삼십 년 전에는 그의 이름이 천하에 진동하지 않았던가.
그런 그마저 잔뜩 겁먹은 듯한 얼굴로 내려오고 있으니 대체 이층에서 무슨 일이 있었기에 저러는 건지 궁금해지다가 무서워졌다.
"한 명도 빠짐없이 다 있겠지?"
추괴성이 청년 마졸들을 눈으로 세어보며 말했다. 모두 정신없이 머리를 끄덕인다.
"막 형, 어쩌겠소? 내가 하리까?"
"아니오. 추 형은 구경만 하시오. 내가 하리다."
막세풍이 슬며시 앞으로 나섰다.
"이게 다 너희들의 팔자소관이요, 운명이라고 생각해라."
뜬금없는 말에 청년 마졸들이 눈을 멀뚱거리며 바라보았다.
"그럼 잘들 가라."
막 소매 속에 감추고 꼼지락거리던 손을 떨치려는데 이층에서 당 노인의 느긋한 음성이 들려왔다.

"잠깐 기다려라."

그 즉시 막세풍의 몸이 뻣뻣이 굳었다. 그가 잔뜩 겁먹은 눈알을 데구르르 굴리며 차렷 자세를 취했다. 다른 군마들이라고 다르지 않다. 모두 장군의 사열을 받는 병졸들처럼 잔뜩 몸이 굳은 채 차렷 자세로 섰다.

당 노인의 음성이 다시 들려왔다.

"나의 염 매가 종으로 부리고 싶어졌단다. 그러니 살려둬. 하지만 그냥은 안 되겠지?"

"옙!"

우렁차게 대답한 막세풍이 품에서 작은 병 한 개를 꺼냈다. 손바닥에 기울이자 검은 콩 같은 것들이 쏟아져 나온다.

"다들 입을 활짝 벌려라."

추괴성이 명령했고, 청년들은 따른다. 왜냐고 묻는 건 죽음이다.

열 개의 입이 쫙 벌어지고 그 즉시 막세풍이 손을 확 뿌렸다. 그의 손을 떠난 열 개의 환약이 유성처럼 날아 그 입에 한 알씩 정확하게 들어갔다.

"꿀꺽—"

저절로 목구멍 속으로 넘어가 버리니 삼키고 말고 할 것도 없다. 열 명이 일제히 마른침 삼키는 소리가 요란하게 울렸다.

"그 안에는 고독(蠱毒)이 들어 있다. 그게 뭔지는 다들 알겠지?"

"헉!"

막세풍의 말에 청년들이 즉시 사색이 된 얼굴로 부들부들 떨었다. 그러더니 애처롭고 절망감에 사로잡힌 눈길로 일제히 추괴성을 바라보았다.

그런 그들에게 추괴성이 친절하게 설명을 덧붙여 주었다.

"다들 잘 알겠지만 고독은 남만 특산의 독충이다. 그걸 삼켰으니 너희들은 일 년에 한 번씩 막 형이 주는 해약을 먹어야 해. 그러지 않으면 독충이 발작을 해서 오장육부를 모조리 파먹어 버릴 거다."

"끄으으—"

"보름 동안 처절한 고통을 겪다가 결국 속이 텅 빈 채 죽게 되는 거야."

"……"

이제는 비명조차 터뜨리는 자가 없다. 다들 체념하고 포기한 것이다.

"그렇게라도 살 수 있게 된 걸 감사하게 여겨라. 모두가 저 위에 계시는 두 분 신선님의 자비이고 아량이니 항상 그 은혜를 가슴에 새기고 살아야 하느니라."

손가락을 들어 위를 가리키며 근엄하게 말했다. 마치 하늘의 뜻이라는 듯하다. 그것을 따라 청년들의 눈동자가 천천히 위로 향했다. 머리를 답답하게 짓누르고 있는 낡은 나무판이 보일 뿐이다.

그렇게 해서 불선다루에는 세상에서 제일 흉악하고 끔찍한 종들이 넘쳐 났다.

갑자기 사람이 늘어났으니 적막하던 황망령(黃蟒嶺)이 시끌벅적해졌다.

"너희가 알아서 먹고 잘 데를 마련해."

염 파파의 한마디에 마두들이 놀란 메뚜기 떼처럼 흩어졌다. 그리고 반나절도 되지 못해서 불선다루 주변의 황토 언덕 여기저기에 이십여 개의 토굴이 뚫렸다.

모두가 마도에서 한가락하는 고수들인지라 손과 발의 힘이 굳세고 내력이 넘쳐 난다. 그 흉악용맹한 무공 실력으로 두더지처럼 땅을 파 대니 금방 끝나지 않을 수 없다.
　추괴성과 막세풍은 그래도 종들의 우두머리 대접을 받아 불선다루 안에 거하도록 허락받았다.
　주방 곁에 좁은 쪽방 두 개가 있었는데, 하나는 소걸이 쓰고 비어 있는 나머지 하나를 쓰게 된 것이다.

　"그러니까 암흑천교(暗黑天敎)가 재건되었단 말이냐?"
　당 노인의 질문에 추괴성이 머리를 조아리며 공손히 대답했다.
　"마중선(魔中仙)께옵서 지극한 능력으로 옛적 마교의 수하들을 은밀히 불러들이고, 각지에서 이름을 날리고 있는 마인들을 끌어들여 만들었습지요."
　"허! 그때 뿌리를 뽑아버렸어야 했는데 인생이 불쌍해서 차마 그러지 못했더니, 이것들이 육십 년 만에 다시 준동을 하는구만."
　"죄송합니다."
　"네가 죄송할 게 뭐 있냐? 그래, 그 마중선이란 놈은 어떤 놈이냐?"
　"전대 교주이신 혈해마왕 탁목군의 제자라는 것만 알 뿐 저희도 본 적이 없는 신비인입니다. 과거의 열두 교주의 개세적인 마공을 모두 물려받아 종합해서 그 능력이 고금제일의 마극지경(魔極之境)에 이르렀다고 하더군요."
　"흥!"
　"헉! 죄, 죄송합니다."
　그를 노려보던 당 노인이 심각한 얼굴을 했다. 들어보니 마교의 위세가 대단하다는 걸 느낄 수 있었던 것이다.

장차 그들로 인해 세상이 또 한차례 피바다를 이루겠구나 하는 생각에 걱정도 되었다.

"그건 그렇고, 그런데 너희들은 여기서 뭘 하려고 했던 거냐?"

"내일 아침에 이곳으로 광명천(光明天)의 무리가 지나갈 예정인데 그들을 기습해서 몰살시킬 작정이었습죠."

"광명천?"

"백도의 무리가 저희들끼리 똘똘 뭉쳐서 영원히 무림을 독식하자고 만든 단체입니다."

"오호라, 옛날의 무림맹 같은 거로군."

"그렇습니다."

"밖에 있는 저놈들은 다 네가 끌어들인 잡놈들이고?"

"그들 모두 현재 무림에서 이름을 떨치고 있는 흑도의 절정고수들입지요. 모두 저를 따라 암흑천교에 투신할 생각으로 모인 것입니다."

"그전에 광명천 아이들을 죽여서 미리 공을 세우겠다는 거로군."

"맞습니다."

"흠, 재미난 구경거리를 놓쳤구만. 쯧쯧……."

그러니까 추괴성은 암흑천교에 들어가고자 은거를 깨고 강호에 다시 나온 것이다. 마교 부흥의 일익을 담당하고 싶었으리라.

그 소식을 듣고 평소 그를 우러러 보던 후배 마두들이 모였다. 추괴성은 그들과 함께 황망령에 매복해 있다가 광명천의 고수들을 죽여 그 수급을 들고 마교로 향하자고 약속했다.

묘강 만독문의 고수까지 포섭했으니 암흑천교의 교주가 크게 기뻐할 게 틀림없었다. 높은 지위를 보장받을 수 있는 절호의 기회였는데 그만 불선다루에서 종으로 전락해 버렸으니 안타깝고 아쉽기 그지없었다.

하지만 어찌 내색할 수 있으랴.

안타깝고 아쉽기는 당 노인도 마찬가지였다.

오랜만에 정파의 고수와 마도의 고수들이 한바탕 피를 뿌리며 싸우는 통쾌한 장면을 구경할 수 있을 뻔했다가 물거품이 되었기 때문이다. 이곳에서 엄한 놈들이 소란 떠는 걸 염 파파가 절대로 허락할 리가 없으니 그렇다.

"아깝다, 아까워."

당 노인이 혀를 차다가 입맛을 다셨다.

"하지만 뭐, 광명천의 어린아이들은 또 어떻게 생겨먹은 것들인지 구경할 수 있을 테니 위안으로 삼아야지. 내일 하루도 심심하지 않을 테니까. 흘흘……."

3

다음날 다섯 사람이 흙바람 속에 불선다루로 찾아왔다.

바람이 맹위를 떨치는 험한 날씨였다.

황토 먼지가 하늘과 땅을 모두 뒤덮어 버렸고, 몸을 가누고 서 있기조차 힘들 만큼 센 바람이 불었다.

한 사람의 도사와 한 사람의 중, 그리고 한 사람의 노인과 두 청년이다.

도사와 중은 노인 못지않게 나이가 들어 보였는데, 다들 피풍으로 몸을 둘둘 말고 수건으로 얼굴을 가렸다.

말도 힘겨운지 신경질적으로 투레질을 했다.

"아미타불, 정말 이렇게 험한 곳이 있으리라고는 생각하지 못했구려."

"빈도 역시 말만 들었지 황망계라는 곳이 이처럼 지독한 곳인 줄은 미처 몰랐다오."

"하하, 두 분은 산 좋고 물 맑은 곳에서만 사셨으니 이런 바람이 곤욕스러울 것이오. 하지만 내게야 뭐 그저 그러려니 싶다오."

"동 대협은 대막을 내 집처럼 여기는 분이니 이보다 더한 흙바람도 구경하셨겠구려."

"커다란 바윗덩이가 가랑잎처럼 말려 올라가는 그런 용권풍에 비한다면 이까짓 것은 살랑거리는 봄바람에 지나지 않지요."

"허, 그래요? 그런 바람이 다 있단 말이지요?"

늙은이가 우쭐거리며 말하자 노도사가 감탄했다는 듯 탄성을 터뜨렸다.

그는 동평우(董平佑)인데, 외호를 대막신조(大漠神鳥)라고 하는 사람이다.

외호에서 알 수 있듯이 경공 신법이 특출해서 강호의 일절이라 꼽혔다. 그 외에 권장과 도검에 이르기까지 일신에 지닌 무공이 고수의 반열에 들어 있는 명사였다.

그는 섬서에 살면서 대막을 가로질러 몽고는 물론 저 멀리 천산산맥까지 오가며 활약했다.

섬서의 동가장이라면 유명하다. 그래서 서역이나 몽고로 가려는 대상(隊商)들은 동가장에 호위를 부탁하곤 했다.

그들의 호위를 받으면 사막의 약탈자들은 물론 강호의 무리들로부터 안전하게 보호받을 수 있기 때문이다.

그 동가장의 셋째 장주가 바로 대막신조 동평우다.

한가롭게 이야기를 주고받는 동안 어느덧 다섯 사람은 불선다루가 있는 황망령 꼭대기에 이르렀다.

꼭 이 바람 때문은 아니지만 다루 주위에 토굴을 뚫고 들어박힌 놈들은 눈만 끔벅거리며 말을 타고 천천히 다가오는 다섯 사람을 바라보기만 했다. 낮게 한숨을 내쉬는 자도 있다.

"저기 과연 다루가 있군요."

늙은 도사가 마편을 들어 가리켰다. 그것을 본 늙은 중이 감탄했다.

"이렇게 황량하고 인적 드문 곳에 다루라니……. 허, 참으로 괴이한 일이로다. 아미타불."

"이 근처 삼백 리 안에는 오직 저 찻집만 있을 뿐이라오. 보기에는 저렇지만 차 맛이 일품이지요. 하하하!"

동평우가 잘 안다는 듯 말하자 노도사가 다시 감탄의 눈길을 보냈다.

"동 대협은 들렀던 적이 있는 듯하군요?"

"대막에서 돌아오면 가끔 일부러 저 찻집을 찾아가지요. 그 차 맛이 그리워서 참을 수가 없다오."

"오호, 그래요? 그것 또한 괴이한 일이로군요."

노도사가 눈을 반짝였다.

이와 같이 황량하고 적막한 곳에 홀로 서 있는 낡은 찻집이 기이하려니와 그곳의 차 맛이 기가 막히다니 더욱 기이한 일 아닌가.

"불선다루라……."

굳게 닫힌 문 앞에서 현판을 바라본 노도사가 눈살을 찌푸렸다.

선량하지 않은 찻집이라니……. 이런 간판을 내거는 곳은 하늘 아래 이 찻집 한 곳뿐일 거라는 생각이 들었다.

"이름도 기이한 곳이로군."

문득 불길한 느낌이 몰려들어서 도사가 그렇게 중얼거리고 낮게 도호를 외웠다. 하지만 동 노인은 조금도 이상할 거 없다는 듯 서둘렀다.

"자, 자, 들어가십시다. 차 맛을 보면 마음이 달라지실 게요."

막 문을 두드리려는데 기다렸다는 듯 그것이 저절로 활짝 열렸다.

"어서 오십시오, 손님."

반갑게 인사하며 맞이하는 자는 추괴성이다. 앞치마까지 두르고 머리에는 주방에서 쓰는 흰 모자를 썼다.

그를 본 동 노인이 눈살을 찌푸렸다.

"누군고? 못 보던 사람이군."

"누구면 어떻소? 자, 바람이 심하니 어서 들어오기나 하시지요."

"흐음, 그새 주인이 바뀌었나?"

동 노인이 머리를 갸웃거리면서도 안으로 들어섰다. 저쪽에서 달려온 중년의 대한이 냉큼 세 사람의 말고삐를 넘겨받았다.

저 먼 곳, 하남의 대마두로 악명 높은 팔비충 천종이다.

동 노인이 다시 머리를 갸웃거렸다.

"이상하군. 전에는 나이 어린 소동이 나와 맞이했는데 오늘은 죄다 나이 든 사람들뿐이니 종업원들도 모두 바뀐 건가?"

이상해하면서도 그들은 추괴성을 따라 다루 안으로 들어왔다. 심한 흙바람 때문에 창문마다 덧문까지 꼭꼭 닫아걸었으므로 다루 안은 굴속처럼 어두컴컴했다.

기둥에 몇 개의 등잔이 있어서 가물거린다.

다섯 손님이 대충 먼지를 털고 자리에 앉자 주방에서 다시 한 사람이 따끈하게 적신 수건을 들고 쪼르르 달려왔다.

등이 꼬부라지고 세 가닥 염소수염을 기른 못생긴 얼굴에 예닐곱 살 먹은 아이처럼 체구가 작은 마두 왜타자 강명명이다.

"응?"

그를 본 동 노인이 눈을 부릅떴다. 왜타자가 다가와 물수건을 건네고 머리를 굽실거렸다.

"무엇으로 드시겠습니까, 손님들?"

"허, 이건 정말 이상하군. 내 눈에 헛것이 보인단 말인가?"

동 노인이 눈을 비비고 다시 보았다. 왜타자 강명명이 눈앞에서 쥐새끼처럼 반짝거리는 눈알을 굴리며 빙글빙글 웃고 있다.

동 노인이 자리를 박차고 일어서며 버럭 소리쳤다.

"네 이놈! 너는 분명 산동의 마귀 왜타자 강명명이렷다!"

"응? 왜타자 강명명이라고?"

놀란 노도사도 벌떡 일어났고, 늙은 중도 그렇다.

한 번도 본 적은 없지만 중이나 도사 모두 왜타자 강명명이라는 자의 악명을 익히 들은 터다. 놀라지 않을 수 없다.

왜타자가 여전히 빙글빙글 웃으며 대답했다.

"손님, 무얼 잘못 보신 게로군요. 저는 그냥 이름도 성도 없는 늙은이에 지나지 않답니다. 보시는 바와 같이 불선다루에서 심부름이나 하는 종업원인걸요."

"허!"

동 노인이 혀를 찼다. 다시 그를 물끄러미 바라보다가 한숨을 쉬고는 자리에 앉는다.

"하긴, 왜타자 강명명이 어떤 인물인데 이런 찻집에서 차 심부름이나 하고 있겠어? 내가 잘못 본 모양일세. 그나저나 정말 신기한 일이야. 거참, 신기하게 닮았어."

잠시 놀라던 분위기가 가라앉았다.

왜타자 강명명이라면 산동 지방에서 군림하는 흑도의 거물이다. 강호의 인물치고 그의 악명을 모르는 자가 없었다. 게다가 특이하게 생긴 용모 때문에 더 그렇다.

하지만 그런 거물 중의 거물인 왜타자가 불선다루에서 잔심부름꾼으로 있으리라고 누가 상상이나 하겠는가.

처음에 그들을 인도해 들어왔던 추괴성이 느긋한 걸음으로 다가와 허리를 굽실했다.

"이와 같이 험한 날씨에도 불구하고 저희 다루를 찾아주셨으니 감사하기 짝이 없군요. 모쪼록 맛 좋은 차로 지친 몸을 적시며 푹 쉬었다 가시기 바랍니다."

정중하기 짝이 없는 인사다. 이번에는 그를 물끄러미 바라보던 늙은 중이 깜짝 놀라 벌떡 일어섰다.

"아니, 당신은, 당신은?"

"예?"

"청해의 서천금편 추 노야 아니시오?"

"무엇이? 서천금편 추괴성이라고?"

노도사와 동 노인이 다시 크게 놀라 질린 얼굴로 뛰어 일어났다. 추괴성이 한껏 부드러운 웃음을 지으며 손을 내저었다.

"처음 들어보는 이름이군요, 스님."

"이럴 수가 없어, 이럴 수가!"

노스님이 머리를 설레설레 흔들었다. 그는 삼십 년 전 추괴성을 본 적이 있었던 것이다. 그가 옥문관 밖에서 십여 명이나 되는 중원의 고수들을 모조리 죽여 버릴 때다. 그때 노스님은 혈기왕성한 청년이었는데 눈앞에서 그 끔찍한 광경을 목격했다.

"소승은 소림사의 우각(遇覺)이라 하오. 혹시 소승을 기억하시는지요?"

"소림사……. 이름은 많이 들어봤지만 한 번도 가보지 못해서 모르겠소이다."

"시주께서는 삼십 년 전 옥문관 밖의 혈전을 기억하시겠지요?"

"삼십 년 전이라면……."

잠시 생각하는 듯하던 추괴성이 다시 빙긋 웃었다.

"모르겠군요. 워낙 옛날 일이라서."

"그때 시주께서는 시주를 추격해 온 백도의 고수 십여 명을 모두 금편으로 쳐 죽였지 않소? 아미타불."

손을 모으고 불호를 외는데 음성이 떨려 나왔다. 추괴성이 혀를 찼다.

"쯧쯧, 노스님께서는 뭔가 착각을 하셨군요. 제가 그렇게 무시무시한 사람이라면 이처럼 찻집에서 일이나 하고 있겠소?"

"하긴……."

노스님, 소림사의 우각이 머리를 갸웃거렸다.

서천금편 추괴성이 어떤 인물인데 이런 외진 찻집에서 차 심부름이나 하고 있겠는가.

그들이 그래도 미심쩍어하며 머리를 갸웃거리는 중에 안에서 껄껄 웃는 소리와 함께 당 노인과 소걸이 나왔다.

"하하하, 뉘신가 했더니 낯익은 손님이 있었군."

그를 본 동 노인이 벌떡 일어나 반갑게 웃으며 포권했다.

"하하, 몇 년 못 본 사이에 주인장의 용태가 더욱 비범해졌구려. 그야말로 신선이 되신 듯하오."

"어허허허, 괜한 소리. 그렇게 달콤한 말을 한다고 해서 공짜 차를 주는 법은 절대로 없을 테니 헛물켜지 마시오."

"하하하, 주인 영감의 차를 맛볼 수만 있다면 이보다 더한 아첨의 말인들 어디 아깝겠소이까?"

그들이 주거니 받거니 오랜만에 재회의 기쁨을 나누느라 긴장이 확 풀어졌다.

"요 녀석, 이리 와봐라."

동 노인이 대뜸 소걸의 귀를 잡아당겼다.

"아야! 아야! 이것 놔요! 아프단 말이에요!"

소걸이 울상을 지으면서 끌려갔다.

"하하하, 몇 년 지난 사이에 쪼그맣던 녀석이 이제는 어엿한 사내 냄새를 풍기게 되었구나."

그가 대뜸 소걸을 끌어안고 볼을 비비며 웃었다. 소걸에 대한 애정이 넘쳐 나 보인다.

"쳇, 창피하게 왜 이러세요? 이것 놔요!"

소걸이 앙칼지게 손을 뿌리치고 눈을 흘겼다. 하지만 동 노인은 제 손자를 바라보듯 흐뭇한 웃음을 지을 뿐이다.

【第七章】
소걸(小傑)의 비무(比武)

1

 입맛이 쓰다. 목구멍에 넘어가는 밥알이 퍼석거리는 모래 같지만 감히 그런 내색을 할 수가 없다.
 추괴성이 묵묵히 고개를 숙이고 젓가락으로 밥알을 하나씩 집어 오물거리고 있으니 팔비충 천종이나 막세풍은 감히 고개를 들 수도 없었다.
 쓴 나물 한 가닥에 한숨이 한 번 나오고, 퍼석거리는 밥을 한입 퍼 넣을 때마다 한숨을 또 내쉴 뿐이다.
 "왜? 입맛들이 없는 게냐?"
 마주 앉은 당 노인이 젓가락질을 멈추고 물었다.
 "예? 아, 아니, 그럴 리가 있습니까?"
 추괴성과 천종, 막세풍 등이 화들짝 놀라 그릇에 입을 대고 떼굴떼굴 굴러다니는 밥알을 정신없이 퍼 넣었다.

이층에서는 소걸이 염 파파와 마주 앉아 밥을 먹고 있었다.
"할머니, 왜 벌써 젓가락을 내려놓으세요?"
"입맛이 없구나."
"그럼 물을 올릴까요?"
그 말에 저기 한쪽 구석에 무릎 꿇고 앉아 있던 왜타자 강명명이 재빨리 물 주전자를 들고 쪼르르 다가와 공손히 따라 올렸다. 그리고 다시 재빨리 구석으로 물러나 앉는다.
제 조상 귀신을 모시듯 그 정성과 태도가 지극하기 짝이 없다. 누가 그를 보고 산동의 왜타자 강명명이라고 할 것인가.
"그놈들이 소란은 떨지 않든?"
물을 한 모금 마신 염 파파가 지나가는 말인 것처럼 물었다. 하지만 소걸은 그 말투에 담겨 있는 살기를 즉시 읽었다. 이제는 숨소리만 들어도 마음을 알 만큼 익숙해져 있는 사람인 것이다.
"어디요. 동 할아버지는 목소리가 좀 커서 그렇지, 늘 친절하고 자상한걸요."
"흥."
"그리고 할머니도 잘 아시잖아요. 동 할아버지는 어렸을 때부터 저를 아주 귀여워해 주셨어요."
"그럼 다른 놈들은?"
"도사랑 중 할아버지도 모두 조용해요. 그들을 따라온 두 청년도 말이 없고요."
"흥."
염 파파가 실쭉 눈을 흘겼다. 실망한 기색이다.
하루도 살인을 하지 않고 피를 보지 않으면 온몸에 두드러기가 돋았다는 희대의 여마두. 그녀가 지금은 솟구치는 살기를 잘 이겨내고 있었다. 위태위태하기는 하지만 그래도 자기 안의 마성을 다스릴 수 있을 만큼 수양이 깊어진 것이다.

이 황량한 곳에 틀어박혀 꼼짝하지 않고 살아온 지난 세월의 공력이라고 해야 할 것이다.

사실 염 파파는 지난 육십 년 동안 폐관 수련을 한 거나 마찬가지였다. 그 때문에 이제는 마의 궁극이라는 극마지경(極魔之境)에 이르렀다고 보아야 한다.

자기도 모르는 사이에 마도지공(魔道之功)으로서는 더 이상 오를 경지가 없는 최상의 경지에 올라 있었던 것이다.

어느 날엔가는 홀연히 마를 극복하고 뛰어넘는다는 극마지경(克魔之境)에 들어버릴지도 모른다.

그렇게 되면 선(仙)과 마(魔)를 아우르고 삶과 죽음의 경계마저 자유롭게 넘나드는 절대무쌍의 존재가 될 것이니, 가히 천상천하에 유아독존하리라.

어쨌거나 염 파파는 그래서 늘 고요하고 담담했다. 물론 심성이 괴팍해졌고, 한 번 살기가 솟구치면 하늘이 놀라고 땅도 흔들릴 정도로 더 무시무시해졌지만 말이다.

소걸은 할머니가 오늘 하루 잘 참는가 싶었는데 기어이 살인의 충동에 빠지고 있다는 걸 느꼈다. 그렇다면 뒤채 객사에 머물고 있는 백도의 노인들이 위험하다.

소걸은 백도가 무엇인지, 흑도가 무엇이고 사파가 무엇인지에 대해서는 별로 관심이 없었다. 하지만 동 노인에 대해서만은 걱정이 되었다. 단골 손님과 종업원의 사이로 만나 그동안 정이 듬뿍 들었던 까닭

소걸(小傑)의 비무(比武) 155

이다.

"아, 배부르다. 그만 내려갈게요."

"누구든지 소란 떠는 놈이 있으면 즉시 소리쳐라. 알았지?"

"헤헤, 여부가 있겠어요? 그럼 한숨 주무세요."

소걸이 쪼르르 아래층으로 내려갔고, 구석에서 노파의 말을 들은 왜타자 강명명은 불안함으로 몸을 웅크렸다.

그가 다청을 지나가려 하자 아직 식사를 하고 있던 당 노인이 손짓해 불렀다.

"그래, 할멈은 다 먹었고?"

"예."

"별 눈치는 없었느냐?"

"마음이 이상하신가 봐요."

"응?"

당 노인이 눈을 크게 떴다.

"얼굴빛이 싸늘하고, 숨결이 차가워졌어요."

"어허, 그놈의 마성이 아직도 다 사라지지 않고 저렇게 불쑥불쑥 나의 염 매를 괴롭히니 큰일이로구나."

당 노인이 젓가락을 내려놓고 설레설레 머리를 흔들며 탄식했다. 그 말을 들은 추괴성과 막세풍의 안색이 창백하게 질렸음은 물론이다.

당 노인이 그들에게 일렀다.

"가서 모두에게 전해라. 염 매의 마성이 꿈틀거리고 있으니 숨도 크게 쉬지 말고 엎드려 있으라고. 그렇지 않았다가는 불선다루가 혈해다루로 바뀌게 될지도 몰라."

"허억!"

당 노인과의 겸상인지라 불안하고 무서워서 가뜩이나 목에 걸리던 밥맛이 이제는 천리만리로 달아나 버렸다.

사색이 된 그들이 즉시 밖으로 튀어나갔고, 불선다루 주위에는 바람소리만 요란할 뿐 쥐새끼 한 마리 얼씬거리지 않았다.

소걸이 따뜻한 물과 수건을 들고 들어오자 편히 앉아 한담하고 있던 세 노인이 돌아보았다.

"요 녀석. 그래, 그동안 잘 생각해 보았느냐?"

동 노인이 볼을 꼬집으며 물었다. 그러자 눈을 흘긴 소걸이 퉁명스럽게 대답한다.

"쳇, 아무리 그래 봐야 소용없어요. 할머니가 절대로 허락하지 않을 테고, 할아버지도 가로막을 테니까요."

"어째서? 섬서제일의 무가(武家)인 우리 동가장이 부족해서?"

"그럴지도 모르죠."

"요 꼬마 놈이? 이 녀석아, 나의 제자가 되면 동가장의 절기를 모두 배울 수 있다. 그러면 장담하건대 십 년 후에는 감히 너를 건드릴 자가 없을 것이고, 십오 년 후에는 강호에서 대협 소리를 듣게 될 것이다. 그래도 싫으냐?"

"예."

"허!"

"쳇, 전에 할아버지가 가르쳐 주셨던 그거 말이에요. 뭐라고 했더라?"

"사방추(四方椎) 말이로구나?"

"예, 그거. 그게 뭐 별로 대단한 게 아니던걸요?"

"뭐라고? 아니, 요 꼬마 녀석이 지금 무슨 헛소리를 하는 게야? 사방추가 별 볼일 없는 초식이란 말이냐? 어허!"

"제가 후원에서 사방추를 연습하고 있는데, 어떤 손님이 보시더니 말하기를 '애야, 그 초식이 쓸 만하다만 화산파의 오행장에는 당하고 말겠구나', 이랬는걸요?"

"뭣이? 아니, 어떤 후레자식이 그따위 헛소리를……!"

그들의 말을 재미있게 듣고 있던 노도사가 '어흠' 하고 헛기침을 했으므로 대막신조 동평우, 동 노인은 우물쭈물하고 말았다. 하지만 얼굴에는 잔뜩 화난 기색이 떠올랐다.

그가 나이를 잊은 듯 소매를 둥둥 걷어붙이고 나섰다.

"좋다. 그럼 네가 어디 그 오행장으로 나의 사방추를 한번 깨뜨려 보아라."

"좋아요."

빙긋 웃은 소걸이 역시 옷소매를 걷어붙이고 동 노인과 마주 섰다.

사방추는 동가장의 초식인데 절기라고 할 수는 없다. 동가장의 말단 제자들이 몸의 재빠름을 수련하기 위해 익히는 초식이었던 것이다.

하지만 사방을 때린다는 그 이름처럼 손과 발을 재빠르게 뻗어서 일시에 후려치고 걷어차는 수법은 충분히 매섭고 위력적이다.

"자, 간다!"

동 노인이 성큼 다가서며 냅다 주먹을 내뻗고 장을 휘둘렀다. 한 발을 번쩍 들어 걷어차는 듯싶더니 재빨리 뒤로 돌아간다.

눈이 다 어지러울 만큼 신속하고 복잡한 수법이었다.

'흥!' 하고 코웃음친 소걸이 두 발을 기마세(騎馬勢)로 벌리고 허리를 낮춘 즉시 침착하게 일장을 쭉 내뻗었다.

후웅—

제법 묵직한 바람 소리가 났다. 소걸의 장력이 느리고 두텁게 정면을 누르니 재빠르고 맹렬하게 후려쳐 오던 동 노인이 움찔거렸다. 하지만 장을 뒤따라온 주먹이 어깨를 때리고 발길질마저 아래를 걸어차는 통에 소걸의 일장은 허공을 친 결과가 되고 말았다.

소걸이 여전히 기마세를 무너뜨리지 않으며 왼발을 내뻗어 '쿵' 하고 힘차게 디뎠다. 몸이 왼쪽으로 휙 도는 것과 함께 오른손으로는 하늘을 받치듯 하고, 왼손으로는 창을 내지르듯 재빨리 동 노인의 가슴을 찔러갔다.

오행장 중 양광춘지(陽光春枝)라는 수법이었다.

번쩍 치켜든 오른손이 감추고 있는 변화가 생명이다. 상대가 왼손의 공격에 현혹되어 반응한다면 그 즉시 그것은 허초가 되고, 오른손이 휙 떨어지며 굳센 일격을 가하는 것이다.

"하하, 요 녀석이 어디서 정말 오행장을 얻어 배우기는 했구나!"

동 노인이 껄껄 웃으며 즉시 두 손을 떨쳐 소걸의 좌장을 물리치는 한편, 머리 위에 떨어지는 우권을 쳐내고 발목을 걸어 올렸다.

"어이쿠!"

소걸의 몸이 덧없이 허공으로 떠올랐다가 '쿵' 하고 나가떨어졌다.

동 노인이 낑낑대는 그를 손가락질하며 웃었다.

"하하하, 이 녀석! 맛이 어떠냐? 이래도 사방추가 오행장을 못 이긴다고 할 테냐?"

도사가 못마땅한 듯 저쪽에서 눈을 가늘게 뜨고 있지만, 동 노인은 아이처럼 신이 나서 미처 알지 못했다.

도사가 기어이 불진을 한 번 떨치고 나섰다.

"누구에게 배웠는지는 모르지만 오행장을 제대로 배우지 못했구나. 쯧쯧, 엉성해."

오행장 또한 화산파의 입문 초식이라고 할 수 있는 수법이다. 강호의 웬만한 사람이라면 소림사의 나한권, 무당파의 태극검 한두 초식쯤은 펼칠 줄 알 듯이 오행장도 그렇다.

"이리 오너라. 내가 제대로 된 오행장을 네게 가르쳐 주마. 그걸로 다시 한 번 동 대협과 상대해 봐."

"쳇, 운봉 도형은 샘이 나는 모양이군?"

동 노인이 짐짓 토라져서 흘겨보며 입을 삐죽거렸다.

"화산파의 도사님이었어요?"

소걸이 활짝 웃었다. 강호가 어떤 곳인지는 몰라도 손님들의 입을 통해서 화산파가 명문정파이고, 뿌리가 깊은 백도의 기둥이라는 말을 들어 알고 있었던 것이다.

그 화산파의 노도사로부터 정말 제대로 된 오행장을 배울 수 있게 되었다는 게 그를 기쁘게 했다.

지그시 눈을 감고 있던 소림사의 중 우각도 흥미를 느낀 듯 눈을 뜨고 빙그레 웃었다.

노인들은 심심하던 차에 좋은 여흥거리를 찾은 터라 즐거워했고, 소걸은 무공 초식을 배울 수 있다니 역시 좋아서 헤헤 웃었다.

잘하면 이 화산파의 노도사에게서 오행장 말고도 제대로 된 초식 한두 개쯤은 더 얻어낼 수 있을 거라는 음흉한 속셈도 있어서였다.

2

동 노인이 짐짓 무서운 얼굴을 하고 윽박질렀다.

"좋다. 네 녀석이 기연을 만났구나. 하지만 조심해. 네가 운봉 노도에게서 제대로 된 오행장을 배워온다면, 나 또한 사방추를 펼칠 때 사정을 봐주지 않을 테니까. 흥! 갈비뼈 한 개쯤은 부러질 각오를 해야 할걸?"

운봉(雲峰) 노도는 화산파의 장로 중 한 사람이다. 화산의 절기에 정통하고 도가의 비전 내력이 심후하기 짝이 없어서 백도의 명숙 반열에 들어 있는 사람이었다. 쉽게 만나볼 수 있는 사람이 아닌 것이다.

하지만 소걸은 그런 걸 모른다. 그저 당 노인과 친한 노도사이니 절로 친밀감이 들 뿐이었다. 그래서 거리낌이 없다.

그런 소걸의 모습과 태도가 운봉 노도를 더 즐겁게 했다.

"쳇, 저 도사님한테 한 수 배워서 올 테니까 기다리세요. 그래서 할아버지의 수염을 다섯 가닥만 뽑아야겠다. 히히히―"

그가 혀를 쏙 내밀자 동 노인이 눈을 부라렸다.

"이 꼬마 놈이 감히 나를 놀리다니! 오냐, 얼마든지 기다려 주마. 잠시 후에 얻어맞고 울지나 마라."

소걸이 쪼르르 다가가자 운봉 노도가 웃으며 그의 귀를 잡고 속삭였다.

"정직한 초식은 수련할 때나 필요한 거야. 이초인 양광춘지를 펼치면서 슬쩍 일초인 마보직권(馬步直拳)을 쓰고, 마보직권을 쓰다가 슬그머니 삼초인 낙안회풍(落雁廻風)으로 해봐."

"에게? 그게 다예요?"

"흘흘, 네가 배운 오행장은 간단한 동작들로 되어 있는 터라 더 가르쳐 주고 말고 할 게 없다. 요령이 중요한 거지."

그렇다. 운봉 노도는 몇 마디 말로 소걸에게 싸움에서 가장 중요한 것 중 한 가지를 전해준 것이었다.

상대와 싸우는데 누가 곧이곧대로 배운 바 투로(套路)를 고집하겠는가. 그때그때의 변화와 임기응변, 그리고 몸에 익은 초식을 가리지 않고 자유롭게 풀어 쓰는 게 중요한 것이다. 이른바 '얽매이지 않음'이라는 것이다.

"알았어요."

늠름하게 대답한 소걸이 헤헤 웃으며 동 노인에게 다가갔다.

"응? 벌써 다 배웠느냐? 맞아도 울지 않을 거지?"

동 노인이 짐짓 으름장을 놓았다.

"헤헤, 할아버지도 수염 뽑혔다고 화내기 없기예요?"

"요런 고약한 놈 같으니! 자, 덤벼봐라!"

"조심하세요!"

머리를 까닥한 소걸이 냅다 달려들며 한 주먹을 후려쳤다. 주먹은 마보직권인데 보법은 전혀 아니다.

동 노인이 어리둥절하다가 흐흐 웃으며 사방추 중의 한 수법으로 빠르고 날카롭게 소걸의 손목을 때리고 목덜미를 낚아채려 했다.

소걸이 그 즉시 오행장의 보법인 낙안회풍으로 발을 엇디뎠다. 그러자 몸이 교묘하게 비틀리며 동 노인의 손아귀에서 매끄럽게 빠져나갔다. 그리고 이초 양광춘지 중에서 한 손을 내뻗는 건 생략한 채 곧바로 내리긋는 장법을 펼쳐 냈다. 그러자 손바람이 휙 이는 중에 어느새 동 노인의 사방춘을 깨뜨리고 수도가 어깨에 떨어지는 것 아닌가.

"어라?"

동 노인이 깜짝 놀랐다. 작은 꼬마를 상대로 무지막지한 내력을 쏠 수도 없고, 다른 초식을 사용할 수도 없다.

당황한 동 노인이 사방춘 중의 가장 빠른 초식인 십기발분(十騎發分)의 수법으로 급히 움직이며 권각을 획획 소리가 나도록 쳐냈다.

소걸의 눈 속에 영악한 웃음이 스쳐 갔다. 이미 동 노인이 그 초식을 쓸 거라고 짐작했던 것이다.

"이얏!"

소걸이 매섭게 기합성을 지르며 마보를 취하더니, 뜻밖에도 이번에는 원래의 투로에 충실한 일권을 내뻗었다. 그러자 그 간단한 마보직권이 어떤 초식보다 굳세고 강맹해져서 단번에 동 노인의 어지러운 십기발분을 깨뜨려 버리는 것 아닌가.

"엇?"

그것을 본 운봉 노도가 깜짝 놀랐다.

설마 저와 같은 상황에서 마보직권의 수법이 저와 같은 위력을 발휘하게 되리라고는 생각해 보지 않았던 것이다.

"하하하!"

동 노인이 유쾌하게 웃으며 훌쩍 뛰어 물러섰다. 이제는 사방춘의 수법으로 소걸을 때릴 수 없게 되었다는 걸 안 것이다.

"허, 괴이한 꼬마로군."

정작 요령을 가르쳐 준 운봉 노도가 크게 놀라 눈을 둥그렇게 떴고, 소림의 우각도 혀를 내둘렀다.

"아미타불. 저 아이의 깨달음이 이처럼 빠르니 실로 놀랍구려."

그들은 진심으로 소걸에게 감탄해서 새로운 눈으로 그를 바라보았다. 이제는 더 이상 그가 이처럼 궁벽하고 황량한 다루에서 차 심부름이나 하는 하찮은 소년으로 보이지 않았다.

"아깝다, 아까워."

운봉 노도가 탄식하더니 덥석 소걸의 손을 잡았다.

"얘야, 나를 따라 화산으로 가지 않겠느냐? 네 조부모님께는 내가 잘 말씀드려 주마."

즉시 동 노인이 눈을 부라리고 나섰다.

"무슨 소리요? 몇 년 전부터 공들여 온 사람이 여기 이렇게 눈을 시퍼렇게 뜨고 있는데 중간에서 슬쩍 가로채려 하다니?"

"잠깐만 기다려 보시오. 이 재미난 놀이에 빈승만 빠지다니 서운해서 안 되겠소이다. 허허허."

기어이 나한당의 우각 대사까지 나서고 말았다. 소걸에 대한 호기심이 그를 참을 수 없게 한 것이다.

"얘야, 이 늙은 중이 한 가지 초식을 가르쳐 줄 테니 이번에는 그것으로 운봉 도우의 오행장과 한번 싸워보지 않으려느냐?"

"그래요? 더 센 건가요?"

"허허, 그거야 알 수 없지. 네가 한번 증명해 보아라."

"좋아요. 그런데 뭘 가르쳐 주실 건데요?"

소걸은 신이 났다. 우각이 워낙 점잖은 중이라 그에게서는 하나도 배우지 못할 거라 여기고 포기했는데 스스로 나서서 가르쳐 주겠다고 하니 그렇다.

"나한당에 첫발을 디딘 제자들이 배우는 거란다. 항마저(降魔杵)라는 것인데, 팔과 허리의 힘을 기르는 데 아주 좋은 수법이지."

"헤헤헤, 그걸 배워서 오행장과 싸워 이기면……."

힐끔 운봉 노도를 바라본 소걸이 머리를 갸웃거렸다.

"오행장이 마귀의 장법이라는 얘기가… 되나?"

"저, 저런 고약한 녀석 같으니라구."

즉시 운봉 노도의 안색이 변했다. 우각 대사가 자신의 실수를 깨닫고 얼굴을 붉힌 채 아미타불을 몇 번 중얼거리고 나서 궁색한 변명을 했다.

"그게 아니란다. 초식의 이름이 그렇다는 거지, 누가 화산파의 절기를 두고 그런 생각을 하겠느냐. 아미타불."

"좋아요. 뭐, 어찌 되었든 한번 시험해 보죠."

우각 대사는 후회하는 마음이 들었다. 그러나 한 번 뱉어낸 말인지라 어쩔 수 없이 소걸을 한쪽으로 데려가 그에게 항마저 여덟 초식 중 전반부 세 초식을 가르쳐 주었다.

나한당의 입문 무공이라고 해도 이름난 소림사의 무공인지라 초식의 변화가 복잡하고 까다롭기 짝이 없었다. 매 동작마다 담겨 있는 뜻도 높고 어렵다.

우각 대사가 천천히 한 번 시범을 보이고, 다시 한 번 되풀이하면서 동작 하나하나에 깃들어 있는 부처님의 뜻과 그 광명정대함에 대하여 설명해 주었다.

말하자면 항마저의 오의를 구술해 주는 것이다.

나한당은 소림사 내에서도 특별한 곳이다. 대외적으로는 소림사의 무예를 알리는 곳이면서 소림 무공의 총화가 감추어져 있는 곳이기도 하다.

십팔나한이 소림사의 무술을 대표하는 존재인 것만 봐도 짐작이 간다.

세상이 어지러울 때마다 나와서 소림 무예로 크게 이름을 떨치는 무승 대부분이 나한당 출신 아니었던가.

이와 같은 나한당인지라 소림의 제자들 중에서도 선택받은 소수만이 옮겨갈 수 있었다.

그러니 나한당에 들어오는 중은 본사에서 이미 소림 무예의 기초를 단단히 다진데다가 재능마저 인정받은 인재들이다.

하지만 아무리 본사에서 배운 무공이 뛰어나다 해도 일단 나한당에 들어오면 기초적인 무공 몇 가지를 익혀야 하는데, 그중 하나가 바로 항마저라는 곤법이었다. 그러니 근본부터가 입문 제자를 염두에 두고 창안된 화산파의 오행장이나 동가장의 사방춘과는 다를 수밖에 없다.

그것은 일반에 널리 알려진 소림의 나한권이나 복호장과도 다른 독특한 것이었다. 그래서 우각 대사는 소걸이 한 번 보고 그것을 제대로 배울 것이라고는 기대하지 않았다.

그저 무료하던 차에 좋은 여흥거리가 하나 생겼다 여기고 대충 흉내만 낼 수 있도록 해줄 작정이었다.

그런데 아니다.

"엇?"

우각 대사가 눈을 크게 떴다.

두 번 시범을 보이고, 한 번 설명을 해주었을 뿐인데 소걸이 완벽하게 전반부 삼 초식을 재연하고 있기 때문이다.

휙— 휙—

구석에 있던 부러진 의자 다리 한 개를 단봉 삼아서 휘두르고 때리는 기세가 제법 웅장하다.

손과 허리가 자연스레 상응하고, 버티고 있는 두 발이 굳세며, 이리저리 침착하게 움직이는 보법과 몸의 동작이 어디 한군데 흠잡을 곳 없이 매끄럽지 않은가.

"이럴 수가 있나?"

우각 대사가 눈을 비볐고, 저쪽에서 구경하고 있던 운봉 노도와 동 노인도 놀란 입을 딱 벌렸다.

3

"그럼 실례합니다."

빙긋 웃은 소걸이 즉시 의자 다리를 휘두르며 쳐들어갔다.

항마저의 제일초식 각저충지(脚杵充地)라는 것이다.

내 발과 몽둥이가 땅을 뒤덮는다는 초식의 이름에서 알 수 있듯이 보법이 웅장하고, 떨어지는 몽둥이의 사나움이 과연 마귀의 간담을 서늘하게 할 만하다.

"허어―"

운봉 노도가 감탄성을 터뜨렸다.

과연 이것이 작은 소년이 금방 배워서 펼치는 초식이란 말인가! 하는 의심이 들었다. 하지만 눈앞에서 소걸이 우각 대사에게서 배우는 걸 직접 보았으니 믿지 않을 수 없다.

노도가 소걸의 움직임을 유심히 살펴보며 슬쩍 손을 휘둘렀다. 오행장 중의 양광춘지 수법이다.

소걸이 즉시 항마저의 정직한 투로를 버리고 우각 대사에게서 배운 세 가지 초식을 마구 뒤섞어 몽둥이를 휘둘렀다.

조금 전 운봉 노도가 깨우쳐 준 바를 노도에게 시험하는 것이다.

쌩쌩 하는 매서운 바람 소리가 와르르 쏟아지면서 몽둥이가 소나기처럼 어지럽게 떨어졌다. 묵직하고 웅장하며 빈틈없는 소림사 곤법의

특징이 부족함없이 드러난다.

그러나 소걸의 재주가 아무리 뛰어나다고 한들 어찌 운봉 노도의 상대가 될 수 있을 것인가. 같은 오행장이라도 소걸이 펼쳤을 때와 노도가 펼쳤을 때의 위력과 변화가 하늘과 땅처럼 다를 수밖에 없다.

텅—!

둔탁한 소리가 났다. 노도의 손바닥이 오행장 중의 제삼초 백원쌍박(白猿雙拍)의 수법으로 몽둥이를 후려친 것이다.

의자 다리가 맥없이 부러지고 소걸이 그 충격으로 엉덩방아를 찧으며 나가떨어졌다.

"어이쿠!"

절로 고통스런 신음이 터져 나오고 눈물이 찔끔거려진다.

"흐음, 정말 괴이한 녀석이로군."

운봉 노도가 곤혹스런 얼굴로 머리를 갸웃거렸다.

조금 전 동 노인은 차마 모질게 때릴 수 없어서 슬며시 물러났는데, 운봉 노도는 본때를 보여주겠다는 듯 초식을 더욱 굳세고 날카롭게 해서 때려 버린 것이다. 물론 내력을 사용하지 않았으니 초식을 시험해 본다는 무언의 약속을 깨뜨린 건 아니다.

그러나 소걸의 항마저 수법에 적잖게 놀랐던 건 사실이다. 누가 이것을 지금 막, 그것도 딱 두 번 보고 배운 솜씨라고 할 것인가.

가르쳐 준 당사자인 우각 노승은 물론 구경하던 동 노인도 경악하기는 마찬가지였다.

"아미타불, 아미타불! 선재로다, 선재야!"

우각 대사가 합장하고 연신 불호를 외우더니 쿵쿵거리고 다가와 소걸을 꽉 붙잡았다.

"소 시주, 시주는 아무래도 불가와 인연이 있는 것 같네. 그러니 여러 말 할 것 없이 지금 당장 나를 따라 소림사로 가세."

"무슨 소리!"

"우각 사제, 서운한 말 말게. 그 아이는 우리 선문(仙門)과 인연이 있다네."

동 노인과 운봉 노도가 안색마저 변해서 우각 대사의 앞을 가로막았다.

"아, 아, 시끄러워요! 할머니가 화내시면 어쩌려고 그래요?"

소걸이 몸부림을 쳐 우각 대사의 손에서 빠져나왔다.

"그리고 나는 절대로 할머니, 할아버지의 허락 없이는 이곳에서 한 발짝도 나가지 않을 거예요."

아직도 엉덩이가 아픈 듯 슬슬 문지르며 잔뜩 볼을 부풀렸다.

"그래? 그렇다면 내가 지금 당장 너의 조모님을 만나보련다."

집요한 우각 대사가 소매를 떨치고 나섰다. 그러자 질 수 없다는 듯 운봉 노도와 동 노인도 우르르 뒤따랐다.

"어? 어? 그러면 안 되는… 데……."

붙잡으려고 손을 허우적거리는 사이에 세 노인이 벌써 씽 하고 방에서 나갔으므로 소걸은 혀를 차고 말았다.

"아, 모르겠다. 할머니가 화를 내도 그건 내 탓이 아니야."

그들이 할머니의 손에 죽을지도 모른다고 생각했지만 그리 심각하게 받아들이지 않는 소걸이었다. 돌도 되지 않은 아기였을 때 불선다루에 와서 이날까지 당 노인과 염 파파를 때로는 부모로, 때로는 조부모로 여기며 살아온 까닭이다.

세상의 옳고 그름에 대한 기준이 잡혀 있을 리가 없다. 아직 철이 들지 않아서 그렇기도 하려니와 염 파파나 당 노인이 그에게 제대로 된

가치관을 심어주지 못했기 때문이다.

그래서 소걸에게는 사람을 죽인다는 일에 대한 거부감도 희박했다. 그동안 불선다루에 와서 멋모르고 고약하게 굴다가 죽어나간 자들을 많이 보아온 영향이 크다.

그 일은 당 노인이 했는데, 그는 조금도 꺼려하지도 주저하지도 않았다. 염 파파 또한 매우 당연하다는 듯 한 번도 반대하거나 나무란 적이 없다.

그런 분위기 속에서만 자랐으니 소걸에게도 어느덧 염 파파와 당 노인의 흉악하고 잔인한 심성이 배어든 것인지도 몰랐다.

세상이 다 그렇게 돌아가는 걸로 여기게 되었다면 연민이나 가책도 없을 것이다.

그랬기에 당 노인이 동창의 스무 명이나 되는 무사들을 눈 하나 깜짝하지 않고 독살했을 때도 그것을 보며 태연할 수 있었던 것 아니겠는가.

물론 당 노인에게는 동창의 무사들을 미워하고 증오할 충분한 이유도 있겠지만, 어쨌든 그건 잔인하기 짝이 없는 일이었다.

그러나 그때도 소걸은 그 사람들이 죽을 짓을 했고, 그러니 죽는 게 당연하다고 여겼을 뿐 생명에 대한 연민을 느끼지 못했다.

하지만 지금 그는 대막신조 동평우를 걱정하고 있었다. 정 때문이다. 그러니 어찌 보면 삭막하기 그지없는 소년의 왜곡된 정서 속에도 본래의 따스함이 아직은 남아 있다고 해야 하리라.

세상을 알지 못하기에 순수한 마음을 고스란히 간직하고 있으면서, 또한 지극히 왜곡된 정서와 가치관을 함께 지니고 있는 특이한 소년. 그게 소걸인 것이다.

다듬어지지 않은 옥이고, 길들여지지 않은 천마(天馬)라고 해야 하리라.

그가 천천히 후원을 가로질러 다청으로 들어섰을 때 그곳에서는 한바탕 옥신각신이 벌어지고 있었다.

"노인장, 노인장께서는 무림의 사람이 아니라 잘 모르시겠지만 우리 화산파는 천 년의 뿌리를 가지고 있는 거대한 문파외다. 도를 닦고 검을 수련하니 십성의 성취를 이루면 천하제일이 되고, 십이성 대성하면 선계에 들어 불노불사의 신선이 되오. 어찌 망설이시오?"

운봉 노도를 물끄러미 바라보는 당 노인의 얼굴에는 표정이 없다. 그저 탐스럽게 늘어진 흰 수염을 쓰다듬으며 가볍게 미소 짓고 있을 뿐이었다. 그 모습이 '신선의 풍모란 바로 이런 것이야'라고 운봉 노도에게 가르쳐 주고 있는 것 같았다.

그런 당 노인의 풍모와 자태에 운봉 노도는 저도 모르게 주눅마저 들었다.

'이상한 일이군. 이 노인장은 설마 신선이 현신한 것은 아니겠지? 생긴 모습으로 봐서는 결코 이런 초라한 다루에서 차나 끓이고 있을 노인이 아닌데……'

그런 의문이 들 수밖에 없다.

그런 마음은 당 노인을 빤히 바라보고 있는 소림의 우각 대사도 마찬가지였다. 주저하던 그가 합장하고 말했다.

"아미타불, 노시주께서 허락하신다면 빈승은 소년을 소림사로 데려가고 싶습니다. 나한당에서 빈승이 직접 소림의 광명한 불법과 절기들을 가르쳐 주고 싶은데 허락하시지요?"

"허튼소리요!"

아까부터 씩씩거리고 있던 대막신조 동평우가 버럭 소리쳤다.

"주인장, 주인장과 내가 객과 주인으로 만나 교우를 쌓은 지 벌써 칠 년이오! 그동안 늘 소걸을 눈여겨봐 왔다는 걸 주인장도 잘 아시겠지? 내가 그 녀석을 깊이 아끼고, 그 녀석이 나를 따르니 당연히 동가장으로 보내야 하지 않겠소?"

"허허."

당 노인이 가볍게 웃었다.

눈에 보이지도 않을 만큼 새까만 후배들이 귀엽고 기특한 생각이 들어서였다. 하지만 눈앞의 세 노인은 그런 당 노인의 마음속을 알 리가 없다.

저쪽 구석에서 힐끔거리고 있는 대마두들.

서천금편 추괴성과 묘강의 귀수독인(鬼手毒人) 막세풍, 팔비충 천종, 왜타자 강명명 등이 눈을 반짝거렸다.

'흐흐흐, 저놈들이 제 죽을 구덩이를 잘도 파고 있구나. 이제 곧 한 줌 혈수로 녹아버릴 거야. 그것참, 고소하다.'

'흥, 화산이 뭐가 대단하고 소림사가 뭐 어째? 섬서의 동가장도 웃기는 소리지. 하룻강아지 범 무서운 줄 모른다더니, 저것들이 감히 하늘 높은 줄을 모르고 당백아 당 노신선 앞에서 저렇게 짖고 까부는구나.'

'그래그래, 잘한다. 조금만 더 떠들어라. 그러면 이층에서 누가 내려올 거야. 흐흐흐, 네놈들의 심장을 죄다 뜯어내고 염통을 갈기갈기 찢어놓을 테니 그 아니 통쾌하겠어?'

이런 마음들이 되어서 내심 부채질을 해대고 있는 것이다.

한편으로는 소걸이라는 꼬마가 뭐가 대단해서 저렇게 난리법석을 피우는 건지 의아해지기도 했다.

처음에는 그저 주방에서 잔심부름이나 하는 아이인 줄 알았다가 나중에는 당 노인과 염 파파가 손자처럼 애지중지하며 키운 아이라는 걸 알고 뜨끔하기는 했다.

그래서 두 괴팍한 노인을 피하듯이 소걸에게서도 되도록 멀찍이 떨어지려고만 했지 다른 관심은 갖지 않았다. 그런데 백도의 명숙이라는 자들이 저렇게 앞 다투어 제자로 삼겠다고 난리를 피우는 걸 보니 마음이 달라졌다.

'음, 그 녀석에게 무언가 특출한 재능이 있단 말인가? 설마 그 꾀죄죄한 녀석이 만고의 기재라도 된다는 건 아니겠지?'

그런 의심이 들었다.

"무엇이 이렇게 시끄럽게 떠들어?"

기어이 이층에서 염 파파가 빽 소리쳤다.

마두들이 속으로 손뼉을 치며 좋아했음은 물론이다.

당백아, 당 노인이 혀를 찼다.

"이런이런, 미리 주의를 줬어야 하는 건데 내가 그만 깜박했구려. 우리 할망구가 잠을 깼으니 이거 곤란한걸? 쯧쯧⋯⋯."

눈치없는 동평우가 수염을 털며 껄껄 웃었다.

"하하, 안주인을 본 지도 오래되었는데 이 기회에 인사라도 드릴 수 있게 되었으니 다행이 아니겠소?"

제 딴에는 운봉 노도와 우각 대사 앞에서 불선다루의 두 늙은 주인과의 각별한 교분을 은근히 자랑하고 내세우려는 의도였다.

방금 잠자고 있는 저승사자의 발을 밟았다는 건 조금도 의식하지 못했다.

【第八章】

모두의 목숨을 쥔 소년

1

이층에서 강퍅해 보이는 노파가 지팡이에 몸을 의지해 천천히 내려왔는데, 싸늘한 기운을 휘몰고 왔다.
우각 대사와 운봉 노도가 어리둥절해서 바라보고, 당 노인은 살짝 얼굴을 찌푸린 채 쓴 입맛을 다셨다.
그래도 염 파파와 낯이 익은 동평우 노인이 반갑게 인사를 건넸다.
"허허, 오랜만이오. 몇 년 못 본 사이에 더 젊어지셨소이다."
"흥."
염 파파가 냉랭하게 코웃음을 쳤다. 다들 안색이 변했지만 노파의 성깔이 보통 괴팍한 게 아니라는 걸 알고 있는 동 노인은 태연했다.
우각과 운봉, 동평우를 쓸어보는 노파의 눈빛이 더욱 차갑고 무정하게 가라앉았다.

저쪽 구석에 옹기종기 모여 서 있던 마두들이 서로를 돌아보며 회심의 미소를 지을 때였다.

"할머니!"

다청 안으로 막 들어선 소걸이 크게 부르며 와락 달려들었다.

그걸 본 당 노인이 탐스럽게 늘어진 흰 수염을 쓰다듬으며 빙긋 미소 지었다. 소걸의 속셈을 눈치챈 것이다.

"이 녀석, 왜 이리 소란이야!"

염 파파가 매섭게 노려보며 빽 소리쳤지만 소걸은 개의치 않는다.

"헤헤, 할머니, 모처럼 바람이 멎었어요. 하늘도 아주 고운걸요? 우리 오랜만에 산책하러 나가요. 네?"

"뭐라고?"

"아이, 어서요. 안 그러면 막 간지럼 태울 거예요?"

"이런, 철없는 녀석 같으니."

염 파파의 가뜩이나 주름살투성이인 얼굴이 더욱 흉하게 일그러졌다. 하지만 어느덧 노파는 마음에 들끓어 오르던 살기를 슬며시 가라앉히고 눈에 따뜻한 웃음을 담고 있었다.

소걸이 이때라는 듯 더욱 노파의 손을 잡아끌었다.

당 노인도 빙그레 웃으며 거들었다.

"그러시구려. 소걸이 그동안 얼마나 답답했으면 저렇게 조르겠소? 당신도 바람을 좀 쐬는 게 좋을 거야. 그러면 마음이 시원해지겠지."

"흥!"

당 노인을 매섭게 흘겨본 염 파파가 마지못한 듯 소걸의 손에 끌려 나갔다.

'어라?'

'아니, 이러면 안 되는 건데…….'

잔뜩 기대를 갖고 있던 마두들이 황당한 얼굴이 되어 서로를 마주 보았다.

"저, 저기, 잠깐만……!"

서천금편 추괴성이 황급히 나서며 염 파파를 불러 세웠다.

"뭐야?"

노파의 째려보는 눈길에 소름이 좌악 돈다. 하지만 마두들의 우두머리 된 입장에서 한마디 하지 않을 수 없었다.

"저기… 저 중과 도사들이 소란을 떨었지……."

"그래서?"

"그게, 저기, 이렇게……."

손으로 슥 목을 긋는 시늉을 해 보였다.

잔뜩 주눅이 들고 겁을 집어먹었지만 제 딴에는 왜 저놈들은 소란을 떨어도 죽이지 않느냐는 강력한 항의를 하는 중이었다.

염 파파가 매섭게 흘겨보며 낮게 중얼거렸다.

"소걸이 산책을 하고 싶다는데 그걸 모르다니… 방해하는 놈은 가만두지 않겠어."

"헉!"

추괴성이 즉시 목을 웅크리고 공손히 물러섰다.

염 파파가 물러났고, 처음부터 살인하고 싶은 마음이 없었던 당 노인은 느긋하게 차를 마시며 흐물흐물 웃기만 했다.

그런 저런 속사정을 눈곱만큼도 알지 못하는 운봉 노도 등이 다시 졸라대기 시작했다.

지그시 눈을 감고 그들이 떠들어대는 말을 듣고만 있던 당 노인이 딱 한 마디 했다.
"귀염둥이 소걸이는 아무한테도 안 줘."

염 파파의 그 아무것도 아닌 행동이 그들에게 준 충격은 대단했다. 그래서 주방으로 우르르 몰려들어 간 추괴성과 막세풍, 천종, 강명명 등은 머리를 맞대고 앞일을 상의했다.
"이제 보니 그 꼬마 녀석이 대단한 녀석 아니오?"
막세풍이 혀를 차며 모두를 돌아보았다. 다 같이 심각한 얼굴로 머리를 끄덕인다.
추괴성이 엄숙하게 말했다.
"결국 홍염마녀 염빙화를 움직일 수 있는 사람은 이 넓은 세상에서 그 꼬마 녀석 하나뿐이라는 거야. 이건 정말 대단한 일이지."
"사랑이라는 거겠지요."
팔비충 천종이 제법 안다는 듯 말했다.
키가 크고 깡마른 몸집에 말상의 얼굴을 하고 있는데다가 눈은 겨우 찢어진 듯한 못생긴 용모다. 그를 물끄러미 바라보던 추괴성이 입맛을 다셨다.
저런 몰골을 하고서야 어디 나이 오십이 되도록 사랑이라는 걸 해볼 수나 있었을까 하는 생각 때문이었다. 하지만 그의 말에 부정할 수는 없었다.
"결론은 났어."
추괴성이 단호한 얼굴을 했다. 모두가 침을 꿀꺽 삼키고 그의 입을 뚫어지게 바라본다.
"우리는 어떻게 해서든 그 꼬마를 사로잡아야 한다."

"사로잡는다고? 그럼 싸워야 하는 거잖아?"

"막 형, 내 말은 그 꼬마의 마음을 사로잡아야 한다는 거외다."

"오호, 그래서 우리 편으로 만든다는 거로군?"

"그렇지. 그러면 염 파파도 우리를 함부로 하지 못하게 될 거야. 밖에 있는 백도의 저 못생긴 것들을 봐도 그렇잖아?"

"음."

모두 머리를 끄덕여 동의했다.

만약 자기들이 그렇게 소란을 떨어서 잠을 깨웠다면, 당장 모가지가 뎅겅뎅겅 날아갔을 것이다.

하지만 백도의 세 늙은이는 여전히 무사했다. 당 노인마저 헛기침만 할 뿐 은근히 봐주는 것 같지 않은가.

그게 다 소걸 때문이었다. 소걸이 동평우를 싸고돌자 염 파파도 마지못한 듯 그냥 넘어가 주었다.

'결국 그 꼬마가 열쇠다!'

모두의 가슴이 쿵쾅 울렸다. 그 꼬마의 눈 밖에 났다가는 목숨이 열 개라고 해도 부족할 것이고, 그 꼬마의 마음만 얻는다면 동평우처럼 주책없이 떠들어도 무사태평하게 된다.

"모두에게 전해라."

추괴성이 엄숙하게 말했다.

"만약 조금이라도 꼬마를 속상하게 하거나 기분 나쁘게 하는 자가 있으면, 내가 먼저 그놈의 대가리를 으깨서 가루로 만들어 뿌려 버린다고."

너희들도 예외가 아니라는 듯 팔비충 천종과 왜타자 강명명을 돌아보았다. 그들이 찍소리도 하지 못하고 고개를 집어넣은 채 재빨리 밖으로 사라졌다.

곧 토굴에 숨어 있는 놈들 모두에게 그 말이 두루 전해질 것이다.

"할머니, 나는 이렇게 할머니의 손을 잡고 이 황토 언덕을 산책할 때가 제일 행복해요. 어렸을 때도 그랬지요."

"에그, 불쌍한 것. 쯧쯧……."

"헤헤, 불쌍하긴요, 이렇게 할머니랑 할아버지의 사랑을 듬뿍 받으며 잘살고 있는데. 그러니 누구보다 행복한 사람이죠."

"정말 그렇게 생각하느냐?"

"그럼요. 할머니는 세상 누구보다 제게 대하는 마음이 따뜻하고, 할아버지는 원래 정이 많아서 다정하고 자상하니 저야말로 행운아죠."

"흥, 그 영감탱이가 자상하긴 뭐가 자상해?"

"히— 또 삐치신다. 여자들은 다 그래요?"

"뭐라고? 요런 코딱지만한 것이!"

염 파파가 짐짓 화난 얼굴을 하고 지팡이를 번쩍 들어올렸다.

"헤헤, 이제 절 마음대로 때리실 수 없을걸요?"

"뭐라고 하는 게냐? 내가 때리고 싶으면 때리는 거지, 왜 못 때려?"

"오늘 도사와 중 할아버지한테서 무공의 아주 중요한 요결을 배웠거든요."

"웃기는 소리!"

염 파파가 대뜸 소걸의 정수리를 노리고 지팡이를 내려쳤다. 쉿 하는 바람 소리가 들린 순간 그것이 소걸의 정수리에 닿았다.

소걸이 재빨리 오행장 중의 낙안회풍이라는 신법으로 맴돌며 물러선다.

"흥, 고작 그거냐?"

염 파파가 비웃었다.

"이런 것도 있어요."

우쭐거린 소걸이 자랑하듯 두 손을 몽둥이 삼아 마구 휘두르며 크게 발을 내디뎌 다가들었다. 항마저 중의 일위만종(一位卍宗)이라는 수법이다.

"에휴, 그만두자, 그만둬."

물끄러미 바라보던 염 파파가 한숨을 쉬고 손을 내저었다.

"왜요? 나는 더 보여드리고 싶은데……."

"그까짓 개도 때리지 못할 초식을 배워서 뭐 하누. 하긴, 심심할 때 운동 삼아 연습하면 건강에 도움이 되긴 하겠지."

"쳇, 그럼 할머니가 가르쳐 주시면 되잖아요."

"에휴, 네 녀석이 할미의 고충을 어찌 알겠느냐."

"천수익 아저씨가 그랬어요. 지금 세상에서 할머니와 할아버지를 당할 만한 고수가 없을 거라고요. 천하제일이라면서요?"

"모르지. 세상은 워낙 넓고 기인이사가 모래알처럼 많으니."

"그래도 다들 할머니를 무서워하잖아요."

"에휴, 그래 봐야 뭐 하니. 이 할미가 앞으로 살면 얼마나 더 살겠어? 좋은 시절은 다 지나가고, 남은 건 얼굴 가득한 주름살과 신경질밖에 없구나. 에휴—"

염 파파가 땅이 꺼질 듯 한숨을 쉬었다. 소걸이 슬그머니 그녀의 쪼글쪼글한 손을 잡고 위로했다.

"할머니는 아주아주 오래 건강하게 잘사실 거예요. 저승사자도 무서워서 감히 할머니에게 찾아오지 못할 텐데요, 뭐. 그리고 제가 끝까지 지켜드릴게요."
"흘흘, 네가 말이냐? 저승사자가 이 할미를 잡아가지 못하도록?"
"예. 그러니 저에게도 무공을 가르쳐 주세요. 그래서 할머니만큼 무시무시한 고수가 되면 까짓 염라대왕이라고 한들 겁나겠어요?"
염 파파가 물끄러미 소걸을 바라보았는데, 그 눈길이 갈등으로 심하게 흔들렸다.

2

"무공을 배우고 싶은 게냐?"
"네."
염 파파가 얼굴을 돌려 황혼에 잠겨가고 있는 황토 언덕들을 바라보았다.
붉은 햇빛을 받아 그것들은 마치 금가루를 쌓아놓은 것처럼 황홀하게 빛났다.
소걸의 손을 잡고 서서 묵묵히 그 노을과 황금빛으로 반짝이는 황토 언덕들을 바라보던 염 파파가 한숨을 쉬었다.
"하지만 할미는 너에게 가르쳐 줄 수가 없구나."
"왜요?"
"네가 할미처럼 불행한 인생을 살도록 할 수 없기 때문이란다."
소걸은 이해하지 못했다. 홍염마녀로 불리던 때의 염빙화가 어떤 사람이었는지 알지 못하니 그렇다.
"쳇, 아까워서 그러는 거죠?"
"이 철없는 녀석아, 할미는 너를 눈에 넣어도 아프지 않을 만큼 사랑하는데 아까울 게 뭐가 있겠어? 내 간이라도 빼 먹일 수 있다."

"그런데 왜 무공은 못 가르쳐 주신다는 거예요?"

"무공은 초식 몇 개를 배운다고 다 되는 게 아니다. 고강한 내력의 뒷받침이 없으면 껍데기에 불과하지."

"그럼 내공을 익히게 해주시면 되지 않아요?"

"그게 문제란다. 할미의 내공 심법은 이른바 마공이라고 불리는 것이다. 그중에서도 가장 위력이 크고 지독한 것이지."

"그럼 잘됐네요."

"쯧쯧, 그 심법을 익히면 너는 마귀처럼 변해서 하루도 피를 보지 않고 살인을 하지 않으면 견딜 수 없게 될 텐데 그게 좋아?"

"음, 그건, 그건……."

소걸이 눈살을 찌푸렸다. 살인에 대한 특별한 꺼림이나 도덕적인 고민 따위는 없었지만, 그래도 매일 그렇게 해야 한다는 건 정말 끔찍하고 싫다는 생각이 들었던 것이다.

"그럼 할아버지한테 가르쳐 달라고 해야겠다."

슬쩍 파파를 떠보는 것이다. 염 파파가 실눈을 뜨고 가소롭다는 웃음을 흘렸다.

"흘흘, 그 늙은 괴물에게 뭐 쓸 만한 게 있겠어? 내가 볼 때는 죄다 한 푼의 가치도 없는 잡술뿐이다."

"어라? 할아버지의 독 쓰는 솜씨를 잘 알면서 그러세요?"

"그 늙은이는 독과 암기에 있어서 가히 천하제일이라 할 만하지. 하지만 역시 정통의 무공이 아니야. 네가 그걸 배워서는 안 된다."

"정통의 무공이라……. 그럼 소림사나 화산파로 가서 배울까요?"

우각 대사와 운봉 노도를 염두에 두고 넌지시 해본 말이다. 과연 염 파파가 벌컥 역정을 냈다.

"쓸데없는 소리! 그까짓 돌중과 말코 도사 놈에게서 배울 게 뭐가 있어? 흥! 소림사라고? 화산파? 죄다 웃기는 것들이지! 과거에 이 할미의 검 하나를 당하지 못하고 벌벌 떨던 그지 같은 것들이란 말이다!"

"에휴, 그러니까 저는 결국 아무것도 배울 수 없겠군요. 그저 이 사람 저 사람이 심심풀이로 조금씩 가르쳐 주는 것들이나 배워서 재롱삼아 할머니께 보여드릴 수밖에."

소걸이 시무룩해졌다. 염 파파가 안타깝다는 듯 그를 바라보다 끌어당겨 가만히 가슴에 품어주었다.

"기다려라. 이 할미가 곧 너에게 세상에서 가장 고강한 내공 심법을 전해주마. 그런 다음에는 마음 놓고 할미의 무공을 배우면 돼."

"마귀가 된다면서요?"

"흘흘, 지난 육십 년 동안 내가 놀고만 있었는 줄 아느냐?"

"예?"

어리둥절해서 바라보는 소걸의 볼을 살짝 꼬집은 염 파파가 엄숙한 얼굴을 하고 천천히 말했다.

"할미는 심법에 섞여 있는 지독한 마의 기운을 제어할 방법을 찾고 있었느니라. 이제 조금만 더 연구하면 성공할 수 있다. 그러면 그것은 더 이상 마공이라 불리지 않아도 되지. 천하에 둘도 없는 신공이 되는 게야."

"얼마나 더 기다려야 하는 건데요?"

"늦어도 십 년."

"쳇, 앓느니 죽고 말지."

소걸이 잔뜩 볼을 부풀렸다. 염 파파가 멍한 얼굴로 이제는 어둠이

깔려오기 시작한 하늘을 보며 중얼거렸다.

"마공을 십성까지 수련하면 반드시 주화입마에 들게 된단다. 그러면 인성을 잃고 마귀가 되어서 저도 모르게 피를 찾게 되지. 그것을 극복하려면 십이성 대성하는 수밖에 없는데, 여태까지 그런 사람이 나타나지 않았구나."

"왜요?"

"십성 단계에서 마성이 폭발하여 마귀가 되니 강호의 공적으로 찍혀 결국 죽임을 당하고 말았기 때문이다."

아무리 초절한 무공을 지니고 있다 하더라도 강호의 공적으로 낙인 찍혀 모든 강호인들의 표적이 된다면 살아남기 불가능한 일이다.

"하지만 할미는 다행히 그를 만나 일찍 강호를 등지고 육십 년 동안이나 참고 견딜 수 있었단다. 그 덕에 곧 십이성 대성의 경지에 들 수 있게 된 게야. 드디어 저주받은 마공을 극복하고 신공으로 돌아오는 거지."

"그게 대체 뭐라는 건데 그렇게 무시무시해요?"

"흘흘, 세상 사람들은 알지 못하지. 할미가 익힌 것은 혈마구유마공(血魔九幽魔功)이라는 것인데, 혈마진경(血魔珍經)에 있는 최강의 내공 심법이란다."

"혈마구유마공, 혈마진경……."

소걸은 지금 제가 중얼거리고 있는 말이 얼마나 엄청난 것인지 알지 못했다. 그 말 한마디가 세상을 뒤집어 버리고 강호를 피바다로 만들 대재앙이 될 수 있다는 것도 당연히 알지 못한다.

역천행기(逆天行氣)하고 폐혈파옥(閉穴破獄)하여 외기(外氣)를 빨아들이는 행공을 하니 순리에 반하는 것이다.

속성의 장점이 있고, 그 위력이 엄청나서 오성만 성취해도 천하에 두려울 게 없고, 팔성에 이르면 가히 천하제일의 경지를 다툴 수 있게 된다.

하지만 그것에는 치명적인 약점이 있었다. 십성에 이르도록 수련하면 기어이 주화입마에 들어 마귀로 돌변하는 흉사를 면할 수 없다는 게 그것이다.

그럼에도 사람들이 혈마진경에 현혹되는 것은 역시 속성과 그 위력 때문이었다.

그것이 강호에 나타날 때마다 피바다를 이루지 않은 적이 없었다.

과거, 어떤 인연으로 마경(魔經) 중의 마경이라고 할 수 있는 그것이 염빙화의 손에 들어갔고, 그녀는 십 년 수련한 것만으로도 가히 천하에서 그 짝을 찾아볼 수 없을 만큼 무서운 고수가 되었다.

정통의 내공 심법으로 사오십 년을 고되게 갈고닦아야 비로소 이룰 수 있는 경지를 그녀는 십 년 만에 훌쩍 뛰어넘은 것이니, 과연 마공의 속성력은 혀를 내두를 만했다.

거기서 멈추었다면 마성의 발작은 막을 수 있었을 텐데, 사람의 욕심이라는 게 그렇지 못하니 탈이다. 또 팔성에 이르면 마공이 스스로 증폭을 거듭해서 기어이 십성의 단계로 이끌어 버리는 신묘한 작용을 한다는 데에 문제가 있기도 했다.

그래서 당시 염빙화는 금기를 깨고 십성의 수련을 하고 말았다. 그 결과 그녀는 이십대 중반이라는 꽃다운 나이에 세상에 둘도 없는 마녀가 되어 혈풍을 불러오고 혈해 속을 허우적거려야 했다.

다행히 장풍한이라는 백도제일의 기남아(奇男兒)를 만나 사랑에 빠졌으니…….

요원의 불길처럼 걷잡을 수 없이 타오르는 사랑의 힘은 마성의 천적이나 마찬가지였다. 그리하여 그녀는 자신의 의지를 완전히 잃기 전에 스스로를 가두어둘 수 있었다.

장풍한이라는 한 위대한 협사의 희생이 강호에 임하게 될 대재앙을 막아준 것이다. 또한 하늘이 그녀를 불쌍히 여겨 도와주었다고 해야 하리라.

그리고 이 궁벽하고 황량한 곳에서 육십 년이 조용히 흘렀고, 그녀는 드디어 악마의 벽인 십성을 훌쩍 뛰어넘어 십이성이라는 마공의 대성 경지를 바라보게 되었다.

일양래복(一陽來復)이라.

이제 조금만 더 정진하면 마를 극복하고 정으로 복귀하리라.

하지만 그녀의 나이 어느덧 구십. 하늘에서 내려준 천수가 얼마 남지 않았으니 마공을 대성한다 한들 하룻밤의 꿈에 지나지 않을 것이다.

인생이 그래서 허무하다는 것 아니겠는가.

그것을 절감한 염 파파는 죽기 전에 마공을 신공으로 바꾸어놓겠다는 대발원을 품었다.

십성에 이르러 반드시 겪게 되는 주화입마를 극복할 방법을 찾으려는 것이다. 그렇게 되면 혈마진경의 혈마구유마공은 천하에서 가장 기이하고 현묘한 내공 심법으로 거듭날 것이다.

그때가 되기를 기다리라는 것인데, 소걸에게는 답답하기만 한 일이었다.

"다 알고 있어."

염 파파가 지그시 바라보며 갑자기 그렇게 말했으므로 소걸은 가슴이 뜨끔해서 당황했다.

"뭐, 뭘요?"

"흐흐, 귀신을 속이지 나를 속이려고?"

"아, 제가 뭘 속였다고 그러세요? 누룽지를 감춰두고 혼자 먹은 거요?"

"히히, 요 녀석. 그런 나쁜 짓도 했구만."

"그럼 뭘 말씀하시는 거예요?"

"당 노괴가 너에게 한 짓을 내가 모를 줄 알았느냐?"

"할아버지가 뭘 어떻게 했다는 건지 저는 잘……."

"흥, 끝까지 시치미를 떼려고? 괘씸한 녀석."

염 파파가 불쑥 손을 내밀어 소걸의 완맥을 움켜쥐었다. 커다란 바위에 눌린 것처럼 꼼짝할 수가 없다.

파파의 도도한 내력이 맥문을 통해 밀물처럼 소걸의 몸 안으로 흘러들었다. 그러자 이루 말할 수 없는 고통이 찾아왔는데, 너무 지독한 것이어서 소걸은 이를 악물고 온몸을 부들부들 떨며 진땀을 흘려댈 뿐 비명을 지를 수도 없었다.

그러던 한순간, 그의 몸 안에서 한가닥의 반발지력이 일어나 갑자기 밀려들어 온 파파의 내력에 저항하기 시작했다. 스스로를 지키려는 본능의 발현 같은 것이다.

잠시 그것을 느껴보던 파파가 비로소 손을 놓고 소걸의 뒤통수를 철썩 갈기며 음흉한 웃음을 흘렸다.

"호호호, 요 앙큼한 것이 그새 제법 내력을 쌓았구나?"

"으으, 너무 아파요. 제가 뭘 잘못했다고……."

"당 노괴의 내공 심법은 당문의 비전이니 나쁘다고 할 수는 없지. 하지만 그것만으로는 겨우 삼류를 면할 수 있게 될 뿐 더 나아갈 수는 없다."

 수백 년의 뿌리를 가지고 있으며, 강호에서 가장 까다로운 세가로 인정받은 사천당문이다. 누가 그곳의 내공 심법을 삼류를 면할 수 있을 뿐이라고 말했다면 당장 독과 암기의 소나기가 쏟아질 것이다. 하지만 염 파파에게는 그것도 당 노인을 봐서 많이 쳐준 셈이었다.

 지금 그녀의 눈에 찰 신공비기가 어디 있겠는가.

 "오 년 수련한 것치고는 제법 내력이라고 할 만한 것이 생겼으니 진전이 빠르다."

 "어라? 그것까지 아셨어요?"

 "흐흐, 네 녀석이 열 살 되던 해에 당 노괴가 한 짓을 내가 모를 줄 알았더냐?"

 "헤헤, 뭐, 별거 아니었어요. 제가 졸랐거든요. 그래서 할아버지는 생일 선물로 심법 구결을 한 번 들려주신 것밖에 없어요."

 "흥, 앙큼한 것 같으니. 그리고 음흉한 늙은이 같으니."

 염 파파가 눈을 흘기자 소걸이 히히 웃었다. 어물쩍 넘어갈 수 있겠다는 눈치를 잡은 것이다.

3

 "왜 그러느냐?"

 시무룩해진 채 말없이 앉아 있는 소걸을 지켜보던 당 노인이 궁금함을 참지 못하고 물었다.

 염 파파와의 저물녘 산책에서 돌아온 소걸은 화가 난 사람 같았다. 내내 말없이 다청의 빈 탁자에 앉아 창밖만 바라보고 있었던 것이다.

"아무것도 아니에요."
"할미에게 혼났구나?"
"쳇."
 눈을 흘긴 소걸이 귀찮다는 듯 외면했다. 혀를 찬 당 노인은 이층으로 올라가 버렸다.
 수심 가득한 얼굴로 턱을 괴고 앉아 있는 소걸의 귀에 할머니의 말이 다시 들려왔다.
 황혼이 스러지고, 짙어오는 땅거미를 멍하니 바라보던 할머니가 불쑥 중얼거렸던 것이다.
"이젠 이곳도 떠나야 할 때가 되었나 보다."
"예? 왜요? 아니, 어디로요?"
 염 파파는 말없이 지팡이를 들어 저 아득한 황토 언덕 너머를 가리켰다. 그리고 쓸쓸한 뒷모습을 보이며 자박자박 다루로 돌아갔다.
 소걸은 이게 다 천수익과 추괴성 등 때문이라고 생각했다. 그들이 아무리 조심한다고 해도 없을 때보다는 소란스럽다. 귀찮기도 하리라. 그래서 할머니가 떠날 생각을 한 것이다.
 한편으로는 그렇게 되기를 바라고 있으면서, 한편으로는 두렵고 무섭기도 했다. 여태까지 다루 밖의 세상으로는 한 걸음도 나가보지 않았기 때문이다.
 하지만 어린 가슴에도 운명이라는 놈의 심술궂은 장난이 시작되고 있다는 게 느껴졌다. 그놈은 이제 불선다루를 세상 속으로 내던지려 하고 있다.
 그날 밤, 그런 운명이 찾아왔다.

　　　　　　　*　　　　*　　　　*

　말이 투레질하는 소리, 사람들이 웅성거리는 소리로 밖이 술렁거렸다. 이글거리는 횃불 빛이 넘실거린다.
　말을 탄 이십여 명의 늙고 젊은 사람들과 공작 깃과 백옥으로 우아하게 장식한 한 대의 지붕 달린 마차가 도착한 것이다.
　네 필의 건장한 말이 끄는 마차는 화려하기 짝이 없었다. 네 귀퉁이에 자수정을 깎아 만든 궁등(宮燈)이 걸려 있는데, 거기서 스며 나오는 은은한 자색 불빛이 마차를 더욱 신비하고 아름답게 했다.
　"소걸아! 소걸아!"
　바쁘게 다청에 들어선 동평우 노인이 먼지를 털며 큰 소리로 불렀다.
　어딘가로 떠나더니 한 떼의 사람들을 데리고 돌아온 것이다. 멀리서 오는 손님을 마중 나갔던 모양이다.
　주방에서 소걸이 늘쩡거리며 나왔다. 그를 본 동 노인이 꽥 소리쳤다.
　"이 게으른 놈아! 뭘 그렇게 꾸물거리고 있어?"
　"왜요?"
　"왜요라니? 네 눈에는 밖에서 기다리고 있는 귀한 손님들이 보이지 않는단 말이냐?"
　"들어와서 앉으라고 하세요. 차는 얼마든지 준비되어 있으니."
　"요 녀석, 어서 안에 기별을 해라. 주인장이 몸소 나와 손님들을 맞아야지."
　소걸을 소리쳐 부른 건 당 노인에게 나와서 손님을 맞으라는 뜻이었던 것이다.

소걸이 잔뜩 볼을 부풀린 채 심드렁하게 말했다.

"할아버지, 할머니는 주무세요. 이렇게 밤늦게 찾아오는 손님은 어디를 가도 환영받지 못할걸요?"

"이런, 이런 낭패가 있나."

동 노인의 얼굴에 당황한 기색이 가득해졌다.

"됐소. 동 아우는 너무 걱정 마오. 저 어린 친구의 말이 맞아. 밤늦게 불쑥 찾아온 손님들이니 달가울 리 없지. 그냥 조용히 차나 한 잔 마시고 손님들을 숙소로 안내합시다."

밖에서 점잖은 음성과 함께 한 사람이 느긋한 걸음으로 들어섰다. 짙은 남색의 도복을 입고 도관을 썼으며, 검은 수염이 가슴 앞에서 물결치는 멋진 도사였다.

곤륜검선(崑崙劍仙) 일속(一屬) 진인(眞人)이다.

그 뒤를 따라서 다시 한 명의 관운장처럼 생긴 노인이 씩씩한 걸음으로 걸어 들어왔다.

금검보주(金劍堡主)인 무적패검(無敵霸劍) 상관기(上官奇)였다.

저쪽 구석에서 물끄러미 그들을 바라보던 추괴성 등이 잔뜩 눈살을 찌푸렸다.

곤륜검선은 곤륜파를 대표해서 백도연합인 광명천에 가세한 백도의 명숙이고, 상관기 또한 강남 무림에서 대명이 쟁쟁한 백도의 절정고수이기 때문이다.

다청 안을 둘러본 상관기가 눈살을 찌푸렸다.

"저자들은……."

그가 왜타자 강명명과 팔비충 천종을 손가락으로 가리키며 입을 열자 동평우가 다가와 설명해 주었다.

"비슷하게 생겼을 뿐 상관없는 자들이니 신경 쓰지 않아도 되오."

"그래요? 그것참, 교묘하군."

"나도 몹시 놀랐다오. 하지만 이 다루의 종업원에 지나지 않으니 긴장할 것 없소이다."

그래도 미심쩍다는 듯 다시 한 번 바라본 그가 이번에는 서천금편 추괴성을 뚫어질 듯 바라보았다. 멋쩍어진 추괴성이 헛기침을 하고 슬그머니 외면했다.

"허, 그럴 리가 없겠지."

상관기가 머리를 설레설레 흔들었다.

옛적에 먼발치에서 추괴성을 한 번 본 적이 있는데, 그때의 기억이 되살아났던 것이다. 하지만 설마 그가 이와 같이 초라한 다루에서 심부름이나 하고 있으리라고는 상상도 할 수 없으니 혼란스럽다.

"이상한 다루니 이상한 종업원들이 있는 거지. 어서 손님이나 모십시다. 바깥 날씨가 좋지 않소."

"음."

상관기가 잔뜩 인상을 쓰고 나갔다. 소걸이 비로소 추괴성 등에게 말했다.

"어서 자리를 정돈하고 손님들을 맞아야지요?"

"알았네."

추괴성과 막세풍이 즉시 주방으로 들어갔고, 팔비충 천종과 왜타자 강명명은 부지런히 탁자와 의자를 정리하고 쓸고 닦았다.

잠시 후 밖에서 상관기가 몇 사람을 인도해 들어왔다.

"아!"

소걸이 흠칫 놀라 행주를 든 채 멍하니 서버렸다.
한 여인을 보았기 때문이다.
"아!"
탁자를 닦던 천종과 강명명도 입을 딱 벌린 채 멍청해져 버렸고, 주방 안에서도 놀람의 탄성이 들려왔다. 다청의 동정을 훔쳐보고 있던 추괴성과 막세풍이 기겁을 하도록 놀란 것이다.
신선처럼 생긴 다섯 명의 백의노인이 다섯 방위를 지키며 호위하고 있는 곳에 네 명의 아리따운 아가씨들이 우뚝 서 있었다.
그녀들은 모두 날아갈 듯 가벼운 몸매를 하고 있는 묘령의 아가씨들이었다.
몸에 착 붙는 남색 경장 위에 짙은 자줏빛 넓은 허리띠를 꽉 조여 묶어서 한 줌밖에 안 되는 허리가 여실히 드러났다.
그 위에 역시 남색의 겉옷을 걸치고 금빛 검수가 늘어진 장검을 찼는데, 금과 옥으로 장식된 검집이 예사로워 보이지 않는 보검이었다.
아쉬운 점이라면 죽립을 눌러쓰고 얇은 천을 내려서 얼굴을 가렸다는 것이다.
그들 네 명의 버들가지처럼 하늘거리는 아가씨들 중앙에 한 명의 백의소녀가 있었다.
순백으로 반짝이는 비단옷에 비단신을 신은 묘령의 소녀.
역시 얼굴을 가렸지만 전신에서 은은히 우러나는 우아하고 고상한 기운은 꽃다운 네 아가씨를 압도하고도 남음이 있었다.
눈처럼 하얀 옷자락에 금빛 문양이 하나 수놓아져 있었는데, 날개를 활짝 펴고 하늘을 나는 황금 독수리였다.
소걸은 그 백의소녀의 신비한 기운에 놀라 넋이 나간 것이고, 마두들은 황금 독수리 문양을 보고 넋이 나간 것이다.

주방 휘장 틈으로 그것을 알아본 추괴성이 급히 놀람의 탄성을 삼켰다.

"빙궁옥녀다!"

다청에서는 팔비충 천종과 왜타자 강명명이 놀라서 입을 딱 벌리고 빠르게 속삭였다.

"북해빙궁!"

"소궁주라니!"

그들은 단지 백도의 거물들이 이곳을 지나간다는 정보를 우연히 입수하고 모의했을 뿐이다.

그런데 설마 그 일행이 북해에 있는 빙궁의 소궁주 빙궁옥녀 일행을 호위하는 것이라고는 생각지도 못했다.

등줄기로 주르륵 식은땀이 흘렀다.

멋모르고 기습했다가는 그들의 목을 가져가기는커녕, 오히려 죄다 목 잘린 귀신이 될 뻔했기 때문이다.

다섯 명의 꽃다운 소녀와 다섯 명의 노인.

"빙궁오로……."

추괴성이 기어들어 가는 음성으로 중얼거렸다.

한 번도 보지는 못했지만 옥녀를 호위하고 있는 다섯 노인이 북해빙궁에서도 위명이 쟁쟁한 빙궁오로일 것이라고 쉽게 짐작할 수 있었던 것이다.

그들의 뒤를 지키듯 들어선 여덟 명은 광명천의 고수들이자 하나같이 강호의 후기지수로 꼽히는 쟁쟁한 백도의 청년 기협들이었다. 곤륜검선과 금검보주가 그들을 인솔해서 빙궁의 귀빈을 호위해 오고 있었던 것이다.

그들 중에서도 영도자로 보이는 한 청년이 모두의 시선을 끌었다. 스무 살 남짓 되어 보이는 미청년인데, 영웅의 의젓한 자태와 기개가 절로 몸에 배어 있어서 가히 군계일학이라 할 만했다.

'정사대전이 코앞에 다가왔다.'

그들을 훔쳐보던 추괴성은 그것을 느꼈다.

【第九章】

수모를 당하다

1

　광명천에서 어떤 수단을 발휘했는지 모르지만, 저 먼 북쪽 끝 북해에 웅거하고 있을 뿐 강호의 일에는 관여하지 않던 빙궁을 끌어들였다.
　그것은 백도연합인 광명천이 마교로 불리는 암흑천교를 그만큼 두려워하고 있다는 명백한 증거이기도 했다.
　마교와 백도연합의 일대 격돌. 그것을 생각만 해도 가슴속에서 심장이 무섭게 뛰고 피가 들끓었다.
　'에휴―'
　추괴성과 마두들이 남모르게 한숨을 내쉬었다. 불선다루에 묶여 있는 자신들의 처지를 생각했기 때문이다.
　영웅은 전장에서 태어나는 법이고, 고수는 생사대전에서 진가가 빛나는 것 아니던가.
　비록 마도를 걷기는 해도 추괴성 등은 쟁쟁한 고수들이다. 정과 마가 천하를 놓고 한바탕 통쾌한 싸움을 하는데 자신들은 방관자가 되어서 구경만 하고 있어야 한다는 게 원통하기 짝이 없었다.

그들의 마음과는 상관없이 다청 안에는 그윽한 차 향기가 가득했다.

염 파파와 당 노인은 아무것도 모르는 듯 얼굴 한 번 내비치지 않았다. 그것이 추괴성 등을 속상하게 했지만 어쩔 수 없는 일이다.

다청에서의 휴식이 끝나고 사람들이 모두 후원의 객사로 이동했다. 소걸은 내내 빙궁의 소궁주라는 백의소녀의 우아한 자태에서 눈길을 떼지 못했다. 그녀의 옷자락이 살랑거리면 그의 마음은 걷잡을 수 없이 펄럭거린다.

처음 여자라는 존재의 신비함을 느껴보는 것이다.

이전에도 나이 어린 소녀나 젊은 아가씨가 가끔 손님으로 온 적은 있었다. 하지만 저 백의녀처럼 우아하고 기품있는 소녀는 없었고, 그때는 소걸도 어렸으므로 알지 못했다.

하지만 지금은 달랐다. 자신도 모르는 사이에 소걸은 어느덧 이성에 눈을 뜰 나이가 되어 있었던 것이다. 그리고 그는 지금 백의녀를 통해서 새로운 세상을 들여다보았다. 그게 중요하다.

후원의 객사 전체를 그들이 사용했는데, 백의녀와 그녀의 몸종으로 보이는 네 소녀는 후원 안에서도 가장 깊숙한 백림향(柏林香)에 있는 별채를 썼다.

백림향.

이 황량한 황토의 세상에서는 어울리지 않는 이름이다. 그것은 측백나무 숲을 그리워하는 염 파파의 향수가 깃들어 있는 이름이었다.

객사 왼쪽에 낮은 담이 있고 월동문이 있는데, 그 안으로 들어가면 말라 버린 연못가에 달랑 정자 한 채가 서 있다. 바로 그곳이 백림향이다.

 삭막하고 초라한 모습이지만, 그래도 불선다루에서는 가장 아늑한 곳이었다.

 객방마다 불이 환하게 밝혀져 마당을 은은히 비추었다.
 여기저기 청년 검사들이 번을 섰고, 방 안에서는 나이 든 노인들의 웃음소리가 낮게 새어 나온다.
 그러나 백림향은 고요했다.
 다섯 소녀가 들어 있건만 기척 하나 없다.
 부드러운 달빛이 정자의 빛 바랜 난간을 어루만지는 시간.
 차 쟁반을 받쳐 든 소걸이 주저하는 걸음으로 월동문으로 들어섰다.
 푸석거리는 황토 마당 한가운데 우뚝 선 그의 그림자가 길다. 머뭇거리고 주저하는 그것이 정자의 빈 난간에 걸쳐졌다.
 은은한 불빛이 새어 나오는 창문을 멍하니 바라보던 소걸이 한숨을 내쉬었다.
 소녀의 향기.
 백림향에 은은히 감도는 서늘한 밤의 기운과 달빛이 예전과 다르게 느껴지는 건 바로 마음속에 남아 있는 소녀의 향기 때문이다.
 소걸은 다청에서 처음 그 생소한 냄새를 맡고 코를 벌름거렸었다.
 백의소녀가 움직일 때마다 할머니에게서는 맡을 수 없었던 신비한 향기가 허공에 남았던 것이다.
 홀린 듯 그것을 찾아왔다. 왜 그랬는지는 그 자신도 모른다.
 후원에서 번을 서고 있는 청년들에게는 차 심부름이라고 했다. 아무도 의심하지 않았다.

소걸은 텅 빈 마당 한가운데 불 꺼진 석등처럼 우뚝 서서 멍하니 불빛이 새어 나오는 창문만 바라보았다.

제가 무엇 때문에, 왜 이 늦은 시간에 잠들지 못하고 여기에 와 있는 건지 알 수 없다.

그런 시간이 얼마나 지났을까. 한숨을 쉰 그가 허망한 마음으로 돌아서려는데 안에서 가벼운 웃음소리가 들렸다. 감전된 듯 우뚝 멈추어 선 소걸이 다시 멍한 눈길을 창문으로 돌렸다.

난간을 쓸며 두 사람이 천천히 걸어나왔다.

달빛 아래 빙옥 같은 얼굴이 찬란히 빛난다. 백의소녀는 부끄러움도 없이 얼굴을 드러내고 있었다. 우윳빛으로 투명하게 빛나는 살결과 보석 같은 눈, 오똑 솟은 콧날 아래의 붉은 입술과 갸름한 턱이 그림 같기만 하다. 어느 명장이 깎아놓은 조각인들 저와 같을 것인가.

"아!"

달빛 아래에서 선녀를 본 듯한 황홀함에 소걸이 저도 모르게 탄식하고 말았다.

소녀 곁에서 부드러운 웃음을 띠고 서 있는 관옥 같은 젊은이는 눈에 보이지도 않는다.

소걸을 본 그들이 의아한 얼굴을 했다. 봄바람 같은 웃음을 띠었던 소녀의 얼굴이 얼음처럼 싸늘해지고, 스무 살 남짓해 보이는 귀공자의 눈가에 은은한 노여움이 떠올랐다.

그는 금검보에 속한 옥룡검대(玉龍劍隊)를 이끄는 자인데, 용문검(龍紋劍) 상관청(上官靑)이라고 한다.

금검보주 상관기가 늦게 본 하나뿐인 아들이면서 금검보의 소보주이기도 한 신분이니 강호에서의 위세가 하늘을 찌를 만하다.
 그가 냉랭한 음성으로 물었다.
 "너는 누구냐?"
 "소, 소걸이라고 합니다."
 그가 차가운 눈으로 소걸의 행색을 훑어보더니 입가에 비웃음을 띠고 말했다.
 "차를 부탁한 적이 없는데 네 멋대로 이곳에 들어오다니? 밖에 있는 친구들이 막지 않았단 말이냐?"
 소녀 앞에서 핀잔을 듣자 그만 불끈 오기가 솟구쳤다.
 소걸이 퉁명스럽게 대꾸했다. 말투가 공손할 수 없다.
 "여기는 내 집이야! 내가 누구의 허락을 받고 와야 한다는 게 웃기는 일 아니야?"
 "쯧쯧, 철없는 녀석이로군."
 미청년의 한심스럽다는 말투가 더 속을 긁어놓는다. 몇 살 많아 보이지도 않으면서 꾸짖고 나무라는 것은 늙은이가 골목 안 개구쟁이를 야단치는 것 같으니 더 화가 났다.
 청년이 귀찮다는 듯 손을 내저었다.
 "가라. 소궁주의 흥을 깨뜨린 죄는 묻지 않겠다."
 "네가 뭔데 가라 마라 그러는 거냐? 이 집 주인은 나야! 나라고!"
 "으음."
 "내가 볼 때 가야 할 사람은 너다! 그러니 어서 꺼져 버려! 너 같은 손님은 필요없어!"
 "이, 이런 괘씸한……."
 청년의 관옥 같은 얼굴이 노여움으로 붉어졌다.

소걸은 제 말이 억지라는 걸 잘 안다. 하지만 굽히고 싶지 않았다. 이처럼 고집스런 마음이 되어본 적도 처음이다.

속으로는 적잖이 당황했으나 이제 와서 걷어차인 똥개처럼 꼬리를 말고 달아나고 싶진 않았다. 백의소녀가 바라보고 있기 때문이다.

애써 노여움을 참아낸 청년이 담 밖을 향해 크게 소리쳤다.

"밖에 누가 있소?"

즉시 두 명의 청년 검사가 달려들어 왔다. 객사를 지키고 있던 금검보의 옥룡검대 검수 중 두 명이다.

그들은 상관청을 포함해 모두 여덟 명으로 구성되어 있었으므로 달리 옥룡팔검수(玉龍八劍手)라 부르기도 했다.

상관청이 노기 띤 얼굴로 그들을 꾸짖었다.

"칠 형과 팔 형은 외인을 아무도 들이지 말라던 보주의 명을 잊었단 말이오?"

그들이 원망하는 눈길로 소걸을 노려보고 나서 상관청에게 머리를 숙였다.

"다동이 차 심부름을 한다기에 의심치 않았습니다."

"다동이 아니라 다모라고 할지라도 우리에게는 외인인 터! 아버님의 분부를 소홀히 했으니 엄한 문책이 있을 것이오!"

"달게 받겠습니다."

굳은 얼굴로 허리를 편 자들이 대뜸 소걸의 좌우 팔을 붙들었다. 그 바람에 다반이 땅에 떨어지고 차 주전자가 깨졌다.

"잘한다! 이제는 남의 기물까지 부수는구나!"

소걸이 악을 쓰며 뿌리쳤지만 청년들의 억센 손아귀에서 빠져나갈 수 없었다. 버둥거리는 꼴이 오히려 추할 뿐이다.

"아직 어린 소년이니 사정은 봐주되 단단히 주의를 주시오."

상관청의 점잖은 말이 떨어졌다. 자비를 베푼다는 오만함이 가득 느껴지는 말이고 표정이었다.

"앗!"

한 놈이 비명을 터뜨렸다. 칠검이다.

소걸이 힘껏 그자의 정강이를 걷어차 버린 것이다.

"죽일 놈 같으니!"

화가 난 칠검이 소걸을 내팽개쳤다.

"네놈이 우리를 속이다니! 그런 짓을 하고도 무사할 줄 알았느냐?"

"네 녀석 때문에 우리는 보주님께 꾸중을 듣게 되었다! 그 벌을 받아야 해!"

"속이긴 뭘 속여!"

발딱 뛰어 일어난 소걸이 주먹을 움켜쥐고 악을 썼다. 분하고 억울한 생각에 소녀 앞에서 못난 꼴을 보였다는 부끄러움이 더해져서 눈에 보이는 게 없다.

철썩!

그런 그의 뺨에 칠검의 손바닥이 닿았다. 즉시 붉은 손자국이 볼에 새겨지고 입술이 터져서 비릿한 피가 흘렀다.

"너희가 뭔데 나를 쳐?"

소걸이 반쯤 울음이 섞인 소리로 악을 쓰고 주먹을 휘두르며 쳐들어갔다. 그러나 마구잡이로 내젓는 손에 맞고 있을 청년들이 아니다.

칠검이 재빨리 소걸의 가슴을 움켜쥐고 발목을 걸어 올렸다. 가벼운 짚단처럼 허공에 떠오른 소걸이 저만큼 날아가 쿵 하고 처박혔다.

신음을 흘리며 끙끙거리던 소걸이 벌떡 뛰어 일어나더니 다시 용맹하게 달려들었다.

피가 흐르는 이를 부서져라 악물었고, 눈물에 젖어 번들거리는 눈에서 독한 빛이 줄기줄기 뿜어져 나왔다.

"죽엇!"

그가 오행장 중 백원쌍박의 수법으로 어지럽고 맹렬하게 두 주먹을 뻗어 후려쳤지만 청년은 코웃음을 칠 뿐이다.

퍽!

이번에는 팔검이다. 가볍게 소걸의 손을 뿌리친 그의 주먹이 콧잔등을 후려쳤다.

"어이쿠!"

정신이 아뜩해진다. 코뼈가 부러졌는지 지독한 통증이 머리 속에 가득해지고, 코피가 줄줄 흘러내려 턱과 앞가슴을 적셨다.

세상이 빙글빙글 돈다. 그 어지러운 세상 저 끝에 백의소녀가 우두커니 서 있었다. 무표정한 얼굴로 소걸을 바라보더니 외면한다. 그게 소걸을 더욱 분노하고 절망하게 했다.

하필이면 그녀 앞에서, 그녀 곁에 붙어 서 있는 미꾸라지같이 매끄럽게 생겨먹은 놈 앞에서 이런 꼴이 되다니.

팔검이 다시 주먹을 번쩍 들어올렸을 때 꾸짖는 소리가 들려왔다.

"그만두지 못해!"

동 노인이었다. 그가 바깥의 소란에 무슨 일인가 하여 나왔다가 깜짝 놀란 것이다.

소걸은 이미 피투성이가 되어 있었다. 눈에서 줄줄 흘러내리는 눈물이 피와 섞여 더 보기 흉하다. 소녀 앞에서의 치욕을 참을 수 없어서 차라리 죽어버렸으면 좋겠다는 생각마저 들었다.

소걸이 이를 박박 갈며 울부짖었다.
"말리지 마! 오늘 내가 죽든지 저놈이 죽든지 결판을 내고 말겠어!"
그리고 다시 상처 입은 멧돼지처럼 무작정 팔검에게 달려들었다.

2

"두고 보기만 할 거요?"
"……."
"저러다가 맞아 죽겠는걸? 내가 나설까?"
"그냥 둬."
"응?"
"잊지 못할 교훈이 될 거야. 그게 저 아이를 지독해지도록 해주겠지."
"이런, 이런……."
염 파파의 무심한 말에 당 노인이 혀를 찼다.
그들은 객사의 지붕 위에서 소걸과 팔검 간의 싸움 아닌 싸움을 바라보고 있는 중이었다.
소걸의 얼굴은 온통 피투성이가 되어 있었다. 보기에도 가슴이 아프고 안타깝고 울화통이 치미는 일이 아닐 수 없다.
다른 때 같았으면 노파의 분노가 하늘에 닿아 벌써 황망계가 핏물에 잠겼을 텐데, 어쩐 일인지 염 파파는 입술을 잘근잘근 씹으면서도 그저 구경만 하고 있을 뿐이었다.
그게 답답해서 당 노인이 금방이라도 손을 쓸 것처럼 어깨를 움찔거리며 말했지만, 염 파파는 화풀이하듯 매섭게 흘겨보며 그냥 두라고 한다.

　그때 저 아래 백림향의 푸석거리는 마당에서는 이를 갈며 달려들었던 소걸이 다시 팔검의 발길에 채여 나가떨어지고 있었다.
　"끙—"
　당 노인은 외면해 버리고 말았다.
　소림의 항마저와 화산의 오행권, 동가장의 사방추 수법까지 모두 동원해서 무시무시하게 들이쳤지만 팔검의 상대가 될 수는 없었다.
　그는 백도의 유력한 세가인 금검보 중에서도 손꼽히는 청년 검수이자 강호에서도 이름을 날리는 검객이다. 금검보의 옥룡팔검이라면 백도 무림에 새롭게 떠오르는 태양으로 불린다.
　팔검에 속한 여덟 명의 청년 중 어느 하나 고수의 경지에 오르지 않은 자가 없으니, 소걸이 아무리 용을 쓴들 그의 옷자락도 건드릴 수 없는 건 당연한 일이었다. 오히려 팔검이 한주먹에 때려죽이지 않는 걸 칭찬해 줘야 할 형편인 것이다.
　"이제 그만!"
　보다 못한 동평우가 체면이 상하는 걸 무릅쓰고 소걸과 팔검 사이로 뛰어들었다.
　"소걸아, 너는 오늘 밤 맞아 죽기로 작정한 게냐? 왜 말을 안 들어?"
　"놔요! 나는 저놈을 반드시 죽여 버리고 말 테야!"
　"싸움이란 성질만 가지고 되는 게 아니다. 너는 그의 발치에도 미치지 못하는데 무슨 수로 그를 죽이겠다는 거냐? 오히려 네가 맞아 죽지 않는 걸 다행으로 여겨야 한다."
　동평우가 안타까운 얼굴로 바라보며 타일렀다. 그제야 소걸의 기세가 한풀 꺾였다.

아무리 화가 나고 억울해서 이성을 잃었다가도 곧 냉정함을 회복하는 것, 그게 소걸의 장점이었다.

그는 동평우의 말대로 자신이 결코 팔검의 상대가 되지 못한다는 걸 인정했다. 분함이 하늘을 찌를 듯하나 인정할 건 인정해야 한다.

하지만 원한마저 포기할 수는 없다. 그건 사내가 할 짓이 아니지 않은가.

소걸이 눈물을 줄줄 흘려대면서도 악독한 눈빛으로 팔검을 노려보고, 정자 위의 두 남녀, 소궁주와 상관청을 노려보았다.

그리고 손가락으로 팔검을 가리키며 악문 어금니 사이로 스산하게 말했다.

"팔검이라고? 오늘의 일을 잘 기억해 두겠어! 언젠든 너의 머리통을 자르고, 심장을 쪼개서 내가 흘린 피 값을 받아낼 테다!"

그 눈빛이 소년답지 않게 사악하고 섬뜩한 것이어서 팔검이 흠칫 놀랐다.

소걸이 이번에는 상관청을 가리켰다.

"개자식아, 나를 똑똑히 기억해 둬! 언젠가는 반드시 네놈의 반질거리는 그 얼굴 가죽을 벗겨 버리고 말 테니까!"

"뭐, 뭐라고? 허!"

상관청이 기가 막혀서 입을 딱 벌릴 뿐 말을 하지 못했다.

노여움으로 부들부들 떨리는 소걸의 손가락이 이번에는 선녀 같은 백의소녀에게로 향했다. 그리고 다시 이를 부드득 간다.

"재미있는 구경을 했겠지? 귀신같은 계집애! 너도 잘 기억해 둬! 언젠가는 내 발 아래 꿇어 엎드려서 살려달라고 눈물, 콧물을 흘릴 날이 있을 거야! 그러면 개처럼 기어다니게 하고 그 꼴을 비웃어줄 테다!"

그녀 앞에서 당하고 만 수치가 지나쳐서 노여움으로 변해 버렸으니 그녀라고 예외가 될 수 없었다.

끝까지 눈길 한 번 주지 않는 그녀의 차가움과 도도함이 이제는 연모하는 마음 대신 증오로 바뀐 것이다. 내내 무심한 그녀의 눈길이 팔검에게 얻어맞은 것보다 더 큰 모욕으로 느껴지기도 했다.

"이런 죽일 놈!"

기어이 상관청이 분노를 터뜨렸다. 소걸의 언행이 누가 보아도 지나쳤기 때문인데, 소궁주를 두고 한 말 때문에 더욱 화가 났다.

그가 난간을 훌쩍 뛰어넘어 몸을 날리더니 그대로 소걸에게 날아들며 일장을 때렸다. 이제는 정말 쳐 죽이고 말겠다는 살기가 뚝뚝 떨어졌다.

"그만두라고 했다!"

휙 하고 그림자가 어른거린 순간, 상관청을 가로막은 동평우가 마주 일장을 뿌렸다.

펑—!

허공에서 격한 소리가 터졌다. 상관청이 반탄력을 이용해 훌쩍 몸을 뒤집어 저만큼 떨어진 곳에 가볍게 내려섰다. 허공에 뜬 채 동평우의 일장을 거뜬히 받아낸 것이다.

'과연 대단한 놈이로군.'

동평우가 살짝 눈살을 찌푸렸다. 은은히 저려오는 어깨의 통증 때문만은 아니다.

"이게 대체 무슨 짓들이냐!"

커다란 꾸짖음이 들려왔다. 기어이 금검보주인 무적패검 상관기가 나온 것이다.

바쁘게 백림향으로 들어선 그가 동평우와 일장을 나누는 아들을 보고 노해서 소리쳤다.

"네 이놈! 네놈이 이제는 감히 대선배마저 우습게 여기느냐?"

"아, 아버님, 소자는 다만……."

"시끄럽다!"

장내의 상황을 훑어보고 한눈에 사정을 알아챈 상관기가 동평우에게 포권하고 고개를 숙였다.

"아들놈의 무례함을 이렇게 대신 사과하겠소이다. 동 형께서 철없는 것의 잘못을 너그러이 용서해 주시기 바라오."

"허허, 보주께서 이렇게까지 하실 일이 아니오. 감당할 수 없소이다."

동평우가 옆으로 물러서서 상관기의 예를 피하며 쓴웃음을 흘렸다.

"감사하오."

다시 한 번 포권한 상관기가 팔검을 매섭게 쏘아보고 꾸짖었다.

"너는 옥룡팔검의 한 사람으로서 아직 무공도 알지 못하는 소년을 상대한 거냐?"

"보주님, 달게 벌을 받겠습니다."

팔검이 하얗게 질린 얼굴로 털썩 무릎을 꿇었다. 상관기가 더욱 엄하게 꾸짖었다.

"세상 사람들이 이 일을 알면 뭐라고 하겠느냐? 금검보에는 정의가 없다고 할 것이다! 강호의 고수라는 자가 이런 짓을 하다니! 부끄럽지도 않더란 말이냐?"

"아버님, 그건 저 괘씸한 녀석이 자초한……."

"시끄럽다고 했다!"

수모를 당하다 213

상관청이 나서서 팔검을 위해 변명하려고 하자 다시 꾸짖은 상관기가 탄식하더니 정자 위의 소녀에게 포권하고 사과의 말을 했다.

"소궁주 앞에서 자식놈과 수하가 이처럼 부끄러운 꼴을 보였으니 노부가 대신 사과하겠소."

그녀의 얼굴은 여전히 싸늘하고 무표정했다. 얼음장 같은 얼굴을 가볍게 한 번 끄덕이고는 말없이 돌아선다.

입맛을 다신 상관기가 아들과 팔검에게 근엄하게 말했다.

"지금은 소궁주를 무사히 모셔야 하는 임무가 무엇보다 중요하니 오늘의 일은 차후에 벌하도록 하겠다! 다들 물러가 더욱 경계를 엄중히 해라!"

그의 등장으로 시끄러웠던 사태가 가까스로 수습되었다.

소걸도 분한 숨을 씩씩거리며 다루로 물러날 수밖에 없었다.

"염치없는 늙은이 같으니라구. 나에게는 끝내 사과의 말 한마디 하지 않았겠다? 흥! 너도 어디 두고 보자!"

주방으로 돌아온 소걸이 피범벅이 된 주먹을 움켜쥐고 이를 갈았다.

상관기가 자기를 한 번 바라보고 혀를 찼을 뿐 이내 외면했다는 것에도 분한 마음이 들어서였다.

그건 자기를 무시하는 것이고, 책망하는 것이기도 했다.

"흥! 그 높으신 눈에는 내가 개새끼만도 못해 보인다 이거지? 두고 봐! 흥!"

새벽이 멀리서 다가올 무렵이다.

교대하고 돌아와 잠시 눈을 붙이려 누웠지만 잠이 오지 않았다. 뒤척거리던 팔검이 벌떡 일어나 앉았다.

소걸이 욕하고 저주하던 모습이 떠오른다. 끔찍하면서도 분한 생각이 떠나지 않았다.

어차피 벌을 면치 못하게 된 바에야 그놈을 단번에 때려죽여 버릴 걸 그랬다는 후회마저 들었다.

"잊어버려. 재수가 없었다고 생각해라."

칠검이 반은 잠꼬대를 하듯 웅얼거렸다. 그를 흘겨본 팔검이 침상에서 내려왔다.

"어딜 가려고?"

"뒷간에 다녀오겠소."

코 고는 소리만 들려올 뿐 더 말이 없다.

밖에 나오자 찬바람이 머리를 선뜻하게 했다. 하루 중 가장 어둠이 깊을 때다.

그가 측간을 찾아 볼일을 보고 허리춤을 여미며 나왔을 때였다.

"시원하냐?"

칠흑 같은 어둠 속에서 음침한 음성이 그렇게 속삭였다.

"헛!"

깜짝 놀란 팔검이 급히 숨을 들이켰다. 짙은 어둠 한 조각이 그의 얼굴을 덮어왔던 것이다. 유수보를 밟아 비키며 운룡팔장으로 물리쳐야 한다고 생각했지만 몸이 따르지 않았다.

마치 올무에 걸린 듯 옴짝달싹할 수 없는 커다란 힘. 공포와 절망을 휘몰아온 그것은 악마의 입김이었다. 그것이 팔검의 미간 속으로 스며들었다.

"으흐흐흐흐—"

아뜩해지는 팔검의 귓속에 저승사자의 속삭임 같은 웃음소리가 저 멀리에서인 듯 까마득하게 들려왔다. 그리고 곧 의식이 사라져 버렸다.

3

소걸은 분해서 이를 갈다가 깜빡 잠이 들었다.

주방 곁에 있는 작은 골방이 그의 침실이었는데, 미처 방으로 들어가지도 못하고 아궁이 곁에 처량하게 쪼그리고 앉은 채 잠이 들었던 것이다.

누군가가 소리없이 다가와 가만히 어깨를 흔든다.

"일어나. 보여줄 게 있다."

"으음······."

소걸이 귀찮다는 듯 헛손질을 하며 뒤챘다. 그러자 이번에는 뺨을 찰싹 때린다.

"아, 누구? 흡!"

왜타자 강명명이 소리치려는 소걸의 입을 틀어막았다.

"보여줄 게 있다니까."

소걸이 눈으로 묻는다.

"조용히 해라. 다른 사람들이 알면 곤란하거든."

머리를 끄덕이자 왜타자가 비로소 입을 막고 있던 손을 치우고 씩 웃었다.

그가 소걸을 번쩍 안아 들더니 땅을 박찼다.

싯 하는 소리가 들린 순간 그의 몸이 어둠 속으로 사라져 버렸다. 옷자락 펄럭이는 소리 하나 나지 않는 은밀한 신법이다.

난쟁이나 다름없는 왜타자가 저보다 큰 소걸을 안고 뒤뚱거리며 달리는 모습을 누가 보았다면 배꼽을 쥐고 웃었을 것이다. 그러나 이 어둠 속에서 그의 재빠른 움직임을 눈치챌 자는 아무도 없었다.

 신법이 불안한 것 같았지만 바람처럼 가볍고 거침이 없다. 광풍수타(狂風輪駝)라는 왜타자만의 절정 경공 신법인 것이다.

 왜타자는 잠깐 사이에 불선다루에서 십여 리나 떨어진 황토 언덕 아래의 골짜기까지 달려왔다. 제 몸집보다 크고 무거운 소걸을 안고 있음에도 불구하고 숨소리 하나 거칠어지지 않았다.

 "소형제, 기다리고 있었네."

 어둠 속에서 음침한 음성이 중얼거리듯 말했다. 소걸의 등줄기에 소름이 좌악 돋았다. 그는 이처럼 듣는 것만으로도 사람의 오금을 저리게 하는 음성은 처음이었다.

 '마귀?'

 그런 의심이 더럭 들었다. 그렇지 않고서야 어찌 사람의 입에서 저와 같이 음산하고 귀기 서린 음성이 흘러나올 수 있을 것인가.

 팟 하고 화섭자에서 푸른 불꽃이 맹렬하게 타올랐다.

 소량의 화약과 유황, 염초 등을 고운 황토와 함께 버무려 흑유(黑油)에 재서 진흙통 속에 채워 넣은 다음 밖으로 심지를 꺼내놓은 것이다.

 갈 지(之) 자로 구부려서 박아놓은 심지를 세게 잡아당기면 통 속에 달린 부싯돌과의 마찰로 열이 생기고, 그것이 화약에 점화되어 가벼운 폭발을 일으킨다. 그러면 불길이 유황과 염초에 옮겨 붙으면서 기름을 태우니 일 다경쯤은 주위를 밝혀준다.

 "아니, 당신은?"

 소걸이 깜짝 놀라 가리키는 곳에 서천금편 추괴성이 무표정한 얼굴로 서 있었다.

'진짜 마귀인가 보다.'

더럭 그런 의심이 들었다.

할머니와 할아버지 앞에서는 수줍음 많은 색시처럼 고개도 제대로 들지 못하고, 말도 조용조용하게 하던 그다. 그래서 소걸은 그가 불선다루에 찾아온 마귀들의 우두머리라는 걸 믿지 않았다.

그런데 이처럼 어둠 속에서 칙칙한 눈을 번뜩이며 스산하고 냉막한 얼굴을 한 채 서 있는 그를 보자 살이 떨려올 만큼 두렵고 무서웠다. 별의별 생각이 다 든다.

할머니에게 당한 걸 복수하려고?

"저, 저를 어쩌려고 납치해 왔나요?"

소걸이 턱을 덜덜 떨며 간신히 말했다. 추괴성의 냉막 무심하던 얼굴에 한줄기 싸늘한 미소가 떠올랐다.

"무언가 오해를 했군."

그리고 왜타자를 바라보는데 눈길에서 살기가 번뜩였다.

"왜타자, 너는 소형제에게 말해주지 않았단 말이냐?"

왜타자가 잔뜩 주눅이 들어서 눈을 깔고 겨우 말했다.

"곧 날이 밝을 터라 자세히 설명해 줄 시간이 없었습죠."

"음, 하긴 그렇군."

머리를 끄덕인 추괴성이 허공에 대고 말했다.

"가져와라."

그러자 어둠 속에서 한 사람이 유령처럼 갑자기 나타났다. 소걸이 다시 깜짝 놀라 어깨를 떨었다.

"놀라지 마. 흐흐, 나란 말이다."

"어? 당신은 팔비충?"

"그렇지. 여덟 개의 손이 달린 벌레가 바로 나다. 흐흐흐."

음충맞은 웃음을 흘리며 다가온 자는 팔비충 천종이었다. 그가 등 뒤에 감추고 있던 것을 불쑥 소걸 앞에 내밀었다. 그것을 본 소걸이 기겁을 하고 뒷걸음질쳤다.

"으악! 이, 이게 뭐야?"

"흐흐흐, 너를 괴롭힌 놈이지. 어때, 마음에 드느냐?"

"으으으—"

처음 보는 끔찍한 모습에 소걸은 눈을 찢어질 듯 부릅뜨고 턱을 덜덜 떨기만 할 뿐 말을 할 수 없었다.

그것은 팔검의 수급이었다. 잘린 지 얼마 되지 않는 듯 아직 피가 굳지 않아서 뚝뚝 떨어지고 있다.

팔비충 천종이 그것을 들어 보였다. 놀람과 두려움으로 부릅뜬 눈이 허공에 대롱대롱 매달려서 소걸을 바라본다.

"으악! 저, 저리 치워요!"

소걸이 한 손으로는 제 눈을 가리고 다른 손을 마구 내저었다.

"왜? 네가 좋아할 줄 알았는데? 목을 잘라 버릴 거라고 소리치지 않았느냐?"

서천금편 추괴성이 머리를 갸웃거리며 말했고, 왜타자 강명명과 팔비충 천종 역시 알 수 없다는 얼굴로 소걸을 물끄러미 바라보았다.

소걸은 제가 분명히 그렇게 말했다는 걸 잘 기억하고 있었다. 하지만 진짜로 그의 목이 잘릴 줄은 몰랐다. 게다가 이렇게 피를 뚝뚝 떨어뜨리며 눈앞에 불쑥 들이밀어지자 통쾌함보다는 두려움이, 징그럽고 끔찍하다는 공포가 앞섰다.

수모를 당하다

"우리는 너를 위해서 했다. 그런데 기뻐하지 않다니, 조금은 서운하구나."

"추, 추 노인! 당신이 했나요?"

"흐흐흐, 노부가 어찌 이런 쥐새끼에게 손을 쓸 수 있겠느냐? 팔비충이 했지."

"호호, 추 대형의 명을 받은 거니 추 대형께서 너를 위해 복수해 주신 거나 마찬가지야. 그러니 그에게 고맙다고 해라."

그들은 이 꼬마가 감격하여 눈물이라도 흘릴 것이라고 믿었다. 하지만 소걸은 죽은 쥐를 밟은 것처럼 놀라고 징그러워할 뿐이다.

"으으… 고, 고마워요. 하지만 내가 원한 건 이런 게 아니었어요."

"아니었다고? 어째서?"

천종과 왜타자 강명명이 동시에 물었다. 이해할 수 없다는 얼굴들이다.

그들은 사람 목숨을 파리 목숨처럼 여기고, 이와 같은 짓에 익숙해져 있는 대마두들이다. 그들의 생각대로라면 소걸은 통쾌하게 웃으면서 기뻐하고 복수해 준 것을 감사해야 옳았다.

그러면 그에게 잘 보일 수 있고, 염 파파와 당 노인도 기뻐할 테니 어쩌면 풀려날 수 있을지도 모른다는 게 그들의 속셈이었다. 그런데 소걸이 생각처럼 기뻐해 주지 않는 것 같아 서운하고, 낙심했다.

"어서 저리 치워요!"

"쳇, 괜한 짓을 한 모양이군."

낙심한 팔비충 천종이 시무룩해져서 혀를 차고 머리통을 저 멀리 던져 버렸다.

"몸, 몸뚱이는 어쨌어요? 날이 밝으면 그들이 난리법석을 떨 텐데 혹시 들키기라도 하면 어쩌려고 그래요?"

추괴성이 흐흐 웃고 대답했다.

"걱정하지 마라. 지금쯤은 한 줌 혈수로 녹아서 흔적도 없이 사라졌을 테니까."

"예?"

"막 형한테서 부골산(腐骨散)을 조금 얻었지."

"부골산?"

"시체를 녹여 버리는 무서운 독물이란다. 흔적조차 찾을 수 없게 돼."

"지독하군요."

"흐흐, 너의 적은 곧 우리의 적이다. 우리는 모두 너의 보호자가 되기로 했어. 그러니 네 할머니와 할아버지에게 잘 말해줘야 한다."

"알았어요. 하지만 다시는 이런 짓을 하지 마세요."

"네가 복수하겠다고 했잖아."

"내 손으로 해야 그게 진짜 복수지, 이런 건 비열한 짓이잖아요."

소걸의 의지가 단호해 보인다. 그것을 물끄러미 바라보던 서천금편 추괴성이 턱수염을 쓸며 흐흐 하고 웃었다. 음침한 눈 깊은 곳에 흡족해하는 기쁜 기색이 어른거렸다.

"음, 너는 과연 통이 큰 대장부로군. 좋다. 그러면 틈틈이 너에게 나의 마공을 전수해 주마. 그러면 팔검 같은 놈쯤은 개미 한 마리를 눌러 버리듯 쉽게 죽여 버릴 수 있을 거야."

【第十章】

모두를 두렵게 하는 자

1

추괴성이 호의를 베푼다는 듯 소걸에게 한껏 생색을 내자 팔비충 천종과 왜타자 강명명도 질세라 끼어들었다.
"내가 왜 팔비충이라는 흉한 이름으로 불리는지 아니?"
"그게 궁금했어요."
"흐흐, 손이 그만큼 빠르기 때문이다. 나의 비검과 암기술을 배운다면 옥룡팔검이라는 애송이들의 머리통은 한꺼번에 날려 버릴 수 있게 된다."
"그래요?"
"잘 봐라."
그가 불쑥 허공을 찌르듯 한 손을 휘둘렀다.
싯—
가벼운 파공성과 함께 무엇인가 흰 빛이 번쩍이더니 쏜살처럼 어둠을 뚫고 사라졌다. 그리고 곧 삐리리리 하는 휘파람 소리를 내며 돌아와 착 하고 천종의 손 안으로 빨려 들어가는 것 아닌가.

언제 던졌는지 미처 알아볼 새도 없었다.

팔비충이 내밀어 보이는 손 안에 손바닥보다 작은 물건이 놓여 있었다. 초승달처럼 생긴 날카로운 투병(投兵)이다. 륜(輪)과 곡도(曲刀)의 중간 형태로 한 번도 본 적이 없는 특이한 물건이었다.

날이 새파랗게 살아 있는 것이 바윗덩이라고 해도 무른 흙처럼 썽둥썽둥 잘라 버릴 것만 같았다.

그것에 손가락을 넣을 수 있는 세 개의 구멍이 뚫려 있어서 던지는 수법에 따라 허공을 날 때 날카로운 휘파람 소리가 나기도 하고 안 나기도 하는 조화가 생기는 것이다.

휘파람 소리가 나면 상대의 정신을 혼란하게 하고, 나지 않으면 소리없는 암습에 제격인 기병(奇兵)이 된다.

"아!"

소걸이 탄성을 터뜨렸다. 그것의 귀여운 모습과 놀라운 솜씨에 대한 감탄이다.

천종이 우쭐대며 말했다.

"비월(飛月)이라는 것이다. 오래전부터 마도십병(魔道十兵) 중 하나로 꼽힌 보물이지."

십병 중 가장 꼴찌에 있는 것이라 순위는 말하지 않았다. 하지만 그것만으로도 강호인 모두가 군침을 흘리기에 충분한 보물 중의 보물이었다.

그러나 소걸이 그런 걸 알 리가 없으니 십병을 거론한 효과도 없다. 그래서 천종은 그가 이해하기 쉽게 설명을 덧붙였다.

"이십 장 안에 있는 것은 무엇이든 자르고 쪼개 버린다. 사람의 목 쯤이야 일도 아니야. 흐흐흐."

"오호, 그거 정말 앙증맞고 예쁘게 생긴 장난감이로군요?"

장난감이라는 말에 천종의 얼굴이 벌레 씹은 것처럼 일그러졌다. 하지만 참고 넘어간다.

"한 쌍의 비월과 스무 자루의 비표(飛鏢), 그리고 다른 무시무시한 암기들도 여럿 있지. 이걸 한꺼번에 쳐내면 막을 자가 있겠어?"

"과연 그렇겠군요. 흐음—"

소걸이 비로소 호기심으로 눈을 반짝이며 솔깃해하자 왜타자 강명명이 급히 팔비충을 가로막고 나섰다. 잘못하다가는 소걸을 그에게 빼앗기겠다는 위기감을 느낀 것이다.

그가 제 가슴을 통통 두드리며 거만을 떨고 말했다.

"팔비충 천종의 솜씨가 뛰어나기는 하지만 나의 주먹과 발도 무시무시하지. 특히 내 봉법은 정말 무서운 것이야. 손오공과도 싸울 만하다. 복잡한 비검술이며 암기술 대신 그것만 배워도 충분해."

"강 형, 내가 먼저 말했는데 너무하잖소?"

"홍, 먼저 말했다고 대순가? 여기 이 영리하고 대범하며, 인정까지 두둑한 소형제가 결정하기 나름이지."

왜타자 강명명이 흉측하기 짝이 없는 제 몰골과는 전혀 어울리지 않게 아첨의 말까지 곁들이며 입에서 침을 튀겨댔다.

"강 형, 정말 그럴 거요?"

"어디서 눈을 부라리고 그래? 강호의 밥을 먹었어도 내가 너보다 몇 년은 더 먹었다. 선배 대접은 못할망정 눈을 부라리다니?"

"뭐요? 정말 한번 해보겠소?"

"누가 무서워할 줄 아니? 세상 사람들이 팔비충 천종이라면 벌벌 떨어도 나 왜타자가 보기에는 아무것도 아니야."

"이, 이런 망할 난쟁이 같으니!"

"뭐? 난쟁이? 이 말대가리가 정말 되지고 싶어졌구나!"

"뭐야? 말대가리? 이 씨앙!"

왜타자 강명명과 팔비충 천종이 죽기 살기로 싸울 것처럼 으르렁거렸다. 서로가 가장 듣기 싫어하는 욕을 했으니 무사히 넘어갈 리가 없다.

위기의 순간 소걸이 두 팔을 흔들며 그들 사이에 끼어들었다.

"아, 아, 이러지들 말아요. 할머니께서 아시면 그 즉시 두 분의 목이 이렇게 될걸요?"

손으로 목을 긋는 시늉을 했다. 그 말에 팔비충과 왜타자가 그 즉시 물러섰다. 한껏 두려워하는 얼굴이 되어서 언제 싸웠느냐는 듯 헤헤 웃기까지 한다.

소걸이 점잖게 타일렀다.

"내가 바쁜 몸이긴 하지만 틈틈이 시간을 내볼게요. 그러니 사이좋게 한 번씩 돌아가면서 가르쳐 주면 되잖겠어요?"

"그렇지! 역시 총명하기 짝이 없는 소년이야!"

"기재야, 기재! 천고의 기재라니까!"

팔비충과 왜타자가 동시에 엄지손가락을 치켜세우며 시끄럽게 떠들어댔다. 그 꼴들을 물끄러미 바라보고 있던 추괴성이 헛기침을 했다.

"커흠! 내가 먼저다. 너희들은 그 다음이야."

그 말에 팔비충과 왜타자의 얼굴이 즉시 시무룩해졌다. 하지만 감히 이의를 제기하지는 못한다.

그렇게 어이없는 다툼을 하는 사이에 새벽이 어느덧 희뿌옇게 밝아 왔다.

　　　　　　＊　　　　＊　　　　＊

"이놈이 감히 야반도주를 해!"
아침부터 후원 객사가 떠들썩해졌다.
금검보주 상관기가 화가 잔뜩 나서 길길이 날뛰며 야단을 치고, 팔검이라는 자들은 고양이 앞의 쥐처럼 잔뜩 겁을 집어먹고 웅크렸다.
"샅샅이 뒤져 보고 찾아본 게냐?"
"예, 주위 십 리 안을 이 잡듯 뒤졌지만 종적이 없습니다."
"괘씸한 놈! 감히 제가 몸담고 있는 보를 배신하고 내 얼굴에 먹칠을 하다니! 으드득!"
아침 점고를 하는데 팔검이 보이지 않았다. 새벽 무렵에 측간에 간다고 나갔다는데 돌아오지 않은 것이다. 소지품을 고스란히 남겨두고 몸만 사라진 것을 보니 어지간히 급했던 모양이다.
사람들을 모두 풀어서 팔검의 행방을 찾느라고 아침 일찍 출발하려던 일정이 어긋났다. 그것도 상관기를 화나게 하는 이유가 되었다.
결국 팔검은 보주가 벌을 내리겠다는 말에 겁을 집어먹고 야반도주한 걸로 결론이 났다.
야반도주라니? 백도의 신흥 세가로 강호에 무시할 수 없는 영향력을 행사하는 금검보에서 그와 같은 배신자가 생겼다는 게 상관기를 미칠 것처럼 화나게 했다.
이 일이 강호에 알려진다면 금검보는 한동안 웃음거리가 될 것이다.

"상관청!"

"합!"

"즉시 보에 비합전서구를 날려라! 지금 이 시간부터 팔검은 금검보의 배신자다! 추살대를 보내 끝까지 찾아서 그 목을 가져오라고 해!"

"존명!"

상관청이 즉시 다루 밖으로 달려나갔다. 하지만 추살대가 평생 강호를 뒤져도 팔검을 찾을 수는 없을 것이다.

그것을 잘 알고 있는 몇 사람이 있었다. 저 구석에 옹기종기 모여 서서 구경하고 있는 추괴성이며 천종, 강명명 등이다. 그들은 터져 나오려는 웃음을 애써 참고 있는 중이었다. 그 앞에 소걸도 있다.

그의 안색은 별로 좋지 못했다. 새벽녘에 본 팔검의 잘려진 머리통이 자꾸만 눈앞에 어른거려서이다.

'말해줄까?'

그런 생각도 든다.

'아니야. 그랬다가는 당장 대판 싸움이 벌어질 텐데 곤란하지.'

만약 그들이 서로 병장기를 휘두르며 싸운다면 기어이 할머니의 화가 폭발하고 말 것이다. 그러면 아무도 살아서 이곳을 나가지 못하게 된다.

소걸이 말하지 않아도 비밀은 아니었다. 불선다루에서 염 파파와 당 노인의 이목을 속일 자는 아무도 없다.

"저것들이 아침부터 왜 저리 소란이야?"

이층의 음침한 어둠 속에서 염 파파가 불쾌하다는 듯 말했다. 당 노인이 빙긋 웃었다.

"잘 알면서 새삼 뭘 그래?"

"하여튼 그 마졸 놈들이 문제라니까. 어딜 가든지 꼭 말썽을 일으켜. 괜히 살려줬나 봐."

"흐흐, 그러는 당신도 한때는 강호의 골칫덩이였어. 벌써 잊은 거요?"

"이 망할 놈의 영감탱이가?"

"나한테 화낼 일이 아니잖소. 말만 하구려. 나가서 저것들을 죄다 한 줌 혈수로 만들어 버리고 올 테니까."

"흥! 그만둬. 그랬다간 흑도니 백도니 하는 강호의 다툼에 휩쓸려 들어갈 텐데, 이 나이에 내가 그런 꼴을 봐야겠어?"

"하긴, 당신이나 나나 새파랗게 어린것들이 치고받는 싸움에 끼어들 나이가 아니긴 하지."

"쳇, 싸움은 무슨, 귀엽지도 않은 재롱이지."

"흐흐흐, 아무튼 세월이 산천을 변하게 하고 사람을 바꾸어놓는다더니 그 말이 확실히 맞아. 당신이 이처럼 참을성 많고 인자한 노파로 바뀔 줄 그 누가 상상인들 했겠어?"

"당 노괴, 아직도 육십 년 전의 내 한은 풀리지 않았어. 언제든지 노괴, 당신의 목숨은 내 것이라는 걸 명심해."

"에휴, 그 또한 나의 업보이고 내 잘못 때문이니 할 수 없는 일이지. 지금이라도 원한다면 기꺼이 내 손으로 내 목을 잘라 당신에게 바치리다."

"흥!"

염 파파가 매섭게 코웃음을 치고 외면했다. 그녀를 물끄러미 바라보던 당 노인의 노안에 눈물이 비쳤다.

'장 형, 정말 미안하구려. 비록 당신의 뜻이었다고는 해도 나는 정말 몹쓸 짓을 한 거야. 장 형은 이미 나를 용서했는데, 염 매는 아직도 그 때의 원한을 잊지 않고 있구려.'

당 노인이 간절한 심정이 되어서 기도하듯 마음속으로 중얼거렸다. 육십 년 전 홍염마녀 염빙화의 가슴에 지울 수 없는 상처를 심어주고 세상을 떠난 백도의 영웅 풍운대협(風雲大俠) 장풍한(張風閒)에 대한 회한의 감정이 밀려들어 그를 처연하게 했다.

'구천에서라도 장 형이 제발 신통력을 발휘해서 염 매의 마음을 풀어주구려. 그러면 그 은혜는 죽어도 잊지 않으리다.'

당 노인이 애절한 눈길을 음침한 어둠 속에 던졌다. 그의 간절한 마음이 저승에까지 닿은 것일까. 어두운 허공에 장풍한의 호방하고 잘생긴 얼굴이 비쳤다.

그가 빙긋 웃으며 말했다.

'당 형제, 그 나이가 되어서도 염 매에 대한 사모의 정이 조금도 식지 않았군. 하하, 나는 처음부터 당 노제가 다정다감한 사람이라는 걸 알아봤지.'

'장 형, 나는 장 형과 형제지정을 맺은 걸 후회한다오.'

'이 사람, 나는 자네를 아우로 받아들이고 얼마나 기뻤는지 모르는데 그런 서운한 말을 하다니?'

'장 형은 몰라서 그러오. 형 때문에 내 가슴에는 평생 동안 실연의 고통이 깊어갔고, 염 매는 또 저렇게 늘 상심해서 살고 있지 않소?'

'염 매의 고집이 저렇게 대단할 줄 미처 몰랐으니 그건 내 실수야.'

'그렇기도 하지만 만약 내가 형을 만나지 않았더라면 염 매를 알지 못했겠지. 그랬으면 우리 모두 이처럼 고통 속에서 살지 않았을

것이오.'

'당 노제, 지난 일을 자꾸 더듬어 생각해 봐야 달라지는 건 아무것도 없어. 그러니 다 잊고 지금처럼만 하게.'

'장 형, 나는 지난 육십 년 동안 그녀에게 정성을 다했소. 하지만……'

'그녀의 마음속에는 이미 자네에 대한 원한 따위는 없어. 내가 장담하지. 다만 그 고약한 자존심 때문에 제 마음을 내색하지 않을 뿐이라네. 하하하!'

'장 형! 장 형!'

당 노인이 잠꼬대를 하듯 알아듣기 힘든 말을 웅얼거리며 손을 뻗어 허공을 휘저었다.

"하여튼 저놈의 영감탱이는 갈수록 주책만 는단 말이야? 아니, 그래, 이런 상황에서 잠이 와?"

그것을 본 염 파파가 한껏 눈을 흘기며 핀잔을 주었다.

2

"다시 보자."

섬서 동가장의 셋째 대막신조 동평우가 소걸의 손을 잡고 아쉬운 얼굴을 했다.

"몸조심하세요."

의미심장한 말이다. 하지만 동 노인은 소걸이 걱정해 주는 인사말로 들을 뿐이다. 그가 빙긋 웃고 소걸의 머리를 쓰다듬어 주었다.

"너도 조심하여라. 어젯밤처럼 네 몸을 함부로 던지지 말고. 어제는 운이 좋았지만 또 그럴 것이라고는 기대하지 말아야 해."

"쳇, 걱정 붙들어 매세요. 다음에 다시 만났을 때는 어제의 그 소걸이 이 소걸이 아닐걸요?"

"허허허, 기연이라도 예약해 놓은 놈처럼 말하는구나. 어쨌든 기대해 보마."

동 노인이 껄껄 웃으며 떠났다.

이제는 칠검이 된 옥룡검대의 호위를 받으며 네 필의 말이 끄는 화려하고 우아한 마차도 떠났다.

장터처럼 북적거리던 불선다루에 갑자기 깊고 깊은 적막이 밀려들었다.

휘이잉—

그 적막을 더욱 무겁게 가라앉히는 바람이 분다.

누런 흙먼지가 안개처럼 피어올라 하늘과 땅의 경계를 지워가기 시작했다.

오늘 하루도 바람과 먼지의 세상이 될 것이다.

황량함으로 날마다 더 황량해지고, 적막함으로 날마다 더 적막해지며, 바람이 날마다 바람을 불러오는 황망계의 누런 골짜기에 흙먼지가 쌓이고 사라진다.

죽립을 눌러쓰고 옷깃을 단단히 여민 것도 모자라 얼굴마저 가린 광명천의 고수들이 그 흙바람 속을 나아가고 있었다.

커다랗고 누런 구렁이의 등 위를 구불텅거리며 기어가고 있는 작은 구렁이 같은 행렬이다.

그 행렬 속에서 무적패검 상관기는 자꾸만 뒤를 돌아보았다.

누런 흙바람 속에 파묻혀 이미 멀어진 불선다루가 보일 리 없다. 그래도 그곳에 미련 한 자락을 두고 있는 건 마음의 분함이 다 풀리지 않아서이리라.

"정말 이상한 곳이야. 마치 요괴들의 소굴 같다."

그의 중얼거림을 들은 동 노인이 다가와 물었다.

"뭐가 말이오?"

"우리가 어젯밤 묵었던 다루 말이외다. 생각할수록 이상하구려."

"하하, 나도 처음에는 그렇게 생각했지. 그래서 자세히 살펴보기도 했지만 뭐, 별거 아니었소이다."

"아니오. 확실히 이상해. 정상적인 곳은 아니야. 내 느낌은 틀림없다오."

"하긴, 안주인이야 그렇다 쳐도 바깥주인마저 끝내 나와보지 않았으니 좀 이상하긴 했지."

동 노인이 논점을 흐리려는 듯 엉뚱한 방향으로 말꼬리를 이끌어갔다. 그리고 상관기가 따라온다.

"안주인도 있소?"

"나이 많은 노파가 있다오. 바깥주인도 나이 많은 노인이지. 아, 상관 형은 보지 못했구려?"

"그러고 보니 다루에 들어서서 떠날 때까지 주인의 얼굴 한 번 보지 못했군. 그것도 이상해."

"좀 괴팍한 사람들이라 그렇다오. 하긴, 이처럼 황량하고 외진 곳에 뚝 떨어져서 오래 살다 보면 누구라도 그렇게 되겠지. 젠장할 바람 같으니라구."

동 노인이 애꿎은 바람 탓을 했다. 무엇을 생각하는 듯 묵묵히 말고삐를 쥐고 있던 상관기가 다시 머리를 갸웃거렸다.

"그 종업원이라는 자들도 이상해. 정말 이상하단 말이야?"

처음 다루에 들어섰을 때 보았던 세 사람의 모습이 아무래도 마음에 걸렸다. 서천금편 추괴성과 왜타자 강명명, 팔비충 천종을 닮은 종업원들이라니.

세상에는 닮은 사람도 있다. 하지만 한곳에 동시에 그런 사람 셋이 모여 있다는 건 흔한 일이 아니다.

'우연이겠지.'

애써 그렇게 생각했지만 그래도 마음에 꺼림칙한 무엇이 남았다.

그가 알고 있는 그들 세 명은 마두 중의 마두라고 불려도 부족한 대마인들이었다.

일신의 무공이 이미 절정고수를 뛰어넘는 바가 있고, 그 흉포하고 잔인한 성정이 지옥의 야차를 놀라게 할 정도인 것이다.

당장 마교인 암흑천교에 입교해도 장로와 전주, 당주의 직분을 꿰찰 만큼 대단한 자들이다.

'그런데 그 보잘것없는 다루에서 그것도 종업원이라고? 허, 아무래도 내가 미쳤지. 쯧쯧……'

상관기는 제가 헛것을 보았다고 믿으려 애썼다. 아니면 착각을 해도 크게 한 것이라고 믿어야 한다. 그래야 마음이 편해질 것이다.

팔비충 천종이 걸레로 탁자를 닦고, 왜타자 강명명이 주방을 들락거리며 차 심부름이나 할 리가 없지 않은가.

'아니야. 그래도 이상해.'

억지로 눌러놓았던 의혹이 다시 고개를 들었다.

"동 형, 형은 보았소?"

"응? 뭘 말이오?"

"다루를 나왔을 때 말이외다."

"글쎄올시다……."

"다루에서 조금 떨어진 황토 언덕에 십여 개의 굴이 뚫려 있었는데, 굴마다 수상한 인기척이 느껴졌다오."

"하하, 역시 상관 형은 이목이 남다르구려."

"보지 못했단 말이오?"

"벌써 봤지요. 그래서 물어봤다오."

"누구에게?"

"상관 형이 서천금편 추괴성을 닮았다고 하는 그 늙은 종업원에게지요."

"그랬더니?"

상관기가 추괴성이라는 이름만 듣고도 바짝 긴장해서 바라보았다. 동 노인이 빙긋 웃고 말했다.

"인부들이랍디다."

"인부들?"

"불선다루가 너무 낡고 좁아서 곧 대대적으로 보수 공사를 할 건데, 그래서 인부들을 뽑아다 놓은 거라더군요. 머물 곳이 마땅치 않은지라 토굴을 뚫고 거기에 기거한답디다."

"그래요?"

여전히 미심쩍지만 달리 의혹을 해소할 길이 없으니 답답하다.

"나중에 다시 들러봐야겠어. 그래서 확실히 한번 살펴봐야지."

"그러시구려. 하하, 뭐, 그래 봐야 특별한 건 없겠… 아니다. 그곳에는 특별한 게 딱 한 가지 있구나. 하하하!"

"뭐가 말이오?"

상관기가 기대감으로 눈을 반짝였다. 동 노인이 그를 넌지시 바라보며 은근한 음성으로 말했다.

"그 꼬마 녀석 말이외다. 그 녀석이야말로 특별한 존재지."

"어젯밤 팔검에게 대들던 철없는 꼬마 말이오?"

"소걸이라고 하는 녀석인데, 상관 형은 그 녀석의 특별한 점을 알지 못할 거요."

"흥! 저 죽을 줄도 모르는 하룻강아지 같은 녀석에게 무슨 특별한 게 있으려고."

"기재라오."

"기재?"

"그렇소. 그것도 정말 보기 드문 기재지."

"하하, 그만둡시다."

상관기가 손을 내저으며 너털웃음을 터뜨렸다. 그러면서 저만큼 앞쪽 마차 곁에 붙어서 가고 있는 아들 상관청을 지그시 바라본다.

'대막신조 동평우가 그 이름은 대단한데 안목은 형편없는 친구로군.'

그런 비웃음이 절로 났다.

그는 속으로 '기재라면 바로 저 아이, 나의 자랑스런 아들 상관청이 정말 인세에 둘도 없을 기재지'라고 중얼거렸다.

그가 굳이 말하지 않아도 상관청은 누구나가 인정하는 기재였다. 그 수려한 용모와 영리함, 명가의 자손으로서 몸에 배어 있는 품위와 예의범절 등 어느 것 하나 나무랄 데가 없다.

게다가 영특하고, 무공에 타고난 천품이 있어서 어렸을 때부터 세간의 주목을 끌었다.

열두 살 때 가전의 무공을 모두 익히고, 따로 검종(劍宗)으로 불리는 전대의 고인 백화검선(白華劍仙) 무극령(武極嶺)을 사부로 모시고 사사했다.

그 결과, 이미 강호의 모래알처럼 많은 삼세대 영걸 중 가장 뛰어난 존재로 인정받게 되지 않았는가.

후기지수 중에서도 단연 으뜸이니 군계일학이라 하기에 부족하지 않은 청년.

불과 나이 스물에 지나지 않았지만 세상의 누구도 장차 그가 광명천의 천주가 되어 백도를 이끄는 대영웅이 될 것이라고 믿어 의심치 않았다.

그런 아들을 앞에 두고 기껏 불선다루의 악바리 꼬마 녀석을 기재라고 추켜세우는 동평우의 안목에 절로 비웃음이 나왔다.

3

한 달이 흘렀다.

바람이 제멋대로이듯 시간도 그래서 내 마음대로 할 수가 없다. 그리고 사람 역시 그렇지 않던가.

그렇게 보면 사람은 바람 같고 시간 같은 존재인지도 모른다.

바람 같은 그 사람들이 와글바글 모여 있는 곳이라서일까?

황망계에는 언제나 지독한 흙바람이 불어오고 불어갔다.

그 흙바람 속에서 한 사람이 춤을 춘다.

소맷자락이 펄럭일 때마다 송곳 같은 경력이 사방으로 뻗어 나가고, 가볍고 경쾌하게 내딛는 발걸음을 따라 몸이 돈다. 그러면 한줄기 회오리가 일어 더욱 자욱한 흙먼지를 말아 올린다.

내지르는 주먹에 살기가 실리고, 내뻗는 발끝이 독 오른 뱀의 혓바닥처럼 허공을 찔렀다.

춤을 추듯 그렇게 휩쓸고 때리고 찌르다가 훌쩍 뛰기도 하는 한 사람.

자욱한 흙바람도 그의 손과 발이 미치는 범위에서는 주춤거리며 물러났다. 내쉬고 들이마시는 숨결을 따라 부르르 떠는 황토 바람의 두려움이 읽힌다.

쿵—!

힘차게 발을 구르고 주먹으로 손바닥을 때린 걸 끝으로 그의 춤사위가 다했다.

그러자 두려워 떨며 물러났던 흙바람이 왈칵 밀려들어 그의 흰 수염을 깃발처럼 흔들었다.

"다 보았느냐?"

음침하게 가라앉아 있는 눈 깊은 곳에서 한 덩이의 불길이 이글거렸다.

저쪽에서 흙 무더기가 투덜거렸다.

"쳇, 너무 어렵잖아요. 좀 쉽고 간결하면서 확실한, 그런 건 없어요?"

소걸이다.

웅크리고 앉아 있는데 얼굴은 물론 온몸에 흙먼지가 두텁게 덮여 있어서 마치 흙 무더기 한 개가 거기 있는 것처럼 보였다.

"이놈! 벌써 세 번이나 해 보였다."

"쳇, 그렇게 해서야 어디 세 번 아니라 삼백 번을 보여준들 알 수가 있겠어요?"

서천금편 추괴성이 잔뜩 인상을 썼다가 한숨을 쉬었다.

"그래, 어쩌면 처음부터 너무 어려운 걸 보여준 건지도 모르지."
말투에 조금은 실망한 듯한 기색이 깃들어 있다.
그가 소걸에게 보여준 건 묵룡추월장(墨龍推月掌)이라는 것이었다.
모두 팔 장 삼십이 개의 초식으로 되어 있는데, 추괴성이 자랑하는 절세의 장법이다.
그가 엄숙한 얼굴로 말했다.
"닷새 전에 나의 팔쇄권(八碎拳)을 배웠다. 하루 만에 그 투로를 완벽히 익혔으니 과연 놀랄 만했지."
"그건 쉽고 단순했어요. 난 그런 게 좋아요."
"허튼소리!"
추괴성이 노기를 띠고 꾸짖었으므로 소걸은 찔끔해서 입을 다물었다. 그가 한 번 눈을 부릅뜨고 정색을 하자 그 무서움이 칼끝 같았던 것이다.
"팔쇄권은 용맹함이 넘쳐 나고, 도처에 폭급한 위험이 도사려 있는 절세의 권법이다. 내가 처음 그것을 배워 투로에 익숙해지기까지 무려 석 달이 걸렸더니라. 그 다음부터는 쉬지 않고 연마하고 연구했지. 그래서 그 오의를 깨우치고 터득하는 데 다시 삼 년이 걸렸느니라."
"쉽던데……."
소걸이 승복할 수 없다는 듯 볼을 부풀리고 중얼거렸다.
"그런데 너는 단 하루 만에 팔쇄권의 투로를 완벽하게 재현해 냈다. 그것도 나의 시범을 세 번 보고 말이다."
"나는요, 뭐든지 세 번만 보면 그대로 할 수 있거든요? 그런데 이번에 보여주신 묵룡추월장은 너무 복잡하고 아리송한 데가 많아서 힘들어요."

"팔쇄권은 묵룡추월장을 익히기 위한 권법이다. 그 안에 들어 있는 움직임과 뜻이 묵룡추월장과 통하고 있지. 그러니……."

"아, 잠깐만요."

소걸이 툭툭 옷을 털고 비로소 일어났다.

"단지 투로를 기억하기 바란다면 그까짓 거야 세 번 볼 것도 없어요. 보실래요?"

그러더니 대답하기도 전에 춤을 추기 시작했다. 옷자락이 펄럭이고 몸이 원을 그리며 빠르게 돌 때마다 쌓여 있던 흙먼지가 풀풀 날렸.

소걸의 춤사위는 강약과 굴곡, 완급과 조화에 있어서 방금 추괴성이 시연해 보였던 그것과 조금도 다르지 않았다.

호흡과 동작이 어느 곳 하나 어울리지 않는 곳이 없다. 완벽한 재연인 것이다.

그것을 지켜보는 동안 추괴성의 눈이 점점 커졌다. 입도 벌어진다.

"어떻게 된 건가? 이놈은 정말 하늘이 내린 기재란 말인가? 이놈의 머리 속에서는 초식이 절로 새겨지고, 이놈의 몸에서는 그것이 절로 우러난다. 마치 마른 붓이 먹을 빨아들여 그것을 다시 백지 위에 토해내는 듯하지 않은가!"

추괴성의 마지막 말은 어떤 꺼림칙함과 두려움으로 가늘게 떨리기까지 했다.

소걸을 꾸짖으면서도 그는 속으로 '그러면 그렇지' 하고 기뻐했던 것도 사실이다.

자신의 절기 중 하나인 묵룡추월장을 그렇게 쉽게 배워 버린다면 자존심이 상할 것 같았기 때문이다.

하지만 소걸은 입으로만 엄살을 떨었을 뿐 이미 모든 것을 머리 속에 새겨두었고, 그것을 저처럼 완벽하게 토해내고 있었다.

"으음."

추괴성의 얼굴이 심각해졌다. 문득 소걸에게 무공을 가르쳐 주기로 한 일에 대한 두려움이 생겼던 것이다.

'호랑이 새끼를 고양이인 줄 알고 고기를 먹여 키우는 어리석은 촌부가 되는 건 아닌지 모르겠다. 자꾸 커져서 황소만하게 자란다면 그 감당을 어찌할 것인가. 그때는 제 몸뚱이를 먹이로 던져 줘야 하지 않겠는가?'

그런 생각이 들지 않을 수 없다.

소걸을 바라보는 눈이 더욱 음침하고 싸늘하게 가라앉았다. 두려움과 후회, 그리고 살기가 마구 뒤엉켜 일어나 잠깐 동안이나마 그를 갈등하게 한 것이다.

"됐죠?"

"어, 어?"

어느덧 묵룡추월장 삼십이 초식을 모두 마친 소걸이 이마의 땀을 훔치며 빙긋 웃었다.

상념에서 깨어난 추괴성이 당황해서 그를 바라보았다.

"어때요? 똑같이 했나요?"

"그렇다. 완벽해. 그러면서 왜 모르겠다고 엉뚱한 소리를 했던 거지? 나를 놀리려고?"

"쳇, 흉내 내는 건 원숭이도 해요. 내가 고작 원숭이처럼 놀아주기를 바라시나요?"

"응?"

"이건 아주 재미있는 장법인걸요? 마음에 들어요. 저번에 배웠던 팔쇄권은 그냥 그랬는데, 이건 나를 사정없이 빨아들이는군요."

달콤한 사탕에 혓바닥을 댔다가 뗀 아이처럼 아쉬워하고 안타까워한다.

"팔쇄권은 초식과 초식 사이에 분명히 앞과 뒤를 이어주는 확실한 투로가 있어요. 그 맥만 제대로 짚을 줄 알면 앞 초식이 저절로 뒤 초식을 끌어주는 것과 같으니 외우고 말고 할 것도 없이 술술 풀렸지요. 하지만 이건, 이건······."

"이건?"

"바둑과 같아요."

"바둑이라고?"

"고수는 한 판이 끝나면 제가 두었던 수를 그대로 복기하지요. 외워서 그렇게 되는 게 아니라 수순을 따라 하다 보면 저절로 그렇게 되는 거예요."

"그렇구나!"

추괴성이 무릎을 쳤다. 절로 감탄성이 터져 나온다.

"하지만 진짜 고수는 복기를 하지 못해요."

"어째서?"

"이 수를 달리 여기에 두었으면 어떻게 되었을까? 상대가 이러저러한 변화로 대응해 오겠지? 그러면 그때는 또 여기를 이렇게 찌르거나 끊으면 어떻게 변할까?'

"옳거니!"

"새로운 수가 계속 눈에 보이고 새로운 길이 계속 어른거리며, 새로운 변화가 계속 생겨나니 머리 속이 어지러워서 그만 제가 두었던 걸 잊고 마는 거지요."

"으으음."

추괴성이 깊은 탄성을 흘렸다.

그는 소걸이 무엇을 말하고 있는지 너무나 잘 알 수 있었다.

소걸은 단지 투로를 기억하는 데에서 벗어나 그 안의 변화와 그 변화가 낳을 또 다른 변화들을 바라보고 있었던 것이다. 그래서 알 수 없고 어렵다고 투덜댔던 것이다.

"어떻게 이럴 수가 있단 말인가!"

추괴성이 땅을 구르며 탄식했다.

"남들로부터 타고난 무골(武骨)이라는 소리를 들었던 나도 사부님으로부터 이것을 배울 때는 이와 같이 빠르지 못했다. 일 년을 거듭 연마하고 나서야 비로소 이러한 의문에 깊이 빠져서 더 나아가지 못하고 오히려 퇴보하지 않았던가."

그런데 소걸은 세 번 보고 그 경계에 서버렸다. 일 년과 세 번의 그 차이는 무어라 표현할 수가 없다.

뚫어지게 소걸을 노려보던 추괴성이 다시 탄식하고 말했다.

"홍염마녀 염 노선배가 너를 가르치지 않으려 하고, 당문의 기린아 당백아 당 노선배가 너를 가르치기 꺼려하는 이유를 알겠다."

"나도 그게 궁금했어요. 대체 무엇 때문에 그럴까요?"

"두려워하시는 거지."

"두려워하다니요? 저를 말인가요?"

"그렇다. 너로 인해 세상이 어지러워지고 강호가 피에 잠길까 봐 두려워하시는 거다. 마도를 걸었으되 세상의 평안을 바라게 되었으니, 그분들은 이미 마성에서 벗어나 신과 마의 구분이 필요없어지는 경지에 들었다고 해야 하리라."

"그래도 할머니는 무섭고, 할아버지는 살인을 즐겨 해요."
"그분들은 이미 인간의 오성을 초월했다. 우리 같은 범부가 그 속을 알 수가 없지. 아, 나는 언제나 그런 경지를 엿보기나 할 수 있으려는지……."
"추 할아버지도 무서운 마두라고 그러던데요?"
"나도 내 자신이 그런 줄 알았다. 하지만 이곳에 와서 그분들을 보고 지금 이렇게 너를 보고 있으니, 내가 얼마나 평범한 범부였었는지 웃음만 나올 뿐이다. 나는 마두가 아니야. 그저 흉포하고 무도한 자였을 뿐이다."

마두 중의 마두로 꼽히는 서천금편 추괴성은 자기 자신을 마치 골목 안 불량배인 듯 얘기하고 있었다.

잠잠해졌던 흙바람이 갑자기 휘몰아쳐 와 그런 추괴성의 옷자락을 찢어버릴 듯 잡아당겼다. 한참 상념에 잠겨 있던 추괴성이 부르르 몸을 떨고 말했다.

"나도 이제는 더 이상 너에게 무공을 가르쳐 주지 않겠다."

처음에는 단순히 소걸에게 잘 보여야 한다는 핑계로 시작한 일이었다. 하지만 지난 한 달간 그를 가르치면서 그 기적에 가까운 재능에 놀라고 감탄해서 절로 흥이 났다.

그리고 이제는 거기에서 더 나아가 두렵고 무서워졌다.

'내가 담을 수 있는 그릇이 아니다.'

추괴성은 그것을 느꼈다. 그러자 소걸을 아끼고 사랑하는 마음이 절로 우러났다.

몇 달 동안 그와 함께 있으면서 자신도 알지 못하는 사이에 들어버리고 만 정이다.

냉혹하고 무정한 마두 추괴성의 마음 한구석에 어느덧 소걸에 대한 따뜻한 애정이 자라고 있었던 것이다.

봄날 새벽에 내리는 이슬비 같아서 창문 밖이 젖고 있다는 걸 몰랐을 뿐이다.

【第十一章】

우리 강호에나 한번 나가볼까?

1

"밥 안 먹냐?"

"안 먹어요."

"흘흘, 식량도 떨어져 가던 참인데 잘됐구나."

돌아앉은 소걸이 매섭게 흘겨보았지만 당 노인은 아랑곳하지 않고 젓가락을 부지런히 놀릴 뿐이다.

이것저것 접시를 뒤적거리던 염 파파가 기어이 빽 소리쳤다.

"완자탕은 왜 아직도 안 나오는 게야?"

말이 떨어지기가 무섭게 주방에서 앞치마를 두른 팔비충 천종이 땀을 뻘뻘 흘리며 탕 그릇을 받쳐 들고 달려나왔다.

"대령입니다요."

"잉어 튀김은?"

"막 형이 묘강 식으로 해본다고 지금 한창 뼈를 발라내고 있으니 곧 될 겁니다요. 그런데 땔감이 다된지라 불길이 좀 약해서…….”
"그래? 묘강 식이란 말이지? 흐음, 향이 아주 강렬하겠군. 군침이 도는걸? 그럼 조금 더 기다려 볼까?"

염 파파가 힐끔 소걸을 훔쳐보며 그렇게 중얼거렸다. 혼잣말인 듯하지만 실은 소걸이 들으라고 하는 소리였다.

완자탕이며 잉어 튀김은 소걸이 매우 좋아하는 음식이다. 그 말만 들어도 혓바닥에 침이 고이련만, 소걸은 여전히 심통이 잔뜩 난 얼굴로 돌아앉아서 애꿎은 마룻바닥만 차고 있었다.

탁.

젓가락을 내려놓은 당 노인이 염 파파에게 말했다.

"염 매, 저러다가 저놈이 굶어 죽으면 어쩌지?"

"흥! 그런다고 눈 하나 깜짝할 줄 알아? 한 번 안 된다면 하늘이 꺼지고 땅이 무너져도 안 돼!"

"에휴, 당신 고집이나 저놈 고집이나 질기기가 쇠심줄 같으니…….”

"당 노괴, 당신 고집은 보통이고?"

"그러지 말고 좀 가르쳐 주지 그래? 저렇게 밥도 안 먹으면서 졸라대는데 매정도 하구려."

"고작 두 끼 굶었어. 안 죽으니까 내버려 둬. 아, 잉어 튀김, 아직도 먼 게냐!"

"끄응—”

더 이상 대꾸하기 싫다는 듯 염 파파가 밖을 향해 빽 소리쳤다. 당 노인은 된 숨을 내쉬고 참을 수밖에 없었다. 돌아앉아 있는 소걸의 입이 더욱 튀어나왔다.

주방 안에서는 막세풍이 땀을 뻘뻘 흘려가며 요리를 하고 있는 중이었다. 옷자락을 펄럭여서 불길을 일으키고 있던 추괴성의 이마에도 땀방울이 송골송골 맺혔다.

노파의 벼락같은 호통 소리가 들려오자 다들 안색이 싹 변했다.

"이크, 안 되겠다. 막 형, 서둘러야겠소."

"불길이 약하단 말이오. 좀 더 세게 키워보시오. 센 불에 살짝 튀기지 않으면 살점이 풀어져서 씹는 맛이 없어."

"이런, 젠장. 땔감이 다 떨어져 버렸는데 뭘로 불길을 키워? 꺼져 가는 걸 어쩌란 말이오!"

"큰일났군. 염 파파께서 기다리다 지쳐 달려오기라도 하는 날에는… 아, 어떻게 좀 해보구려!"

"알았어! 젠장할! 저리 비켜보시오!"

이마의 땀을 훔친 추괴성이 막세풍을 밀쳐 내더니 두 손으로 기름이 펄펄 끓고 있는 뜨거운 솥을 꽉 움켜쥐었다.

"흐읍!"

호흡을 고르고 내력을 일으키자 삼매진화의 열기가 주방 안을 후끈 달구었다. 금방 무쇠 솥이 벌겋게 달구어지더니 기름이 자글거리며 무섭게 끓는다.

"잘한다! 이제 보니 추 형의 화염마장(火焰魔掌)은 이미 입신지경에 들어 있었구려?"

"말 시키지 말고 어서 튀기기나 하시오! 오래 버티지 못하겠소!"

"제기랄, 이게 다 소결, 저 고약한 꼬마 녀석 때문이야. 왜 갑자기 곡기를 끊겠다고 할머니를 협박해? 애꿎은 우리가 이 무슨 고생이람?"

투덜거리면서도 막세풍은 손이 보이지 않을 만큼 부엌칼을 휘둘러 잉어의 살을 발라내는 한편 튀기고 건져 냈다.

두 손으로 각기 다른 일을 하면서도 한 치의 어긋남도 없이 기계처럼 맞물려 돌아가는 게 신기하다.

"막 형이야말로 독왕곡의 쇄혼도(碎魂刀)와 풍뢰장(風雷掌)이 화신경에 들었군 그래. 게다가 양의신공(兩意神功)까지."

그것을 본 추괴성이 혀를 내둘렀다. 오른손의 칼질은 독왕곡이 자랑하는 절세도법 쇄혼도였고, 그것이 저며낸 고깃점을 기름 솥에 던지고 건져 내는 왼손의 바람 같은 움직임은 풍뢰장이었던 것이다.

"두 분 대형께서 이처럼 재미있게 노시니 제가 끼어들지 않을 수 없군요."

한쪽에서 구경하고 있던 팔비충 천종이 팔을 걷어붙이고 나섰다.

"합!"

기합과 함께 허공을 격하고 두 손을 휘젓자 한줄기 질긴 경력이 뻗어 나와 막 기름 솥에서 건져진 튀긴 고깃점을 빨아들였다.

팔비충 천종은 암기와 비도술의 대가로 꼽히는 마두다. 그의 손끝에서 이루어지는 조화가 신통하기 짝이 없었다. 뜨거운 고깃점들이 새가 된 듯 허공을 훨훨 날더니 둥근 접시 위에 사뿐사뿐 놓이는데, 차곡차곡 정돈한 것처럼 보기 좋았다.

허공을 한 바퀴 휘도는 사이에 열기도 적당히 식어 먹기 좋게 되었다.

세 사람이 그렇게 세상이 깜짝 놀랄 절세의 마공을 발휘하자 금방 튀긴 잉어 요리가 완성되었다. 천종이 그것을 들고 씽하니 달려나갔다.

"나머지 놈들은 뭐 하고 자빠졌대?"

염 파파가 천종이 내려놓은 잉어 튀김을 한 점 집어서 입에 넣고 우물거리더니 불쑥 물었다.

맛이 좋다는 의미다. 다른 트집을 잡지 않았으니 말이다. 천종의 입이 벙긋 벌어졌다.

"밖에 있는 놈들이야 저희들이 알아서 끓여 먹든 삶아 먹든 하고 있겠습지요."

"땔감이 떨어졌다면서? 가서 나무나 해오라고 해. 물도 길어다 항아리마다 가득 채워놓고. 그리고 그 난쟁이 녀석은 심부름 보낸 지가 언제인데 아직도 안 와? 어디서 놀고 자빠졌는 거 아니야?"

"그럴 리가 있겠습니까? 며칠 내로 헐레벌떡거리며 돌아올 테니 조금만 더 기다려 보시지요."

"에잉, 그놈 말고 발 빠른 너를 보낼 걸 그랬나 보다."

"헤헤."

왜타자 강명명은 닷새 전에 염 파파의 분부를 받고 섬서와 호북의 경계에 있는 측망령(仄葬嶺)으로 떠났다.

그가 으스대며 떠나는 걸 본 천종은 잔뜩 골이 났다. 왜타자에 대한 파파의 신임이 더 두터운 것 같아서였다. 하지만 이렇게 후회하는 말을 듣자 마음이 놓였다.

'그럼 그렇지. 파파께서 그 난쟁이 왜타자를 귀여워하실 리가 있어? 역시 인물로 보나 인품으로 보나 내가… 커흠.'

속으로 그렇게 우쭐대느라고 염 파파의 눈매가 찢어지는 걸 알지 못했다.

"안 갈 거냐?"

"예?"

"가서 일 시키라고!"

"아, 예, 예."

깜짝 놀란 천종이 발끝으로 가볍게 마룻장을 찍고 바람처럼 솟구쳤다. 염 파파 앞에서 저의 재빠른 경신술을 뽐내기라도 하는 듯하다.

불선다루 밖의 토굴에는 열 명의 청년 마졸과 아직 경륜이 부족해서 다루에 들지 못한 네 놈의 마두가 득시글거린다. 천종이 전한 염 파파의 한마디에 그들이 일제히 젓가락을 내던지고 미친 듯 튀어나갔다.

그들을 통솔하는 자는 흑불(黑佛)이다. 생긴 것부터 포악해서 중이라기보다는 악귀나찰이라고 해야 어울릴 그 인상이 더욱 흉악해졌다. 검은 승포 자락이 센 바람에 펄럭이니 그 큰 몸집이 마계의 옥장(獄將)처럼 괴기해 보인다. 그가 철선장으로 땅을 쿵 찍고 버럭 소리쳤다.

"하란삼패가 반을 데리고 가서 나무를 한 짐씩 해온다!"

머리 위의 누런 달을 쳐다보더니 다시 말했다.

"저 달이 서쪽 황토 언덕에 걸릴 때까지다. 만약 조금이라도 꾀를 부려서 부실하게 해오는 자가 있다면, 그 즉시 대갈통을 박살 내버릴 테니 알아서들 잘해! 아미타불!"

나무 한 그루 없는 황량한 언덕뿐이다. 숲을 찾으려면 사십 리는 가야 한다. 달이 이미 반쯤 기울어 있으니 남은 시간은 기껏 두어 시진 남짓일 것이다. 오고 가기에도 벅찬 시간 아니냐.

하란삼패가 다섯 놈의 마졸을 찍어내더니 뒤도 돌아보지 않고 몸을 날렸다. 최대한 경공을 발휘해서 가고 와야 나무를 할 시간이 생기는 까닭이다.

흑불이 눈을 부라리고 남은 놈들에게 명령했다.

"너희들은 다들 물통 두 개씩 들고 가서 물을 길어온다! 역시 조금이라도 꾀를 부려서 물을 꽉꽉 채워오지 않는 놈은 이하동문이다! 관세

음보살—"
 우물까지도 가까운 길이 아니다. 후닥닥 흩어진 다섯 명의 청년 마졸이 항아리만한 물통 두 개씩을 찾아 들고 구르듯 황토 언덕 아래로 달려 내려갔다.
 밝은 달밤에 커다란 물통 두 개씩을 든 거뭇거뭇한 그림자들이 땅을 박차며 쏜살처럼 흐른다. 그 광경을 누가 보았다면 귀신이 준동했다며 눈을 까뒤집고 자빠졌을 것이다.
 흑불이 철장을 끌며 어슬렁어슬렁 청년 마졸들의 뒤를 따랐다. 그 혼자서만 맨손이었다.

 먹어보라는 말도 하지 않는 할머니가 그렇게 야속하고 미울 수가 없다.
 입 안에서 잉어 튀김이 아삭아삭하고 씹히는 상쾌한 소리가 정말 듣기 싫다. 하지만 제가 고집을 부리고 먹지 않겠다고 했으니 누굴 탓하겠는가.
 그래서 소걸은 꼬르륵거리는 배를 움켜쥐고 이를 악문 채 눈을 감고, 귀를 막았다. 그래도 그 좋아하는 잉어 튀김의 고소한 냄새는 어쩔 수가 없다.
 당 노인이 쯧쯧 하고 혀를 찼다. 염 파파를 바라보는 눈길이 곱지 않지만 그런 것을 아랑곳할 노파가 아니었다.
 "치우고 차를 가져와라."
 꺼억 하고 트림을 한 파파가 무심하게 말했다. 발딱 일어난 소걸이 아무 소리 없이 주섬주섬 빈 그릇들을 챙겨갔다. 입만 주먹만큼 튀어나왔을 뿐 잘 드셨느냐는 인사의 말도 없다.

2

"염 매, 그러지 말고 가르쳐 줍시다."

"안 된다니까 그러네."

"염 매와 내가 잘 가르친다면 설마 저 녀석이 그 공을 잊겠소?"

"그래도 안 돼."

"염 매의 걱정은 잘 알아. 하지만 고집스럽긴 해도 심성이 바르고 착한 아이오. 바른길을 가르쳐 주면 염 매의 걱정처럼 대마귀가 되어서 세상을 피로 씻기야 하겠소?"

"내 마공이 아직 완성되지 않았어. 당 노괴, 당신도 잘 알잖아. 한번 마성에 사로잡히면 어떻게 되는지 말이야. 과거의 나를 생각해서라도 소걸이 그런 마귀가 되도록 할 수는 없어."

"그러니까 누가 염 매의 그 혈마구유마공을 가르치자고 했어? 저 녀석이 저렇게 졸라대니까 대충 그럴듯한 걸로 하나 가르쳐 주고 절세신공이라고 둘러대면 되잖아."

"그래서 기껏 당 노괴, 당신의 가전 심법을 가르쳐 준 거야?"

"뭐, 그래도 지금쯤은 제법……."

말을 하다가 멈추고 머리를 갸웃거렸다.

"그런데 정말 저 녀석의 내공 증진은 답답할 만큼 느려. 다른 건 죄다 너무 빨리 배우면서 어째서 내공 증진은 그렇게 느린 걸까? 오 년 동안이나 수련을 했으면 지금쯤은 어느 정도 내력의 운용이 되어야 할 텐데 전혀 그렇지 못하니 말이야."

사실 그랬다. 소걸은 당 노인으로부터 당문의 비전 내공 심법을 배워 오 년간이나 수련했다. 그 결과, 얼마 전 염 파파가 알아챘듯이 그의 단전에는 제법 내력이라 할 만한 기운이 뭉쳐 있었다. 그런데 그것을 운용할 줄 모르는 것이다.

땅속에 차곡차곡 보물을 묻어두기만 했지 퍼 쓸 줄 모르는 것과 마찬가지였다.

당 노인이 의심스런 눈으로 염 파파를 바라보았다. 노파가 짐짓 외면하고 딴청을 부렸다. 그게 더욱 의심스럽다.

"말해봐. 저 녀석 몸에 장난을 친 거지?"

"내가 뭘?"

"나를 감쪽같이 속일 수 있는 사람은 세상에서 오직 염 매, 당신뿐이야. 당신이 장난을 쳐놓지 않았다면, 저 녀석이 밥통처럼 쓸모도 없는 초식에만 매달려 있을 리가 없어."

"세상 사람들이 당문의 기린아 당백아가 총명하고 영악하다고 말하지만, 내가 보기에는 어리버리한 멍청이에 불과해. 호호호호—"

노파가 천장을 보며 깔깔거리고 웃었다. 당 노인의 자애롭고 근엄하던 얼굴이 일그러졌다.

"맞군. 왜 그랬지? 대체 무슨 수작을 부려놓은 거야? 무엇 때문에?"

"다 생각이 있어서 그래. 혈마구유마공 중의 폐혈법으로 살짝 혈맥 몇 가닥을 막아뒀어."

"음, 그랬으니 내가 알아채지 못했을 수밖에. 그런데 왜?"

"다 생각이 있어서 그랬다니까 그러네. 자꾸 물을 거야?"

염 파파의 눈매가 매서워졌다. 그럴 때마다 당 노인은 한풀 꺾여서 물러난다.

"그럼 지금은 아무리 내공을 쌓아도 조금도 쓸 수 없겠군. 아깝다,

아까워."

"몇 가지 운기행공법만 가르쳐 주면 제 한 몸을 건강하게 할 수 있을 정도는 돼. 그러니 걱정 붙들어 매고……."

말꼬리를 흐리고 잔뜩 눈살을 찌푸렸다.

"발소리를 들어보니 네 마리 쥐새끼가 돌아오는 모양이군. 흘흘."

사람은 아직 일 리 밖에 있다. 그런데 염 파파와 당 노인은 바람에 실려오는 그들의 기척을 벌써 알아채고 있었다.

천시지청술(天視地聽術)이라는 것인데, 어지간히 익힌 자가 운용하면 십 장 밖의 낙엽 떨어지는 소리를 들을 수 있고, 그믐밤에도 대낮처럼 환히 볼 수 있다고 한다.

하지만 염 파파와 당 노인은 일 리 밖의 가벼운 인기척을 감지할 수 있으니 이미 대성지경을 넘어도 훨씬 뛰어넘은 경지에 올라 있었던 것이다.

과연 잠시 후 말발굽 소리가 요란하게 들리더니 네 사람이 구르듯 다루 안으로 들어왔다.

동창 장안 지부에서 추적과 미행, 감시, 정보 수집 등에 있어서 탁월한 능력을 인정받았던 조장 천수익과 그의 수하 세 명이었다.

다청에 앉아 노닥거리고 있던 추괴성과 천종에게 목례를 보낸 그들이 후닥닥 이층으로 뛰어올라 갔다.

이게 웬 소란인가 싶었던지 주방에서 설거지를 하고 있던 막세풍이 머리를 내밀고 바라보았다.

그는 당 노인과 마찬가지로 요리에 일가견을 갖고 있었다. 독초를 다듬고 온갖 독물들을 끓이고, 삶고, 조리고, 지지는 등 오랫동안 독을 만들어내고 연구하는 일에 몰두하다 보면 절로 요리에도 익숙해지는 모양이었다.

그래서 그는 당 노인의 수제자가 되었다.

물론 주방 일에 한해서지만 그에게는 남다른 꿈이 있었다. 그렇기에 궂은일을 마다하지 않고 매 끼마다 지극 정성으로 열심히 요리를 해서 두 노인을 공양하는 것이다.

'지금은 주방 일을 배우지만 머지않아 당 노신선을 사부로 모시고 그의 독공을 전수받을 수 있을 거야. 흐흐흐, 그러면 세상이 바로 내 것이지.'

이런 속셈이었다. 그러니 그에게 당 노인과 염 파파는 하늘, 그 자체나 다름없을 수밖에.

처음에는 목숨을 구하려고 항복했지만 이제는 진심으로 감복해서 충복도 그런 충복이 없을 만큼 사람이 변해 버렸다.

"다녀왔습니다!"

천수익과 그 수하들이 염 파파 앞에 납작 엎드렸다.

"그새 다 알아왔단 말이냐?"

"몇 군데 돌아다니며 보고 듣고 염탐한 걸로 충분했습니다."

한 가지에서 열 가지를 추리해 내고, 열 개의 소문을 모아 한 개의 완벽한 정보를 얻어내는 게 타고난 그의 재능이었다.

"그래? 신통한 아이로군. 그럼 네가 알아온 것들을 털어놔 봐."

"옙!"

천수익이 당금 강호의 촉박하게 돌아가는 정세에 대해서 줄줄이 보고하기 시작했다.

문파 간의 알력과 세력 구도, 신흥 마교의 등장과 백도연합인 광명천 사이에 무르익고 있는 전운의 동향이며 강호의 인심 등등에 대한 종합적인 보고가 막힘없이 시원시원하게 흘러나왔다.

염 파파와 당 노인이 연신 고개를 끄덕였다. 입가에 흡족해하는 미소마저 걸려 있다. 그럴수록 천수익은 신이 났다. 저의 재능을 인정받고 있는 분위기이기 때문이다.

"황궁에서는 황제파와 환관파 사이에 알력이 더 커지고 깊어졌습니다. 당금의 어린 황제 폐하께서는 언제 어떻게 될지 아무도 알지 못하는 위기에 처했습지요."

"황궁의 일이야 어찌 되든, 황제가 죽든 살든 내 알 바 아니다."

염 파파가 힝 하고 콧방귀를 뀌고 외면했다.

시키지 않은 것까지 알아와서 생색을 낼 셈이었는데, 그만 멋쩍어진 천수익이 다시 다른 일을 보고했다.

"들리는 소문에 파사국의 보물이 중원으로 흘러들어 왔다고 합니다."

"보물?"

당 노인이 관심을 보였다. 염 파파도 이번에는 콧방귀를 뀌지 않는다.

신이 난 천수익이 제 나름대로의 분석까지 곁들여서 다시 장광설을 늘어놓았다.

"아시다시피 파사국은 중원과 서방 세계 사이에 있으면서 물산의 중계지로 막대한 부를 축적해 서역제일의 강국으로 자랐지요. 그런데 십여 년 전에 왕족 한 명이 현 왕조에 반기를 들고 떨어져 나가서 북쪽 일만 리를 차지하고 파사모량국을 세웠습니다. 파사국의 힘이 둘로 쪼개진 거지요."

"먼 남의 나라 얘긴데 그게 뭐 어떻다고 그렇게 열을 내느냐?"

"아, 지금부터가 중요합니다. 그렇게 파사국 내에 난리가 났을 때 그 틈을 타 누군가가 황궁 깊숙한 곳에 감추어져 있던 보물 한 개를 훔쳐낸 모양입니다."

"언제나 그런 쥐새끼들이 있지. 그런데 그게 뭐라더냐?"
"태양신으로부터 받은 그들 고유의 무시무시한 무공이라더군요."
"태양신?"
"파사국에는 태양신을 숭배하고 불을 섬기는 종교가 있습지요. 오래전에 중원에도 숨어들어 와 한바탕 분란을 일으킨 적이 있습니다."
"알아. 명교를 말하는 게로군. 그놈들이 바로 마교의 뿌리지."
당 노인이 부드득 이를 갈고 말했다.
조로아스터교를 말하는 것인데, 광명교라는 이름으로 중원에 정착했었다.
그들 나름대로는 정직하고 바른 신앙이지만 유불선에 깊이 물들어 있는 중원의 풍속과 인습에는 맞지 않아 배척당했다.
게다가 종교의 힘을 등에 업고 득세하려는 조정의 간교한 무리와 파사국의 비전을 훔쳐서 독패강호하려는 야욕을 품은 강호의 마두들이 광명교를 내세워 온갖 사악한 짓을 행했다.
그로 인해 그들은 마교로 낙인찍혀 참혹한 종말을 맞고 사라진 적이 있었다. 수백 년 전의 일이다.
원 말, 명 초에는 일월신교라는 이름으로 부활하기도 했지만 그건 이미 본래의 광명교에서 한참 벗어난 것이라 잠시 득세하는 듯하다가 저절로 사라져 버렸다.
그 광명교의 정통 비전이 중원에 흘러들어 왔다면 보통 일이 아니었다.
당 노인과 염 파파가 긴장된 눈으로 천수익의 입을 뚫어지게 바라보았다.
"이것저것 소문들을 수집해서 짜 맞춰본 결과 사실인 것 같습니다."
"그래? 도대체 어떤 물건인데 그런 거야?"

"여러 가지 소문들이 떠돌고 있는데, 무상광명신공(無上光明神功)이라는 말이 대체적으로 우세합니다."

"무상광명신공?"

염 파파의 눈살이 깊이 찌푸려졌다. 그 이름을 기억하고 있기 때문이다.

어쩌면 현재 강호에서 그 신공을 아는 자는 염 파파 한 명뿐이라고 해도 과언이 아닐 것이다. 그녀가 익힌 혈마구유마공이 바로 일월신교에서 나온 것이기 때문이다.

그것을 수록한 혈마진경 속에 그 뿌리가 바로 광명교의 무상광명신공에 있다고 기술되어 있었다.

즉, 무림의 제일보배이자 제일마경으로 꼽히는 혈마진경은 무상광명신공의 한 부분이었던 것이다.

그것이 후대에 전해지면서 누락된 부분이 더러 생기는 바람에 안타깝게도 완전함을 잃었다. 때문에 십성을 익히면 주화입마에 빠져 마인이 되고 마는 폐해가 생겼던 것이다.

그건 염 파파 혼자서만 알고 있는 비밀이었다. 그런데 천수익의 말이 사실이라면 혈마진경의 원전이라고 할 수 있는 무상광명신공이 세상에 나왔다는 게 된다.

아직은 그것이 소문으로 떠돌기에 망정이지, 정말로 모습을 드러낸다면 강호는 혈마진경이 나타났을 때와 같이 걷잡을 수 없는 피와 죽음의 소용돌이에 빠져들고 말 것이 분명했다.

"슬슬 강호에 나가볼 때가 된 것인가?"

당 노인이 중얼거렸다.

그의 눈치를 보던 천수익이 결정적인 말을 했다. 가장 맛있는 음식은 맨 마지막에 내놓는다는 것과 같은 이치다.

"오는 길에 수상한 소식을 들었는데……."

또 뭐가 남았나 싶어서 두 노인이 눈을 동그랗게 떴다. 천수익이 당 노인의 눈치를 힐끔힐끔 살피며 조심스럽게 말했다.

"만독림이 부활했다고 합니다만……."

"엉? 그 잡놈들이 다시 살아났어? 어떻게?"

"그건 잘 모르겠고, 어쨌든 강호에 나타났다고 합니다. 어쩌면 암흑천교에 다시 들어갈지도 모른다고……."

"그때 내가 인정사정없이 몰살시켜 버렸어야 했는데 차마 그러지 못한 게 후회되는구나."

당 노인이 장탄식을 했다.

"그 만독림의 무리가 사천으로 향하고 있다는군요."

"머시라? 사천?"

당 노인이 깜짝 놀라 버럭 소리쳤다.

"이것들이 육십 년 전의 복수를 한답시고 감히 당문을 넘볼 모양이로구나!"

"예, 소문에도 그럴 거라고 하는 말이 우세했습니다."

"으음, 정말 안 되겠구만."

당 노인이 뽀드득 이를 갈았다. 그 눈길에서 푸른 불길이 화르륵 쏟아져 나오는 것 같아 천수익은 간이 콩알만해지고 말았다.

3

"바깥 세상 구경을 한번 해볼 테냐?"

"예?"

할머니의 말이 너무나 뜻밖이라 소걸은 눈을 휘둥그레 뜨고 입을 딱 벌렸다.

"강호에 나가서 이것저것 보고 겪으면서 경험을 쌓으면 네가 장차 살아가는 데 많은 도움이 될 거야."

"절 버릴 생각이죠?"

"응? 그건 또 무슨 엉뚱한 소리냐?"

"제가 세상 살아갈 일을 걱정해 주시니 하는 말이죠."

"쯧쯧, 철없는 것 같으니. 할미랑 할애비가 언제까지나 네 곁에 붙어 있을 줄 아느냐?"

"……."

소걸은 할 말이 없어지고 말았다.

두 노인에게 의지해서 살아온 날들이 무려 십오 년이다. 한 번도 헤어진다는 걸 생각해 본 적이 없었는데, 갑자기 눈앞에 있는 할머니의 얼굴이 낯설어 보였다.

몇 년 전보다 주름살이 더 많아졌고, 살결도 거북이 등껍질처럼 거칠고 굳어지지 않았는가.

언젠가는 죽음이 갈라놓을 텐데 그것이 내일이 될지 내년이 될지 알 수 없다.

"싫어요! 무서워요! 할머니랑 할아버지하고 여기서 그냥 오래오래 살고 싶어요! 세상에 안 나가도 좋아요!"

"에그, 불쌍한 것."

소걸이 와락 달려들자 품에 꼭 안고 머리를 쓰다듬어 주는 염 파파의 마른 나무껍질 같은 손이 파르르 떨렸다.

다청에서는 당 노인이 종이 된 마두며 마졸들을 모두 모아놓고 일장 훈시를 하고 있었다.

"그러니까 똑바로 하고 있으란 말이다! 알아들었지?"

"옙!"

"금편아."

"옙!"

무리의 앞에 서서 경청하고 있던 서천금편 추괴성이 즉시 달려나왔다.

"네가 책임져야 한다. 나랑 염 파파가 없다고 해서 잔꾀 부렸다가는 알지?"

"염려 마십시오. 언제나 바짝 긴장하고 있겠습니다."

"잊지 마라. 너희들은 다루의 종업원이지 마두가 아니야. 행여 불선 다루에는 사람은 없고 마두들만 득시글거린다느니, 누구누구가 차 마시러 갔다가 갈가리 찢겨 죽었다느니 하는 엉뚱한 소문이 나서는 안 돼. 그래서 영업에 지장이 생긴다면, 그날로 죄다 한 줌 독수로 만들어 버리고 말 테다."

그 말에 모두가 사색이 되어 어깨를 움츠렸다.

추괴성이 두려움과 긴장으로 흰 수염을 바르르 떨며 맹세했다.

"명심하겠습니다. 절대로, 결코 다루에 아무 일도 생기지 않도록 잘 지킬 것이며, 찾아오는 손님들을 최선을 다해서 친절하게 모시겠습니다."

"까다로운 손님이 걸려서 이것저것 트집 잡고 귀찮게 굴면?"

"절대로 다투지 않겠습니다. 때리면 맞고, 욕하면 들을지언정 모가지를 잘라 버린다거나 사지를 찢어버린다거나 하는 일은 결코 없도록 하겠습니다."

서천금편 추괴성이 그런 말을 한다면 하늘도 믿지 않고 땅도 코웃음을 쳤을 것이다. 하지만 저승사자보다 무섭고 두려운 노인 앞에서 하는 맹세이니 조금도 거짓일 리가 없다.

당 노인이 흡족한 미소를 띠고 머리를 끄덕였다.

"그래야지. 아무튼 그 모든 책임을 너하고 막세풍이가 지는 거야."

그 즉시 두 마두의 얼굴에 결연한 의지와 각오가 떠올랐다. 비장하기까지 하다.

"사천을 지나 저 멀리 절강까지 다녀오려면 꽤 걸릴 거야. 그동안은 네가 불선다루의 주인이다. 알아서 잘해."

믿는다는 듯 추괴성의 어깨를 톡톡 두드려 준다.

대륙을 남북으로 횡단하는 여정이니 몇 년이 걸릴지도 모른다. 추괴성은 자신의 책임이 막중하다는 걸 다시 한 번 느꼈다.

"급히 기별해야 할 일이 생기면 어떻게 합니까?"

"그럴 때는 저놈을 써먹어."

당 노인이 한쪽에 저희들끼리 모여 서 있는 천수익과 세 명의 수하를 가리켰다.

"동창을 이용할 수도 있을 거야. 그러면 내가 어디에 있든지 며칠 안에 소식을 전할 수 있다."

당 노인이 그렇게 다짐을 받아두고 있을 때 이층에서 염 파파가 소걸의 손을 잡고 내려왔다.

소걸이 등에 진 봇짐 하나가 다일 뿐 아무것도 없는 간단한 차림이었다. 마치 이웃 마을에 잠깐 다니러 가는 사람들 같다.

그러나 추괴성 등은 소걸이 지고 있는 봇짐 밖으로 삐죽이 나와 있는 검 자루를 보고 다시 가슴이 쿵쾅거렸다.

염 파파가 저것을 쥐고 삼수경혼 이추의 몸뚱이를 천 조각, 만 조각으로 만들어 버리던 그때의 일이 떠올랐기 때문이다.

저 검이 염 파파의 손에 쥐어진다면 강호가 피에 잠기고 말 것이다.

추괴성 등은 자신들이 피를 두려워하지 않는 마두라는 것도 잊은 채 제발 그런 일이 벌어지지 않기를 속으로 간절히 빌었다. 생각만 해도 너무나 무섭고 끔찍한 일이기 때문이다.

"다녀오마."

염 파파가 그 한마디를 던지고 불선다루를 나갔다. 육십 년 만의 외출인데 이웃집에라도 가듯 담담하기만 했다.

콩, 콩 하고 땅을 찍는 지팡이 소리가 멀어지고 소걸의 모습도 멀어진다.

물끄러미 그것을 바라보고 있던 당 노인이 킁 하는 콧소리를 내고 무거운 발을 떼어놓았다. 그가 오히려 불선다루를 떠나기 싫어하는 것 같았다.

추괴성 등은 다루 앞에 나와 죽 늘어선 채 두 노인과 한 소년의 모습이 황량한 언덕 너머로 사라져 보이지 않게 될 때까지 공손히 손을 모으고 바라보았다.

"쳇, 야속한 놈 같으니. 끝내 한번 돌아보지도 않는구만."

추괴성이 비로소 손을 풀고 투덜댔다. 소걸이 돌아보고 손이라도 흔들어주면 활짝 웃으면서 마주 손을 흔들어줄 작정이었는데 그는 한 번도 뒤돌아보지 않았다. 마음속에 서운한 감정이 들고 가슴이 공허해졌다.

그것을 떨쳐 버리려는 듯 허허 웃은 그가 갑자기 무시무시한 얼굴을 하고 모두에게 홱 돌아섰다.

"뭣들 하고 있어? 어서 주변 정리하고 청소해! 대청소다! 먼지 한 올

없이 털어내고 닦아! 언제 오든 손님이 다루에 들어선 순간 상쾌한 기분이 되어야 한다! 알겠나!"

넋을 놓고 있던 자들이 번쩍 정신을 차렸다. 눈알이 또릿또릿해진다.

"한 시진 후에 검사하겠다. 밖은 흑불이 책임지고, 안은 팔비충이 책임진다. 주방은 막 형이 알아서 하시구려. 자, 다들 움직여!"

한쪽에 아직도 아쉽고 서운한 얼굴로 우물쭈물하며 서 있는 천수익 등에게도 소리쳤다.

"너희들도 겉돌아서는 안 돼! 불선다루에 있는 이상 이제부터는 다 한 식구요, 형제다! 너희 네 명은 막 형을 도와서 주방을 책임져!"

장문량은 얼마 전 염 파파의 허락을 얻어 대동(大同)으로 떠나고 없었다.

그곳은 장성을 지키는 변방의 군사적 요충지라 조 태감의 입김이 미치지 못하는 곳이다.

이십만 정병을 거느리고 있는 대동 총병 곽기(郭崎)가 장문량과 동문수학한 사이라 그에게 몸을 의탁하러 간 것이다.

그는 그곳에서 안전할 것이다.

무슨 생각을 했는지 염 파파는 보내달라는 그의 요구를 순순히 들어주었다.

측근에서 황제를 지키는 금의위 통령이라는 높은 자리에 있던 뛰어난 무장이 행주를 쥐고 탁자나 닦고 있는 모습이 보기에 안쓰러웠던 것인지도 모른다.

"저는 그곳에서 다시 힘을 갖게 될 것입니다. 언제든지 불러주신다면 대군을 휘몰고 달려와 명을 받들겠습니다."

그렇게 맹세의 말로 감사하는 마음을 표현한 장문량이 떠난 지도 벌써 두 달 전이다.

＊　　＊　　＊

자욱한 흙바람이 분다. 그래도 길을 간다.
밤이 깊었다. 그래도 길을 간다.
세상을 뒤엎을 듯 무섭게 불어오는 바람에 옷자락이 찢어질 듯 펄럭이지만 파파는 쓰러지지 않았다.
입김만 세게 불어도 날려가 버릴 것 같은 그 위태로운 몸. 세월 앞에서 깎이고 깎여 수수깡처럼 되어버린 늙은 몸이 바위를 들썩이게 하는 바람 앞에서 꼿꼿하기만 하다.
콩, 콩……
지팡이가 마른 땅을 찍는 소리만 일정하게 들려올 뿐 말이 없다.
육십 년 세월의 저편을 거슬러 올라가는 지팡이 소리다. 당 노인은 그것이 제 가슴을 두드려 대는 것만 같아서 슬퍼졌다.
이 길을 거슬러 황망계로 숨어들어 올 때, 홍염마녀 염빙화라는 이름이 아직 세상에서 사라지지 않았던 그때의 그녀는 서른을 바라보는 젊은 나이였다.
경국지색이라는 말을 무색케 하는 그 아름다움에 세상이 놀랐다. 그녀가 얼굴을 드러내면 밝은 달도 탄식하며 구름 속으로 숨고, 뭇 별들도 초라해진 제 모습이 부끄러워 빛을 죽이지 않았던가.
그런 그녀가 굽은 등으로 지팡이에 의지해 이 길을 되짚어 가고 있는 것이다. 청춘을 묻고 떠나왔던 강호를 향해 노구를 이끌고 자박자박 걸어가고 있다.

"에휴—"

굽은 그녀의 등을 바라보던 당 노인이 저도 모르게 탄식했다.

앞서 걷고 있는 염 파파의 가슴속에도 회한과 안타까움이 가득했다. 저벅거리며 뒤따라오고 있는 당 노인의 발소리가 메말라 갈라진 가슴을 쿵쿵 울려대는 것 같아 절로 소리없는 탄식이 나왔다.

오직 자신만을 죽어라고 따라다니던 사람이었다. 그 집요한 연정이 두렵기도 했다. 하지만 그녀가 택한 것은 그가 아니라 풍운대협 장풍한이었다.

그때부터 세상의 이목을 한 몸에 끌던 당문의 기린아 당백아는 화려한 제 인생을 버리고 가시밭길이나 다름없는 삭막한 삶의 길을 걸었다. 바로 이 황량한 길을 터벅이며 지금처럼 그렇게 뒤따라왔던 것이다.

그리고 누런 구렁이 고개 황망령에서 육십 년 동안이나 꼼짝하지 않았다. 지성으로 자신이 연모하는 한 여인을 돌보며 함께 늙어갔던 것이다.

그리고 지금 그 여인을 따라서 다시 세상으로 나오고 있었다. 관옥 같던 얼굴에 꺼칠한 주름살이 가득해졌고, 검던 머리카락도 눈을 인 듯 희어졌다.

늘 화려한 비단옷을 걸치고 그림 같은 미소를 띤 채 섭선을 한가롭게 부쳐 대던 그 멋진 청년은 이제 어디에도 없다.

'바보 같은 늙은이, 주책맞은 늙은이, 염치도 자존심도 없는 멍청한 늙은이 같으니라고.'

당 노인의 발소리를 들으며 중얼거리는 염 파파의 눈가에 눈물이 맺혔다.

【第十二章】

재견강호(再見江湖)

1

 고요하던 호수 저 건너에서 바람이 불어오기 시작하면 고기들은 숨을 죽인다.
 거울 같던 물결이 출렁거리는 데에서 머지않아 뇌성벽력이 치고 커다란 바람과 비가 무섭게 쏟아질 걸 예감하기 때문이다.
 그처럼 무언가 알 수 없는 긴장으로 강호가 술렁거리고 있었다.
 "그 망할 놈의 소문 때문이야."
 젓가락을 탁 내려놓은 염 파파가 중얼거렸다.
 "당신이 신경 쓸 것 없어."
 "그럼 당 노괴, 당신은 아무렇지도 않단 말이야?"
 "이것 봐요, 할망구. 당신이나 나나 살 날이 며칠이나 남았겠어? 이제는 세상일에 신경 끊고 남은 삶이나 즐길 때야. 세상이 두 쪽이 나든 하늘이 무너지든 말든 그저 우리 둘에서 알콩달콩 살다가 때가 되면 그냥 가자구. 다정하게 손 꼭 붙잡고서 말이야."

은근한 눈길을 염 파파에게 보내며 하는 말인데 목소리마저 착 가라앉아서 더욱 은근하다.

염 파파가 잡아먹을 듯 눈을 흘겼다.

"이런 엉큼한 영감탱이 같으니! 아이 앞에서 못하는 소리가 없어! 이 빨을 몽땅 뽑아놓을까 보다!"

"이크!"

고개를 쑥 들이민 당 노인이 멋쩍은 얼굴로 소걸의 눈치를 보았다. 반은 졸면서 꾸역꾸역 음식을 입에 집어넣던 소걸이 볼멘소리를 했다.

"갈 때는 가더라도 우선은 좀 자는 게 좋겠어요."

때가 되면 가자는 말만 귀에 들어왔던 것이다.

염 파파와 당 노인의 매서운 눈길이 일제히 소걸에게 쏟아졌다. 그러나 그는 어느새 젓가락을 쥔 채 꾸벅꾸벅 졸고 있었다.

천수익이 가져온 정보처럼 강호에는 파사국에서 유출된 신공이 중원에 흘러들어 왔다는 말이 은밀하게 퍼지고 있었다.

칼 차고 검을 쥔 자들이라면 일류와 삼류를 막론하고 다들 굶주린 들개들처럼 쿵쿵거리며 냄새를 맡았고, 어디서나 충혈된 눈을 이리저리 굴렸다.

밤새 자지 않고 걸었으므로 두 노인도 피곤했다. 배가 부르니 더욱 몸이 가라앉는다.

객잔에 딸려 있는 몇 개의 방은 모두 텅 비어 있었다. 한낮인 것이다.

방에 들어오기가 무섭게 소걸은 맨바닥에 사지를 활짝 벌린 채 쓰러져 코를 골아댔다.

침상은 한 개뿐이다. 당 노인이 힐끔힐끔 염 파파와 비어 있는 침상을 곁눈질했다.

육십 년을 붙어 살았지만 아직 한 번도 살을 맞대본 적이 없는 두 사람이다. 그렇게 세월이 흘러 이제는 호호백발의 노인들이 되었어도 애틋한 마음이 살아 있는 것은 그 때문인지도 모른다.

당 노인은 언제나 신선하고 상쾌한 갈망으로 염 파파를 바라볼 수 있었다. 이제는 속된 욕망에서 멀리 떠나 아이처럼 깨끗한 동경만이 남았다고 해야 하리라.

하지만 하나뿐인 침상을 보고 염 파파를 보자 가슴이 여태까지와는 다른 답답함으로 쿵쾅거렸다. 헛기침이 나오고 얼굴이 뜨거워진다.

그건 염 파파 역시 마찬가지였다.

이처럼 좁은 방 안에 하나뿐인 침상을 두고 당 노인과 마주 보고 있자니 여태까지 몰랐던 쑥스러움과 멋쩍은 느낌이 불쑥 밀려들었다.

불선다루의 이층에 함께 살면서도 두 노인은 서로 뚝 떨어져서 잤다. 염 파파의 침상은 동쪽 구석에, 당 노인의 침상은 서쪽 구석에 있었던 것이다.

내년이면 구십 살이다. 이제는 다른 사람에게 특별한 감정이 들거나 봄볕에 싱숭생숭해질 마음 같은 건 없는 나이 아닌가.

하지만 당 노인의 헛기침 소리에 깜짝깜짝 놀라게 되고, 그의 부리부리한 눈길이 스쳐 지나갈 때마다 살갗이 따가워졌다.

침상 한 개가 그렇게 엉뚱하고 기묘한 느낌과 분위기를 만들어줄 수 있다니 신기한 일이다.

"끄응—"

된 숨을 내쉰 염 파파가 당 노인을 왈칵 밀치고 침상 위로 몸을 던졌다. 벽을 보고 돌아누워서 소리친다.

"알아서 자! 행여 엉뚱한 생각 했다간 알지? 큼, 큼……."

"쳇, 누가 엉뚱한 생각을 한다는 거야? 흥! 할망구가 낯뜨거운 줄도 모르고 말이야……."

무안해진 당 노인이 애꿎은 침상 다리만 한 번 심통 사납게 걷어차고 소걸 곁에 벌렁 누워버렸다. 그리고 코를 골기 전까지 한동안 무어라고 구시렁거리는 소리가 중얼중얼 들려왔다.

방 안이 칠흑처럼 어두웠다. 어느새 밤이 된 것이다.

옆방에서 두런거리는 말소리가 들려왔다.

벽 하나를 사이에 두고 가만가만 새어 나오는 음성은 사내들의 것이었다.

"그나저나 독중귀심(毒中鬼心) 갈무독(曷武督)과 천독사절(千毒四絶)이 나타났으니 큰일이야."

"그뿐인가? 왕구의 말에 의하면, 사흘 전 진평 부근에서 한 떼의 무림인이 떼죽음을 당했다더군."

"역시 만독림인가?"

"아니, 금면호접(錦面胡蝶) 편승량(片昇梁)의 짓이었대."

"호, 그 색골서생까지 나왔다고?"

"왕구가 숨어서 직접 보았다니 틀림없어."

"이거 큰일이로군. 공적으로 몰려서 쥐새끼처럼 숨어 있던 놈까지 버젓이 나와 돌아다니니……."

그만큼 강호의 질서가 어지러워졌다는 것이리라. 다들 제 앞가림하기에 바빠서 대의와 공분(公憤)이 사라진 것이다.

두 사람의 말에 다른 한 명이 끼어들었다.

"그건 아무것도 아니야. 나는 더 무시무시한 걸 보았어."

"그래? 꼬리 아홉 개 달린 여우라도 보았나?"

"농담이 아니야. 보름 전에 상현에 있는 두충령(斗充嶺)을 넘다가 이런 걸 주웠다네."

그자가 내미는 물건에 정신이 팔린 듯 한동안 말이 없었다. 그러다가 한 놈이 크게 놀란 듯 비명을 질렀다.

"으앗! 이, 이건!"

"쉿, 조용히!"

"으으, 이, 이게 정말 망혼금편(亡魂金片)이라면……."

"제기랄, 나는 가겠어. 난 아무것도 보지 못하고 듣지 않으니까 이 일과는 상관이 없다."

한 놈이 뛰쳐 일어나는 모양인데 우당탕거리는 소리가 나는 걸로 보아 당황한 나머지 의자를 걷어찬 듯했다.

"이봐, 이봐, 이 형! 제기랄, 저렇게 소심해서야 어디……."

곧 문이 닫히는 소리와 쿵쾅거리다 급히 멀어지는 발소리가 들려왔다.

방 안에 둘만 남게 된 사내들이 더욱 음성을 낮추어서 속삭이듯 말을 주고받았다.

"이걸 어떻게 손에 넣었어?"

"두충령을 넘는데 숲 속에 도사 세 명이 죽어 나자빠져 있더군."

"도사?"

"여기저기 남아 있는 흔적들로 봐서 격렬한 싸움이 있었던 모양인데, 그것도 여러 명이 뒤엉켜 싸운 게 틀림없었어."

"제기랄, 어디를 가든지 피바람이 몰아치는구만. 이게 다 그 빌어먹을 신공 비급이라나 뭐라나 하는 것 때문이야. 정작 있는지 없는지도 모르는데 다들 눈이 벌게져서 신공 얘기만 나오면 죽고 죽여대니……."

사내의 투덜거리는 말에 망혼금편에 대해 이야기하던 자가 급히 주의를 주었다.

"이 사람, 말조심해. 입 한번 잘못 놀렸다가는 쥐도 새도 모르게 이거야."

"젠장, 누가 나 같은 놈이 하는 말에 관심이나 둔대?"

"아무튼 그 도사들의 죽음을 살펴봤지. 두 명은 장력에 당해서 가슴이 함몰되었고, 한 명은 날카로운 병장기에 목이 찢겨 있더군. 사방에 온통 핏자국이 낭자했어."

"음, 끔찍하군."

"피하는 게 상책이다 싶어서 재빨리 자리를 떴지. 그런데 멀지 않은 풀숲에 이게 떨어져서 반짝이는 게 아니야?"

"그냥 놔두지 왜 집어 왔어?"

책망한 사내가 잔뜩 주눅이 든 음성으로 다시 말했다.

"그 저승사자들이 제 물건을 찾아가겠다고 뒤쫓아오면 어쩌려고 그래?"

"누가 주워 갔는지 알 게 뭐야? 그리고 나는 이걸 가지고 광명천 사천 분타로 갈 작정이야. 음양쌍존(陰陽雙尊)이 강호에 다시 나왔다는 확실한 증거가 되니 많은 상금을 받을 수 있겠지."

"간덩이가 부었군. 쯧쯧……."

그리고 말이 뚝 끊겼다.

벽을 사이에 두고 있는데다가 사내들이 워낙 작은 음성으로 소곤거렸으므로 그 말을 알아들을 자가 없을 것이다.
 하지만 염 파파는 벌써부터 바로 곁에서 듣듯이 죄다 듣고 있었다.
 사내들의 말이 끊기자 파파가 돌아누워서 하품을 했다.
 "이래서 남의 집 잠은 마음에 들지 않아. 당최 깊이 잠들 수가 없단 말이야."
 당 노인도 이미 깨어 있었던 듯 하품을 하고 말을 받았다.
 "나는 이렇게 딱딱한 바닥에서도 잘만 잤소."
 아직도 토라진 마음 한 자락이 남아 있다. 염 파파가 코웃음을 치고 대꾸하지 않았다. 미안하게 여기는 것이다.
 "그런데 저 아이들이 말하는 음양쌍존은 어떤 놈들일까?"
 "낸들 아오, 그게 뭐 하는 물건들인지?"
 "아주 무시무시한 것들인 모양인데?"
 "나는 이 세상에서 염 매, 당신보다 더 무서운 건 없소."
 "이놈의 영감탱이가 아직도 헛소리를 하네?"
 "잠이 덜 깨서 그렇소."
 당 노인은 단단히 삐친 사람 같았다.
 염 파파는 무언가 심심치 않은 일이 벌어질 것 같다는 예감을 느꼈다.
 홀로 강호를 떠돌던 육십 년 전에도 낯선 객잔에 들면 반드시 크고 작은 싸움이 나곤 했다.
 강호에서 칼밥을 먹는 거친 자들이 모여들수록 그럴 가능성이 커진다.
 실력이 있고 없고를 떠나서 자존심만은 모두가 하늘을 찌를 듯하니 사소한 일에도 열을 내고 핏대를 세우는 것이다.

　게다가 몸에 무공까지 지니고 있지 않은가. 말싸움이 주먹질이 되고 도검이 난무하는 살벌한 전쟁터가 되는 건 순식간이다.

　'이것이 강호야.'

　염 파파가 아련한 그 옛날의 추억을 더듬으며 빙긋 웃었다. 그 얼마나 재미있고 매력이 넘치는 세상이었던가.

2

"왜? 함께 가지 않을 거요?"

　당 노인이 서운함 가득한 얼굴로 다시 물었지만 염 파파는 완고하게 머리를 가로저을 뿐이었다.

　"아무도 당신을 알아보지 못할 거야. 그리고 알아본들 어때? 어떤 놈이 뭐라고 하면 내가 그 주둥아리를 쫙 찢어놓을게."

　"싫다면 싫은 줄 알지 무슨 말이 그렇게 많아!"

　빽 소리친 염 파파가 소걸을 손짓해 불렀다.

　"이리 와봐라."

　한쪽에서 두 노인이 티격태격하는 걸 무심하게 바라보던 소걸이 하품을 하고 어슬렁어슬렁 다가왔다.

　할아버지와 할머니는 늘 저렇게 말싸움을 한다. 그렇지 않으면 심심해서 살지 못할 것이다.

　어렸을 때는 두 노인이 언성을 높일 때마다 두렵고 불안했지만, 이제는 만성이 되어서 그저 그러려니 하는 소걸이었다.

　"왜요?"

그를 저만큼 끌고 간 염 파파가 귀에 대고 속삭였다. 저기 떨어져서 우두커니 서 있는 당 노인을 곁눈질하면서다.

"네가 저 노괴를 따라가겠다니 걱정이 되어서 그런다."

"할아버지랑 같이 가는데 뭐가 걱정이 되세요?"

"당문이라는 데가 원래 음험하고 고약한 곳이거든."

"그래요?"

"니 할애비를 보면 모르겠니? 제대로 된 인간이란 하나도 없어. 그러니 이 할미는 순진한 네가 봉변을 당하지 않을까 걱정된다."

"어허, 아이를 붙잡고 별 못하는 소리가 없소!"

당 노인이 꾸짖었지만 염 파파는 아랑곳하지 않았고 소걸도 무서워하지 않았다.

"헤헤—"

할머니가 그렇다면 그런 것이다. 그래서 소걸은 제가 세상에서 가장 순진하고 착한 사람인 줄 알고 자라왔다.

내가 하는 일은 모두 옳고, 내 생각은 모두 선하고 착한 것이라는 생각이 뿌리 깊다.

"그래서 말인데, 아무래도 할미가 그냥 있을 수가 없구나."

"예?"

"너한테 아주 요긴한 운기법을 하나 가르쳐 주마. 잘 익혀서 네 스스로를 지키도록 해."

"무공은 안 가르쳐 주신다더니?"

"그냥 운기법이야. 너는 이미 당 노인으로부터 아무짝에도 쓸모없는 당문의 내공 심법을 전수받았지?"

"그게 그렇게 쓸모없는 거예요?"

"어허, 네놈이 지금 무슨 헛소리를 지껄이는 게냐?"

저쪽에서 당 노인이 눈을 부릅뜨고 다시 소리쳤다. 노파와 소걸 두 조손은 그러거나 말거나였다. 아예 당 노인이 없는 듯 거침없이 말을 주고받았다.

"접때도 할미가 말했듯이 네 몸 안에는 지난 오 년 동안 닦은 내공이 제법 쌓여 있단 말이다. 허접한 것이지만 뭐, 그런대로 궁할 때 써먹을 수는 있겠지."

"그런데 저는 전혀 느낄 수가 없고, 쓸 수도 없어요."

소걸이 시무룩한 얼굴로 투덜댔다.

초식들은 이것저것 잡다하게 주워 배웠고, 거기에 얼마 전에는 추괴성의 절기까지 두 가지 배웠다. 물론 왜타자 강명명과 팔비충 천종으로부터도 몇 가지 수법을 배운 바 있다.

그런데 내력이 뒷받침되지 않으니 막상 적을 만나 싸우려면 그 모든 게 허사였다. 그저 한바탕 화려하고 날렵한 춤을 추어 보이는 거나 진배없었던 것이다.

때문에 불선다루 후원에서 금검보의 팔검이라는 놈에게 그렇게 얻어터지고, 빙궁의 소궁주라는 오만한 계집애 앞에서 수치스러운 꼴을 당했다.

그 생각만 하면 지금도 이가 박박 갈리고 분노로 주먹이 부들부들 떨렸다.

"왜, 싫어?"

소걸이 제 생각에 빠져 있느라고 말이 없자 염 파파가 머리를 갸웃거리고 물었다.

"아, 아니요. 헤헤, 싫을 리가 있나요. 하지만 너무 의외라서요."

"좋아, 이건 할미가 알고 있는 것들 중 아주 뛰어난 하나의 운기법이다. 내력을 끌어 쓸 수 있을뿐더러 운기하는 동안 계속해서 내공의 증진이 이루어진다."

"오호, 그거 궁금해지는군요. 그런데 그걸 익히면 저도 머지않아 마인이 되는 건가요?"

소걸이 침을 꿀꺽 삼켰다. 잔뜩 기대하고 있는 눈치이다.

염 파파가 어이없다는 듯 그를 노려보다가 기어이 머리통을 쥐어박았다.

"이놈아, 어째서 그렇게 생각하지?"

"할머니가 그러셨잖아요. 십성을 익히면 반드시 주화입마에 들어서 마귀가 된다고."

"에그, 멍청한 놈. 그래, 내가 지금 그 마공을 너에게 전해주려는 건 줄 아느냐?"

"그게 내공의 증진이 속성으로 이루어진다니, 저는 그걸 배우고 싶은데……."

"안 돼! 그런 것은 생각도 하지 마라!"

염 파파가 단호하게 잘라 말했으므로 소걸은 마음 한구석에 불만이 남아 있어도 표현할 수 없었다.

그는 어렴풋이 할머니의 무공이 천하제일이라는 걸 짐작하고 있었다. 그 무서운 추괴성 등과 다른 마두들이 모두 할머니에게 쩔쩔매는 것을 보면 그렇다.

그런 할머니의 무공이 바로 그 마공에 있다는 것도 안다. 그것을 배우면 나도 머지않아 천하제일의 고수가 되어서 그 팔검이라는 것들을 모조리 패 죽일 수 있을 거라는 유혹을 떨쳐 버리기 어려웠다.

금검보주라는 상관 노인 앞에다 그놈들을 개구리처럼 패대기치고 비웃어준다. 그런 다음에는 빙궁의 소궁주라는 계집애를 붙잡아 꿇어 앉혀놓고 귀싸대기를 이리저리 올려치며 일장 훈계를 늘어놓는다. 그 얼마나 통쾌할 것인가.

마지막으로 그들 모두가 보는 앞에서 용문검(龍紋劍) 상관청(上官靑)이라는 낯짝 반질반질한 놈의 얼굴 가죽을 벗겨 버리는 거다. 그런 다음에 코를 베어내고 귀를 잘라내면 아주 보기 좋은 꼴이 될 것이다.

그리고 나서 그래도 목숨은 살려주었으니 내 은혜를 잊으면 안 된다고 깨우쳐 주는 걸로 깔끔한 마무리를 짓는다.

그런 상상이 마구 일어나서 소걸의 가슴을 거세게 두드려 댔다.

절로 생각이 눈에 비쳐 흉악한 빛이 이글거렸다. 그걸 본 염 파파가 손을 번쩍 들었다.

딱—!

"어이쿠!"

뒤통수에 충격이 가해지고 눈앞에 별이 번쩍인다. 비명이 터져 나온 순간, 그를 주화입마의 징조에 빠지게 하려던 잡념들이 퍽 하고 꺼져 버렸다.

그렇게 해서 소걸은 십오 년 살아오는 동안 처음으로 할머니와 작별을 하고, 할아버지를 따라 타박타박 사천을 향해 낯선 길을 가게 되었다.

할아버지가 옷소매를 끌었으나 할머니는 꼴 보기 싫은 당문에는 함께 가지 않겠다고 끝내 버텼다.

한 달 뒤 장안성 밖 종산(鍾山) 기슭에 있는 청운관(靑雲觀)에서 만나기로 약속했다.

"할멈이 뭘 가르쳐 주더냐?"

"할아버지한테 절대로 말해주면 안 된다고 하셨어요."

"이놈이!"

퍽—!

"아코!"

"뭐라 했다고?"

"심무전옥(心無傳玉), 무량보기득(無量寶己得), 일폐월광(一閉月光), 수양귀옥(受陽歸玉)……."

즉시 중얼중얼 할머니가 전해준 묘한 구결을 한동안 읊어댔다.

가만히 듣고 있던 당 노인이 피식 웃었다.

"너, 그게 무슨 뜻인지는 아니?"

"할머니가 풀이해 주셨어요."

"쳇, 무슨 대단한 신공 구결을 전해주는가 했더니 기껏 무당심공이로군. 월보강(月寶罡)이었어."

"어라? 할아버지도 아세요?"

"무당산에 가면 널리고 널린 게 도가 경서들이요, 그 해설서들이거든. 그중에 음보경(陰寶經)이라는 게 있는데, 축술서(祝術書) 같은 거다. 민간에도 널리 퍼져 있지. 네가 지금 중얼거린 게 바로 그 음보경 속에 들어 있는 여덟 편의 경구 중 하나야."

"예? 절세적인 신공 구결이 아니고요?"

"흐흐흐, 한때는 그랬었지. 적어도 육십오륙 년 전에는 말이다."

"아, 머리 아파!"

"그 음보경 속의 주문에서 신묘한 공득을 얻은 도사가 한 명 있었더니라. 보광(寶光)이라고 하는 자였는데, 무당산 주변에 사는 사람이라면 누구나 다 외고 있는 음보경을 오랫동안 파더니 기어코 자신만의 신공 구결을 그 안에서 얻어냈지. 이른바 도가 깊어서 절로 신선의 노래를 읊조리게 되었다는 그런 경지에 오른 것 아니겠느냐? 과연 대단한 도사라고 아니할 수 없지."

구수한 옛날얘기를 듣는 것 같아서 쫑긋 귀를 세우고 있던 소걸이 채근했다.

"그래서요?"

"보광 도사가 그 일로 꽤나 유명해졌더니라. 무당파의 역사가 천 년이라 그 안에는 신공절학들이 넘쳐 났는데, 그 모든 게 다 보광의 경우처럼 그렇게 뛰어난 도사가 깨달음을 얻어 만들어낸 것들이거든. 수백 년 만에 보광이 선대의 조사들을 본받아 또 한 개의 신공을 창안해 냈으니 경사라고 아니할 수 없지."

"그래서요?"

"그러면 뭐 해? 우쭐거리며 어깨에 힘주고 있다가 육십오 년인가 육년 전에 네 할미의 일검에 찔려 죽고 말았단다."

"쳇, 시시하군요."

"흐흐흐, 시시한 게 아니라 네 할미가 그만큼 무시무시했던 게야."

"그런데 할머니가 어떻게 그 구결 속의 깊은 뜻을 알고 있을까요? 설마 보광 도사가 죽으면서 할머니에게 전해준 건 아닐 테고……."

"저기를 봐라."

문득 당 노인이 걸음을 멈추고 손을 들어 머리 위 까마득한 하늘을 가리켰다.

"양떼구름이로군요. 내일도 날이 맑겠어요."

딱—!

"아코!"

"그것 말고 저기 저거 말이다, 이놈아!"

눈을 부릅뜨고 다시 보니 그 파란 하늘에 까만 점 하나가 박혀 있다. 바람을 타고 한가롭게 떠 있는 매였다.

"저놈의 눈에는 세상의 모든 게 훤히 내려다보이겠지? 여기 이렇게 너와 내가 서서 저를 바라보고 있다는 것도 다 알 거야."

"쳇, 높이 떠 있으니까 당연하겠지요, 뭐."

"바로 그거야. 네 할미는 저 매와 같아졌다. 이미 모든 무공의 이치를 한눈에 내려다볼 수 있게 된 거야. 아무리 기기묘묘하고, 아무리 신통방통한 초식이며 심법이라고 해도 한 번 척 보면 그 안의 은밀한 것들까지 죄다 꿰뚫어 볼 수 있게 된 거지. 나도 그렇고. 커흠."

"쳇, 결국 할아버지 자랑이었군요? 시시해라."

벌써 몇 번이나 뒤통수를 사정없이 얻어맞은지라 소걸은 잔뜩 심통이 나 있었다.

"흘흘, 네 할미가 전해준 걸 잘 기억하고 수시로 연마해라. 그러면 조만간 작은 딱정벌레쯤은 될 수 있을 게다."

"할아버지랑 할머니는 저 높은 데 있는 매이고, 저는 고작 딱정벌레요?"

"그 매가 내려다보면 너는 지금 개미새끼만도 못해. 아주 작아서 보이지도 않는다. 그런데 딱정벌레가 되면 많이 발전한 거지."

"쳇, 쳇!"

3

저만큼 앞서 가고 있는 두 청년의 뒷모습이 보였다. 소걸은 그들이 누구인지 알지 못한다. 하지만 당 노인은 즉시 알아보았다.

바로 지난밤에 옆방에서 떠들어대 잠을 깨웠던 자들이었다.

노인의 얼굴에 짓궂은 미소가 떠올랐다.

"흐흐, 재미있어지려나 보다."

"예? 뭐가요?"

"여기서 잠깐 기다리고 있어라."

속삭인 당 노인이 손을 흔들며 소리쳤다.

"이보게, 젊은이들! 거기 잠시만 있어보게!"

그리고 두 팔을 허우적거리며 바삐 다가가기 시작했다. 두 청년이 무슨 일인가 하여 당 노인을 빤히 바라보았다.

"애구, 당최 삭신이 쑤셔서 견딜 수가 없구만."

그들 앞에서 팔다리를 두드리며 투덜거리는 게 먼 길을 가는 늙은이의 고달픔이 완연히 엿보였다.

한 청년이 웃으며 말했다.

"노인장께서는 소생들에게 어떤 볼일이 있는지요?"

"응, 뭘 좀 물어보려고 그런다네."

"손자까지 데리고 이 깊은 산길을 가는 걸 보니 어지간히 바쁘신 모양이군요?"

"말도 마. 저승사자가 바짝 뒤쫓아오고 앞에 남은 시간은 코딱지만큼밖에 안 되니 숨 쉬는 것도 아까울 정도로 바쁠 수밖에."

"하하, 누구나 다 그렇게 되니 어쩔 수 없는 일이지요. 그런데 무얼 물어보시려고요?"

"산이 워낙 깊어서 사천으로 들어가는 길을 통 모르겠어."

"하하, 제대로 가고 계신 겁니다. 우리도 사천으로 가는 길이거든요."

"그래? 그러면 동행을 해도 될까?"

두 청년이 서로를 마주 보더니 곤란한 얼굴을 했다.

"저희는 바쁜 일이 있어서 걸음을 빨리해야 하니 따라오시기 힘들 겁니다."

"그렇겠지."

탄식한 노인이 넋두리를 하듯 중얼거렸다.

"늙어서는 저승사자 같은 세월에 쫓기느라 바쁘고, 젊어서는 갈 길이 창창하게 멀리 있으니 세월을 쫓아가느라고 바쁠 수밖에. 그러니 사람이라는 게 원래 그렇게 바쁘게 살 수밖에 없는 건가 봐. 에휴, 무덤 속에나 들어가야 한가해지려는지 원……."

"재미있는 분이시군요. 그럼 손자와 천천히 오십시오. 이 길을 따라가기만 하면 되니 어렵지 않을 겁니다."

청년들은 예의가 바르고 단정했다. 빙긋 웃고 돌아서던 당 노인이 발을 잘못 디딘 듯 휘청거렸다.

"어이쿠!"

"이런, 이런, 조심하셔야지요."

한 청년이 급히 팔을 뻗어 부축했다.

저만큼 떨어진 곳에서 소걸은 그 순간 할아버지의 손이 청년의 품속으로 들어갔다 나오는 걸 보았다.

청년들은 빠르게 걸어 음침한 삼나무 숲길 저 멀리로 사라졌고, 당 노인이 싱글벙글 웃으며 돌아왔다.

소걸이 잔뜩 낯을 찌푸리고 투덜거렸다.

"도둑질을 하시다니… 부끄럽지도 않으세요?"

"흐흐, 이놈아, 모르는 소리 하지 말거라. 자비로운 공덕을 베풀어서 저 두 어린것의 목숨을 살려준 게야."

"쳇, 공덕 베푸는 일이 그와 같다면 누구나 다 성불하겠네요. 그나저나 대체 그 재빠른 솜씨는 어떻게 된 거죠? 설마……."

소걸이 잔뜩 의심 깃든 눈으로 흘겨보았다. 차마 소매치기가 전직이었느냐는 말은 하지 못한다.

"흘흘, 암기술에 능숙해지면 누구보다 손놀림이 은밀하고 재빨라지느니라. 눈이 빠르고 손이 빨라야 하니 싫어도 묘수공공(妙手空空)의 비결에 저절로 통하게 되는 게야."

"쳇, 할아버지는 언제나 늘쩡거리기만 했으면서."

소걸이 눈을 흘기고 이어 빈정거렸다.

"재빠른 손이라니 당최 믿을 수가 없네요. 그런데 대체 그 사람 품에서 뭘 훔쳐 낸 거예요?"

"고얀 놈 같으니! 훔쳐 내다니? 잠시 자리를 바꿔준 것뿐이니라! 커흠!"

헛기침으로 멋쩍음을 감추고 내미는 손 안에서 작은 금편(金片)이 반짝거렸다.

손가락 두 개를 포갠 것만한데 가운데에 구멍이 뚫려 있는 것이 어린갑주(魚鱗甲胄)의 비늘 한 개를 떼어낸 것 같다.

집어 들고 이리저리 살펴보는 소걸의 눈에 신기해하는 빛이 가득했다.

"아주 예쁜걸요? 이것 좀 보세요, 정교하게 조각까지 되어 있어요."

과연 금편에는 살아 움직이는 듯한 용이 음각되어 있었다. 비늘 하나하나까지 생생한 것이 금방이라도 금편을 부수고 나와 하늘로 날아오를 것 같았다.

"흠, 누군지 모르지만 이걸 지니고 있던 놈은 굉장히 사치스런 놈인가 보다."

"그런데 이걸로 뭘 하는 걸까요? 설마 노리개는 아닐 테고……."

"이런 놀이를 할 수 있겠지. 잘 봐라."

빙긋 웃은 당 노인이 두 손가락 사이에 금편을 끼워 잡고 가볍게 손목을 털었다.

삐이이이—

귀청을 찢을 듯 높고 날카로운 소리가 허공에 가득해졌다. 소걸이 고통을 견디지 못하고 귀를 틀어막은 채 이를 악물었다.

금편은 무섭게 회전하며 하늘 높이 솟구쳤다. 번쩍이는 빛이 유성처럼 사방으로 쏘아지고 휘파람 소리가 더욱 높아졌다.

금편이 이리저리 어지럽게 나는데, 그것에 새겨져 있던 용이 정말 살아서 뛰어나와 날뛰는 것 같았다.

아름답고 신기한 광경이다.

그렇게 서른여섯 번이나 방향을 바꾸어 비행한 금편이 무서운 속도로 소걸에게 내리꽂혔다.

"으악!"

소걸이 머리통을 감싸고 비명을 터뜨렸다. 그것이 제 정수리를 뚫고 박혀 들어갈 것만 같았다. 온몸에 금편에서 쏟아져 나오는 서늘한 기운이 서리처럼 덮였다.

옴짝달싹할 수가 없다.

피이잉—

금편이 급히 방향을 틀더니 소걸의 머리카락 몇 올을 잘라내며 아슬아슬하게 비껴갔다. 이어서 사각 하는 경쾌한 소리가 들렸다.

태양에서 떨어져 나온 한 조각 빛처럼 강렬한 광채와 기운을 뿜어내던 금편이 아름드리 나무둥치 속 깊숙이 박혀 버린 것이다.

"아!"

소걸이 입을 딱 벌리고 탄성을 터뜨렸다.

"도대체 어떻게 한 거예요?"

"흐흐, 재미있지?"

"이건 정말 신기하고 무섭군요! 팔비충 천종이 보여주었던 혈망비월(血網飛月)의 수법보다 훨씬 멋져요!"

천종이 한껏 뽐내며 허공에 비월을 던지고 받아내던 수법을 보고 감탄한 적이 있었다.

세상에서 그것을 피할 자가 없겠다 싶었는데, 이제 당 노인이 금편으로 가볍게 펼친 수법을 보자 천종의 그것이 유치하게 여겨졌다.

소걸의 감탄에 당 노인이 눈을 부릅떴다.

"이 고약한 놈! 감히 천종 따위와 나를 비교한단 말이냐?"

소걸이 찔끔해서 목을 집어넣었다.

천천히 금편이 박힌 나무로 다가간 당 노인이 허공을 격하고 손을 내뻗었다. 그러자 한줄기 막강한 잠력이 일어 나무를 흔들어댔다.

아름드리 거목이 마치 노인의 손바닥 안으로 빨려 들어올 듯 요동을 쳐대는 것을 보며 소걸은 제 눈을 비볐다.

허공섭물(虛空攝物)의 절기인데, 이처럼 무지막지한 힘으로 끌어당길 수 있는 자는 천하에 다시없으리라.

소걸은 사람이 이와 같은 일을 할 수 있다는 건 듣지도, 보지도 못했다. 그것이 더구나 할아버지의 솜씨라니 믿을 수 없었다.

한순간 팍 하는 가벼운 소리와 함께 금편이 뽑혀 나와 당 노인의 손으로 들어갔다. 이제 소걸은 제가 꿈에 취해 헛것을 본다고 여길 뿐 할 말을 잃었다.

금편을 품에 넣은 당 노인이 헛기침을 하고 점잖게 말했다.

"바로 이렇게 쓰는 용도일 거야. 하지만 이것으로 할애비처럼 고명한 솜씨를 보일 수 있는 자는 없겠지. 커흠."

어젯밤 청년들은 이것이 음양쌍존의 물건이라고 했다. 망혼금편(亡魂金片)이라는 흉측한 이름을 가지고 있는 것으로 보아 예사롭지 않은 물건임에 틀림없었다.

음양쌍존이라는 자들은 두충령에서 도사들과 심하게 싸우는 와중에 이것을 떨어뜨렸으리라. 그리고 금편을 회수할 새도 없이 급하게 어디론가 갔는데, 그때 청년이 그곳을 지나다가 현장을 목격하고 금편을 주운 것이다.

당 노인은 내심 그자들을 만나보고 싶었다. 이런 물건을 암기로 쓰는 자들이라니 호기심을 억누를 수 없었던 것이다. 게다가 청년들의 말로 미루어보아 그놈들이 무시무시한 자들인 모양이니 더 궁금해진다.

머지않아 그자들이 금편을 찾아 제 발로 나타날 것이라는 기대감으로 당 노인은 흐뭇한 미소를 지었다.

먼 곳에 있더라도 귀가 밝은 놈들이라면 방금 전 자신이 진기를 실어 쏘아낸 금편의 날카로운 휘파람 소리를 들었을 것이고, 눈이 밝은 놈들이라면 하늘 높이 솟구쳐서 번쩍이던 그 빛을 보았을 것이다.

'내가 없는 동안 강호가 얼마나 변했는지 좀 볼까? 후배들 중에서도

제법 쓸 만한 솜씨를 지닌 자가 있겠지. 아니라면 정말 실망이고.'

히죽히죽 웃던 당 노인이 소걸의 옷소매를 잡아당겼다.

"우리 좀 천천히 걷자."

"바쁘시다면서요? 만독림인가 하는 무리들이 난리를 치기 전에 당문에 돌아가야 한다더니……."

"이놈아, 당문이 네 할미가 말한 것처럼 그렇게 쓸모없는 것들만 모인 곳인 줄 아느냐?"

"아니었어요?"

"흐흐흐, 강호에서 감히 당문을 무시할 수 있는 자는 아무도 없지. 만독림의 졸개들이 왔다고 해서 금방 무너지지 않을 거란 말이다."

"그런데 거기 가면 할아버지를 알아보는 사람이 있을까요?"

"글쎄다."

당 노인이 자신없다는 듯 머리를 갸웃거렸다. 벌써 몇 세대가 바뀌었을 테니 어쩌면 알아보는 자가 없을지도 모른다.

"쳇, 그럼 가봐야 더운 밥 한 그릇 얻어먹기도 힘들겠군요. 문전박대 당하기 십상이겠어요."

"흥! 그놈들이 감히 그렇게 한다면, 조상신의 노여움이 어떤지 보여주고 말 테다!"

마치 눈앞에 당가의 괘씸한 후손들이 있기라도 한 것처럼 주먹을 내저으며 소리쳤다.

『불선다루』 2권에서…